ENCRUZILHADA
DOS CORVOS

ENCRUZILHADA DOS CORVOS

Andrzej Sapkowski

Tradução do polonês
LUIZ HENRIQUE BUDANT

wmf martinsfontes

SÃO PAULO 2025

Esta obra foi publicada originalmente em polonês com o título
ROZDROŻE KRUKÓW, por SuperNOWA.

1ª edição *2025*

Tradução
LUIZ HENRIQUE BUDANT

Acompanhamento editorial
Rogério Trentini
Preparação de textos
Rogério Trentini
Revisões gráficas
Daniel Seraphim e Ana Caperuto
Direção de arte (capa)
Lauren Panepinto
Ilustração da capa
Jaime Jones
Copyright da capa
© 2025, Hachette Book Group, Inc.
Produção gráfica
Geraldo Alves
Paginação
Renato Carbone

Dados Internacionais de Catalogação na Publicação (CIP)
(Câmara Brasileira do Livro, SP, Brasil)

Sapkowski, Andrzej
Encruzilhada dos corvos / Andrzej Sapkowski ; tradução do polonês Luiz Henrique Budant. – 1. ed. – São Paulo : Editora WMF Martins Fontes, 2025. – (The Witcher)

Título original: Rozdroże kruków
ISBN 978-85-469-0760-1

1. Ficção polonesa I. Título. II. Série.

25-288460 CDD-891.853

Índice para catálogo sistemático:
1. Ficção : Literatura polonesa 891.853

Cibele Maria Dias – Bibliotecária – CRB-8/9427

Rua Prof. Laerte Ramos de Carvalho, 133 01325-030 São Paulo SP Brasil
Tel. (11) 3293.8150 e-mail: info@wmfmartinsfontes.com.br
http://www.wmfmartinsfontes.com.br

ÍNDICE

O vento apavora lá fora, sepulcral escuridão ao redor
Na sombra sanguinário se esconde o horror
Quando o mal se aproxima, hora de socorro chamar
Vem, ó bruxo, para nos ajudar!

Do inocente o grito ecoou
Noit'escura e inverno em volta
Sangue inocente a pedra manchou
O bruxo faltou e faz falta

Balada anônima, c. 1150 p. R.

Não te lembres dos pecados de minha mocidade,
nem de minhas transgressões [...].

Salmos 25, 7

CAPÍTULO PRIMEIRO

Kaedwen é um país localizado entre as Montanhas dos Dragões a norte, os Montes Roxos a leste e selvas impenetráveis a oeste. Lá governam os reis da estirpe dos Topp. Foi sua primeira capital a antiga Ban Ard. Contudo, no ano 1130 post Resurrectionem, *o rei Dagread doou aos feiticeiros tal urbe para que lá fizessem sua escola, transferindo a capital para Ard Carraigh, no centro do país.*

Outras urbes importantes de Kaedwen são Ban Fearg, Daevon, Ban Fillim e Ban Gleann.

O brasão dos Topp e de todo o país foi, desde tempos imemoriais, o unicórnio – d'or, licorne effrayée de sable.

No entorno das terras reais de Kaedwen ficam as terras de fronteiras, a todos pertencentes, denominadas Marcas ou marquesados. Tais terras são entregues à administração dos margraves, ou seja, dos marqueses, tanto aqueles de linhagem quanto aqueles pelo rei nomeados. Seu nome vem do fato de que tais terras funcionam como uma linha de frente e, à medida que avançam, devem trazer conquistas e arrancar novos territórios dos elfos para Kaedwen, deslocando as fronteiras e estabelecendo Marcas, id est, *marquesados, cada vez mais distantes. As Marcas são: Ocidental, do Norte, dos Lagos e do Sul.*

Baldwin Adovardo, *Regni Caedvenie Nova Descriptio*

Geralt, apesar da mais sincera vontade – e de motivos muito importantes –, não conseguia se concentrar de jeito nenhum no falatório do intendente Bulava. Toda a sua atenção era absorvida por uma grande gralha empalhada na mesa da autoridade à sua frente. A ave, olhando com seus maliciosos olhos de vidro para o bruxo, estava numa base de cera pintada de verde, na qual suas duas perninhas afundavam. Portanto, ela de modo algum poderia estar viva, ainda que sua aparência passasse tal impressão. Por que então, e Geralt não pôde deixar de se admirar, a gralha piscou várias vezes para ele com seus olhos de vidro? Seria magia? Provavelmente não, pois seu medalhão de bruxo não tremeu nem vibrou em nenhum momento, nem um pouquinho. Seria uma alucinação? Um delírio provocado por ter sido várias vezes golpeado na cabeça?

– Repetirei a pergunta – repetiu o intendente. – Repetirei, embora não seja de meu feitio repetir.

Ele já tinha assegurado diversas vezes a Geralt que repetir não era de seu feitio. Apesar disso, repetia a cada passo. Era visível que gostava da repetição, mesmo que não fosse de seu feitio.

– Repetirei minha pergunta: o que de fato aconteceu? O que você tinha contra esse desertor para arrebatá-lo com tanta violência? Alguma antiga animosidade? Pois, veja bem, de modo algum acreditarei que se tratou daquele caipira e da honra da filhinha dele. Que você correu em seu auxílio. Que nem a porra de um cavaleiro errante.

A gralha olhava maliciosamente. Geralt mexeu as mãos amarradas por trás, tentando despertar a circulação sanguínea. A corda lhe cortava dolorosamente os pulsos. Ouvia, às suas costas, a respiração pesada do brutamontes caipira. O sujeito estava a um palmo de distância, e Geralt tinha certeza de que apenas esperava um pretexto para novamente lhe esmurrar o ouvido.

O intendente arfava, esparramava-se na cadeira, estufava a barriga e o cafetã de veludo. Geralt contemplava a frente do cafetã e ia identificando o que Bulava havia comido hoje, ontem e anteontem. Observou que pelo menos uma dessas refeições contivera molho de tomate.

– Eu pensei – disse enfim o intendente – que nunca precisaria ver um de vocês, bruxos. Fazia anos que não se via nenhum bruxo. Falavam que, depois do ano 1194, poucos haviam restado vivos lá nas montanhas. Depois veio a notícia de que também os que restaram haviam morrido, de fome ou da peste. E de repente aparece um desses exatamente no meu vilarejo. E a primeira coisa que faz é cometer homicídio. Pego em flagrante, ainda tem a audácia de invocar uns éditos de merda.

– Por força do édito nominal do ano 1150 – resmungou Geralt, após limpar a garganta –, decretado por Dagread, rei de Kaedwen e das Marcas fronteiriças, *primo*: autoriza-se o livre exercício do ofício dos bruxos nos territórios do reino e das Marcas e se os afastam da jurisdição das autoridades locais...

– Primeiro *primo* – interrompeu-o bruscamente Bulava –: logo já terá passado meio século desde que Dagread virou pó e, junto com ele, seus éditos nominais autocráticos. Segundo *primo*: nenhum rei vai afastar nada de mim, porque o rei está em Ard Carraigh, longe daqui, e aqui governa a autoridade local. Ou seja, eu. Terceiro *primo*: você foi preso não por exercício de seu ofício, mas por assassinato. Caçar lobisomens e matar leshys é sua tarefa de bruxo. Mas nenhum rei te deu o direito de estraçalhar pessoas.

– Agi em defesa...

– Daryl!

O brutamontes obedientemente acertou Geralt com o punho, dessa vez na nuca.

– A sua lenga-lenga – o intendente olhou para o teto – é irritante. Você sabe até onde a irritação pode levar mesmo um homem calmo como eu?

A gralha olhava com seus maliciosos olhos de vidro. Geralt ficou em silêncio.

– Você não é um bruxo – disse finalmente Bulava. – Você é um defeito. Você precisa de conserto. É necessário levá-lo de volta ao refúgio nas montanhas sobre o qual as pessoas tanto falam. Não sei como é que fazem lá. Pode ser que uma falha como você seja desmontada em componentes para serem usados na produção de bruxos novos e melhores. É assim que fazem lá, não é? Os bruxos são feitos de partes de vários humanos costuradas, coladas ou seja lá o que for. As pessoas dizem coisas diferentes. Então, para não ficar falando à toa... Bruxo malsucedido, eu te degredo de volta para as montanhas, além do Gwenllech. Daqui a uma semana.

Geralt ficou em silêncio.

– Você não vai nem mesmo perguntar por que daqui a uma semana? – O intendente mostrou os dentes amarelos. – Você gosta de invocar éditos e leis. Eu também gosto da lei. E ela diz que não é permitido aos forasteiros portar armas neste condado. E você entrou aqui com uma arma.

Geralt queria explicar que não entrou, e sim foi arrastado para dentro. Mas não conseguiu.

– A pena são vinte chibatadas – anunciou Bulava. – Ela será aplicada pelo nosso Daryl, e ele tem a mão pesada. Você não vai se aguentar em pé antes de uma semana. Peguem-no. Levem-no para o pátio e o amarrem no poste...

– Alto lá! – Os brutamontes a quem o intendente dera a ordem foram interrompidos por um homem que entrava no cômodo vestindo uma capa grosseira, bastante suja na barra. – O que você quer, Bulava, levando com tanta pressa o bruxo para o poste e a chibata? Você quer feri-lo? Basta. Nada disso. Preciso dele inteiro e saudável no canteiro de obras.

– E por que – o intendente pôs as mãos na cintura – você está se metendo na execução, Blaufall? Já me basta suportar você sempre pegando meus camponeses para a corveia. Mas não se meta na minha jurisdição. Ela não é da sua conta. O crime deve ser punido...

– Xiu! Nada de crime – interrompeu-o Blaufall. – Não há aqui nenhum crime. Foi legítima defesa e socorro a pessoas. Não faça essa cara, não faça essa cara, pois tenho aqui uma testemunha. Permita-me, estimado senhor. Eia! Não tenha medo. Conte-nos o que houve.

Geralt reconheceu o camponês. O mesmo que no dia anterior ele havia salvado de um roubo e que se escondeu na floresta em vez de lhe agradecer. Era o pai da moça de quem ele se lembrava despida da bata.

– Eu dou testemunho de que... – balbuciou o camponês, apontando o dedo para Geralt. – Eu dou minha palavra de que o rapaz aqui presente veio em meu socorro contra os bandidos... Salvou meus bens... E salvou minha filha da desonra... Livrou a inocência dela das garras dos bandidos...

– E aquele desertor lançou-se sobre ele com um machado – sugeriu Blaufall. – O rapaz apenas se defendeu. Legítima defesa. Confirme, caro senhor, que foi assim.

– Foi assim... bem assim! O rapaz é inocente! – O camponês estava pálido e falava estranhamente alto. – Senhor intendente, liberte-o, eu te peço! E, por favor, aceite... A título de, hum, de algum custo ou prejuízo... eu gostaria de repará-lo...

Inclinando-se de modo servil, o camponês entregou ao intendente uma bolsinha de moedas. Bulava rapidamente a guardou no bolso de suas calças bufantes com tamanha habilidade que a bolsinha nem fez barulho.

– Legítima defesa! – zombou. – Cortou um homem ao meio com sua espada, um moço inocente... Ah, se dependesse só de mim...

Saíram para o pátio. Os brutamontes empurraram Geralt para fora, sem lhe desamarrar as mãos.

– E você, Blaufall? – perguntou o intendente. Está tão escaldado nessa água que até me arrastou para cá uma testemunha? Precisa tanto desse bruxo?

– Então você não sabe? Estamos fazendo a estrada, a Grande Estrada, saindo de Ard Carraigh, passando pelas florestas e chegando até Hengfors. É uma coisa séria, a Grande Estrada. Por lá passará o comércio entre nossas províncias e o Norte. Dizem que o próprio rei mandou nos apressarmos. E tem monstros na floresta e nos pântanos. Volta e meia morre um trabalhador, abatido por um monstro ou levado embora...

– E desde quando você se importa com trabalhadores? Você sempre dizia que o trabalhador não importa; se não tiver um, vai ter outro...

– Os trabalhadores que se fodam, a maioria é da corveia. Mas, às vezes, um desses monstros mata um capataz, aí me desorganiza tudo, o ritmo de trabalho vai por água abaixo. Falar mais o quê? Estou dizendo, eu preciso do bruxo. Se perco o prazo, dane-se o prêmio, mas, poxa, vão mandar a auditoria. E o auditor...

– Sempre vai encontrar alguma coisa – assentiu Bulava. – Aqui é exagero na compra de materiais, ali vai ser excesso de gastos, lá...

– Não fuja do tema – ofendeu-se Blaufall. – Liberte já o bruxo, sem demora. Já vou levá-lo para a obra... Mas o quê... O que está acontecendo?

– São os desmanivrados da guarnição. – O intendente fez sombra para os olhos com a mão. – O exército de Carleton.

Levantando poeira e assustando as galinhas, uma dezena de cavaleiros entrou a galope no pátio. Armados. Roupas coloridas, chamativas, mas um tanto esfarrapadas. Somente os dois à frente estavam mais elegantes: o comandante, um bigodudo usando um gibão de couro de alce, pingente dourado e chapéu com penas de avestruz; e um elfo cabeludo, com uma faixa na testa, vestindo o uniforme verde de batedor.

– Senhor capitão Reisz Carleton – saudou Bulava, indo até eles. – Saúdo-o, saúdo-o. A que devo a honra?

O capitão Reisz Carleton inclinou-se na sela e escarrou. Em seguida, fez um sinal para o batedor. O elfo cavalgou até o poste com a trave e habilmente jogou uma corda com um laço por sobre a viga.

– Arrá... – Bulava pôs as mãos na cintura e verificou se os brutamontes estavam atrás dele. – Vê-se que o senhor capitão veio até meu vilarejo para um enforcamento. Ora, e até mesmo vejo de quem hoje o destino será o laço. Vejo bem, vejo bem... aqueles dois acorrentados. Ora, ora... Pois então o senhor capitão capturou os desertores de sua guarnição. Aqueles que se embrenhavam na minha floresta e atacavam os camponeses e as moças.

– Aqueles – o capitão torceu o bigode – nem penso em enforcar. Os dois serão açoitados em público, um *fustuarium*. Para que se lembrem. E é isso. Eu tenho poucos homens para os enforcar por qualquer coisa. E para que um vagabundo qualquer os mate impunemente.

O capitão se endireitou na sela e ergueu a voz, discursando não apenas para o intendente, mas também para os brutamontes do vilarejo, para Blaufall e seus capangas e para o pequeno grupo de moradores que já ia se formando.

– Pelo que deveria punir meus soldados? Pelo quê? Por se afastarem sem permissão? Por quererem trepar com uma moça? Aqui na guarnição é como no fim do mundo, no exílio. É como se fosse uma punição. Você não vai encontrar aqui nem cerveja nem mulher. Não é surpresa que os rapazes queiram dar uma saidinha às vezes, pegar uma...

Reisz Carleton ergueu ainda mais a voz.

– Que porra as mulheres vão saracotear na floresta? E esse senhor aqui presente? Precisava ir com essa senhorita justamente por lá? Não lhe passou pela cabeça deixá-la em casa? Não é de estranhar que os rapazes quisessem... Eu não aprovo isso! Não aprovo, mas entendo. Aelvarr? Está pronto?

– Pronto, capitão.

– Pois então me passe aqui esse bruxo, Bulava. Matou um soldado meu, vai para a forca. É preciso dar o exemplo pelo terror. E não o retire de lá, intendente. Deixe-o pendurado, como advertência aos demais.

Blaufall deu um passo à frente, dando a impressão de que queria se pronunciar. Desistiu. Os brutamontes agarraram Geralt, mas hesitaram. Como se revelou, tinham razão para tanto.

De súbito fez-se um estranho silêncio.

Vindo de trás do celeiro, entrou lentamente no pátio um cavalo preto como a noite. Trazia um cavaleiro de cabelos brancos, vestindo um gibão de couro negro adornado por tachas prateadas nos ombros. Sobre seu ombro direito destacavam-se os punhos de duas espadas.

Lentamente, até mesmo com graça, o cavalo preto passou pelos camponeses e pelo intendente até parar diante da cavalaria do capitão Carleton.

O silêncio reinou por um momento. Depois, o cavalo preto sacudiu a cabeça. Os anéis do freio tilintaram.

– Senhor intendente Bulava – rompeu o silêncio o cavaleiro de cabelos brancos –, liberte imediatamente o jovem bruxo. Devolva-lhe seu cavalo, sua arma e seus pertences. Imediatamente.

– Sim... – O intendente pigarreou. – Assim será, senhor Holt. Vamos...

– Senhor capitão Carleton. – O cavaleiro curvou-se levemente. – Minhas saudações.

– Senhor bruxo Preston Holt. – Reisz Carleton tocou a aba do chapéu. – Minhas saudações.

– Senhor capitão – o cavaleiro ergueu a voz –, tenha a bondade de tirar daqui esse elfo, sua corda e seus demais subordinados. Vocês não são mais necessários. O linchamento de hoje foi cancelado.

– De fato? – O capitão se endireitou na sela, apoiando a mão na guarda de sua espada. – O senhor está tão certo disso, senhor bruxo?

– Sim, de fato estou. Despeço-me dos senhores. Senhor intendente, o rapaz está livre? Suas coisas foram devolvidas?

– Ah, seu filho da puta! – berrou um dos cavaleiros de Carleton, arrancando da bainha a espada e esporeando a montaria. – Vou te...

Não terminou a frase. Preston Holt ergueu a mão e fez um gesto curto. O ar uivou e assobiou. Os camponeses cobriram os ouvidos. O cavaleiro gritou e foi arremessado da sela como de uma funda, caindo pesado e morto sob os cavalos de seus companheiros. Os animais se assustaram, relincharam, bateram os cascos, sacudiram a cabeça, um deles empinou. O cavalo do derrubado saiu em disparada entre as casas, coiceando e arqueando o traseiro.

Fez-se um silêncio absoluto.

– Mais alguém? – Preston Holt ergueu a mão enluvada. – Algum voluntário para oferecer resistência? Bancar o herói? Não? Foi o que eu pensei. Despeço-me dos senhores soldados. Jovem bruxo, já na sela?

– Já – respondeu Geralt.

– Pois então vamos seguir nosso caminho. Atrás de mim.

CAPÍTULO SEGUNDO

A Marca do Norte após o sinal de sua fronteira às margens do rio Gwenllech. É sabido que a ambição dos marqueses de lá é fazer incursões no vale das Montanhas dos Dragões, pelo que soem chamar suas terras de cismontanas, como se logo viesse se somar a ela uma parte transmontana, quando os elfos fossem banidos, deslocados montanha adentro. Não obstante, passam-se os anos e nada disso sucede.

Baldwin Adovardo, *Regni Caedvenie Nova Descriptio*

O reino de Kaedwen era conhecido em todo o mundo habitado pelo seu clima frio e cheio de caprichos. Fechada a norte pela barreira das Montanhas dos Dragões e a leste pelo poderoso maciço dos Montes Roxos, a região sofria incontáveis e frequentes incursões de massas de ar, resultando em invernos longos e gélidos, primaveras frias e curtas, além de verões chuvosos. Quanto ao outono, variava – por vezes eram ensolarados, quentes e agradáveis; por vezes, não.

Agora, no mês de março, chamado de Birke pelos elfos, ainda restava neve em alguns pontos das ravinas e das depressões. Suas manchas brancas deitavam pelas dolinas e descampados. O gelo ainda cobria com lâminas amareladas algumas poças e valas. O sol fraco até aquecia, mas o vento das montanhas, quando soprava, fazia arder de frio tanto quanto em janeiro.

Geralt deixou Kaer Morhen no dia anterior ao equinócio. Esse era o costume dos bruxos. Agiam assim porque os monstros tornavam-se tão famintos e agressivos depois do inverno que as pessoas dos povoados e vilarejos ficavam inclinadas a contratar um bruxo, ainda que nesse tempo de penúria já tivessem consumido as reservas e estivessem praticamente sem meios de subsistência. Mas Geralt não teve tempo de ser contratado. Foi como foi, nem dois dias depois de partir das montanhas e já o camponês e sua filha, os malfeitores, o brutamontes careca e com os dentes podres... e pronto. Caiu sob o jugo do intendente Bulava, do povoado de Neuhold, libertou-se do jugo, depois sofreu a ameaça de linchamento da parte da soldadesca da guarnição local e então foi salvo por aquele estranho indivíduo de cabelos brancos, com duas espadas às costas, montado num cavalo preto, atrás do qual agora ia.

– Eu proponho – virou-se na sela aquele estranho sujeito – que sigamos juntos por algum tempo. Talvez o capitão Carleton ainda queira enforcar você. Podia-se ver que queria muito. Ele não é idiota a ponto de me perseguir, mas você, sozinho, pode ser um alvo fácil. Portanto, se minha companhia não o incomodar...

– De modo algum – garantiu apressadamente Geralt, esporeando sua égua alazã. – Com prazer... Eu... Eu sou...

– Eu sei quem você é. Seus cabelos embranqueceram depois das mutações? Depois das mudanças? Perda de pigmentação, assim como eu?

– Pois... Mas como...

– Como eu sei quem você é? É porque acompanho aquilo que acontece com vocês na Fortaleza. E chegaram-me boatos de que se formou lá um prodígio, que o chamam de Geralt e que logo deve seguir seu rumo.

– Mas Vesemir...

– Ele nunca falou de mim? Nunca deixou escapar o nome Preston Holt? Vou lhe explicar: Vesemir e eu, desde algum tempo, circulamos por órbitas diferentes, digamos assim. Se é que você me entende.

Geralt não sabia muito bem o que era uma órbita, mas assentiu com a cabeça, fazendo cara de entendido.

Seguiram em silêncio durante algum tempo. Lado a lado.

– Então você partiu de Kaer Morhen para a estrada – disse Preston Holt, quebrando finalmente o silêncio. – Talvez o seu começo não tenha sido o melhor, mas é assim mesmo. De forma alguma penso em repreender você, muito pelo contrário; vi o cadáver daquele malfeitor e considerei seus golpes irrepreensíveis. Talvez sem necessidade, talvez sem estratégia, talvez sem elegância – mas irrepreensíveis.

Ficaram novamente em silêncio, contemplando o rebanho no pasto e o pastorzinho correndo de vaca em vaca para aquecer os pezinhos enregelados num bolo bovino fresco e quente. O bolo talvez não aquecesse tanto, mas a corrida com certeza.

– Estão levando as vacas para o pasto – observou Holt –, mas a grama mal saiu da terra. Sob esse signo a temporada começa e você encontrará trabalho sem dificuldade, Geralt. Os vilarejos logo pagarão com gosto para proteger os vaqueiros e as propriedades. Vamos trotar pelo leito de escoamento até aquele bosque de bétulas.

– Pelo quê?

– Leito de escoamento. Essa vala aqui, isso é um leito de escoamento, um canal para a retirada de água da mina. Como você certamente sabe, estamos numa parte do reino de Kaedwen chamada Marca do Norte. A riqueza desta Marca são seus minerais: principalmente sal, mas também prata, níquel, chumbo, lápis-lazúli e outros tantos. Pelo menos era assim antigamente. Hoje em dia a maior parte dos minérios começou a faltar. Nada dura para sempre.

Geralt não fez nenhum comentário.

– Está vendo esse monte atrás de nós? Chama-se Madrugueiro, figura assim nos mapas oficiais. E ficou conhecido por esse nome porque, uns cem anos atrás, um camponês chamado Madrugueiro desenterrou por acaso uma rocha de prata do tamanho de uma cabeça de repolho. Imediatamente surgiu uma mina que ia escalando a encosta da montanha. Extraíram daqui grandes quantidades de prata e galena, um minério de chumbo. Mas, quanto mais profundamente os mineradores cavavam, mais problemas tinham com água. Existem mais desses leitos de escoamento por aqui, você vai ver. No final, os custos da drenagem fizeram com que o empreendimento ficasse impagável. Os mineradores partiram para outras paragens. Deixaram para trás um labirinto parcialmente alagado de corredores e escavações. Até aqui, tudo bem. A mina abandonada e alagada foi ocupada e dominada pelos zatráviets errantes. Você sabe o que são zatráviets, suponho eu.

– Zatráviets – disse Geralt de memória, tomando ar – são criaturas não muito grandes que parecem macacos com cabeça de cachorro. Vivem em bando, sob a terra, na escuridão. São perigosos.

– São perigosos para caralho – interrompeu a recitação Preston Holt. – Eles aparecem muito frequentemente para os garimpeiros que vêm escavar a encosta do Madrugueiro em busca da prata que ainda pode ser encontrada por aqui. Olha lá, um exemplo do que eu dizia: aquele brilho são lonas de carroças e tendas. Vamos chegar direto ao acampamento dos bravos mineradores. Os primeiros desta primavera.

Os bravos mineradores os saudaram calorosamente com uma delegação armada de paus e pás. Suas caras terríveis passavam um aviso simples: "Se mandem daqui, cheguemo primeiro." Contudo, as caretas rapidamente se desfizeram: os recém-chegados não eram, revelou a inspeção, concorrentes indesejados. Assim, nas faces antes iradas estampou-se a alegria.

– Glória aos deuses, graças aos deuses! – gritou o líder dos mineradores, guardando às costas a enxada que um minuto atrás brandia como advertência. – Louvados sejam os deuses! Glória aos deuses, é o nobre senhor bruxo! Chegou aqui a notícia de que o senhor estava nas redondezas, então nós já ia mandar uma mensagem. E de repente o senhor cai do céu, do céu!

– Esse é meu costume. – Preston Holt endireitou-se na sela. – Cair do céu em prol dos necessitados. Eis aqui um bruxo.

Enquanto isso, aos mineradores juntaram-se algumas mulheres que se lamentavam. O barulho ficava cada vez mais alto e desordenado. Preston Holt, gesticulando, começou a exigir ordem em voz alta. Demorou um pouco até que fosse possível perceber do que se tratava e o que sucedia aos mineradores e suas patroas.

– Precisamos de um bruxo, um bruxo! – disse, brandindo a enxada, o chefe dos mineradores. – Aqueles monstros que vivem debaixo da terra e se alimentam na montanha sequestraram um dos nossos, um menino! Atacaram e arrastaram ele até o abismo. Quem é que vai salvar ele, se não for o senhor?

– Não faz nem duas semanas que eu avisei vocês para se manterem longe do poço e das galerias – disse Holt. – Não é? Eu não disse para cavarem do outro lado da montanha? Esse rapaz, vocês estão dizendo, foi capturado pelos zatráviets? Faz quantos anos? Cinco? Faz muito tempo? Ah, foi anteontem? Então não se apressaram em me chamar. Desça, Geralt.

Preston Holt desceu do cavalo. Geralt não pôde deixar de perceber que ele apeou da montaria com dificuldade. E que mancava fortemente da perna esquerda. Com um gesto, afastou as mulheres lamuriosas que o cercavam. Conversou por um momento com o minerador mais velho, depois puxou Geralt pela manga.

– Eis, jovem bruxo – disse. – É chegada a hora de ajudar as pessoas em necessidade, feridas pelos monstros. Pois para isso nos contrataram.

– Se o rapaz foi levado pelos zatráviets antes de ontem – resmungou Geralt –, são pequenas as chances de que ainda...

– Esteja vivo? Sim, é de se duvidar. Mas talvez pelo menos encontremos... hum... possamos dar à mãe a chance de enterrar aquilo que sobrou. De onde vem essa hesitação, jovem Geralt? Faz pouco, sem pensar duas vezes, você se jogou em defesa da honra de uma moça e golpeou um homem até a morte, e agora está hesitando?

– Eu disse alguma coisa? – Geralt deu de ombros. – Ou estou hesitando? Não estou.

•

Na encosta da montanha sobraram ruínas de estruturas de madeira, provavelmente aparatos de drenagem. O fedor que vinha do poço parcialmente desmoronado revelava o abismo.

– O que restou da mina foi o poço – explicou Holt – e o ádito, veja, lá para a frente. Tanto um quanto o outro levam até a galeria superior. A galeria é sinuosa, pois segue ao longo do veio, já completamente exaurido. De lá desce um túnel inclinado, conduzindo até a galeria inferior, ainda mais sinuosa e com várias ramificações. Abaixo há mais um poço, mas totalmente alagado. É lá que ficam os zatráviets, nesse piso inferior. Ainda podem existir alguns buracos, ligações com as cavernas naturais. O plano é o seguinte: com a minha perna, não vou conseguir descer até o fundo. Sendo assim, vou até o ádito, faço barulho e atraio os zatráviets até mim. Então toda a esperança está em você, que vai descer pelo poço até o piso e, de lá, seguir pelo túnel para baixo. Lá você tem a chance de encontrar... o que é preciso encontrar. Com um bocadinho de sorte. Que é o que lhe desejo, rapaz. Até mais!

– Quem sabe primeiro dar uma checada... – arriscou Geralt.

– Fazer o quê? – ofendeu-se Holt. – Ah, entendi. Contudo, não há objetivo nenhum em... ficar checando. Beba o elixir, medalhão em punho e se mande para o poço.

– Com todo o respeito – resmungou, ao lado, o chefe dos mineradores –, esse jovenzinho tão... vai dar jeito? Nós pensemo que seria o senhor, seu Holt, que ia descer lá. O senhor em sua própria pessoa...

Preston Holt virou-se e olhou para ele. O minerador se encolheu, murmurou algo. E não terminou.

•

A galeria era alta. Geralt podia andar ereto tranquilamente e, mesmo assim, ainda faltavam alguns palmos para alcançar a abóbada. Por toda parte, a água pingava das paredes; com exceção do barulho das gotas caindo, não se ouvia nada. Apressou o passo: queria chegar o mais rápido possível ao túnel que descia, antes que Holt, conforme o combinado, fizesse alarde no ádito.

Nas paredes da escavação se viam profundas cavernas, vestígios dos depósitos de minério extraído. Em uma dessas cavernas, enxergou uma estranha construção de tijolo, ou melhor, o que restava dela. Não pôde saber que eram os restos de um antiquíssimo templo.

Os mineradores, fato que Geralt também não sabia, acreditavam nos deuses havia mais tempo do que todos os demais grupos sociais. Trabalhando em condições de permanente perigo, precisavam crer que alguma providência cuidava deles e que as preces a ela elevadas lhes garantiriam segurança. Como é fácil de supor, a prática logo provou que as orações eram em vão, que os desmoronamentos e as explosões de metano aconteciam com a mesma frequência para os devotos e para os infiéis. Mesmo assim, os mineradores acreditavam, construíam templos, acendiam velas e rezavam. Por muito tempo. Mas não para sempre. Como de costume, o juízo acabou vencendo.

O corredor começou subitamente a descer. Geralt já estava no túnel. Apurou os ouvidos, mas seguia sem ouvir nada além da água que gotejava.

Já estava pertinho da galeria inferior quando começou.

Da escuridão, uma grande pedra passou assobiando e roçou-lhe os cabelos. Logo depois vieram outras. Algumas o atingiram. Uma acertou sua cabeça, fazendo-o cambalear, e os zatráviets se lançaram sobre ele vindos de todos os lados, latindo e uivando com ferocidade, arranhando e mordendo. Não era possível contar quantos eram, pois se moviam rápido demais ao redor dele. Geralt sacou a espada da bainha apenas para imediatamente perdê-la – dois monstros o imobilizaram, e um terceiro, golpeando-o com uma grande pedra, desarmou-o. A criatura ergueu a espada conquistada e rugiu em triunfo, abrindo a bocarra de cachorro ao máximo. A comemoração foi prematura – Geralt tirou de cima de si ambos os atacantes, pegou uma pedra e atirou-a, acertando em cheio os dentes do zatráviets, que soltou a espada. Geralt deu um salto, segurou a arma antes que ela caísse e abateu o monstro que se debatia com a pedra presa em sua bocarra. Com golpes rápidos, dilacerou outros dois. E se lançou em fuga em direção ao poço. Atrás dele ouviu-se um latido feroz. Algumas pedras voavam. Uma o atingiu na nuca – houve um clarão, uma feeria de estrelas pareceu iluminar a escavação. Outra pedra o atingiu nas costas, quase o derrubando. Duas vezes os zatráviets o alcançaram, cravando-lhe os dentes nas panturrilhas, mas suas perneiras o protegeram de ferimentos mais sérios. Um zatráviets pulou e mordeu-o dolorosamente sob o joelho, onde a perneira não protegia. Geralt o matou sem diminuir o passo.

Sob uma chuva de pedras, correu até o poço, escalou as ruínas de uma escada e emergiu na superfície, caindo e ficando deitado ali por algum tempo.

– Ora, ora – ouviu. – Você saiu. E sem grandes ferimentos. O sangue, vejo, está pingando de alguns lugares. Mas não jorra de nenhum. Estou muito impressionado.

Preston Holt estava de pé ao seu lado, mordiscando a coxa de um frango assado.

– Vai se... – gemeu Geralt, ainda deitado. – Porra! Era para você estar no poço... Fazer barulho... Para atrair...

– É mesmo? – Holt jogou fora o osso. – Ah, sim! Perdão, eu me esqueci completamente.

Geralt praguejou, com a boca ainda junto ao chão.

– Devo lhe dizer. – Holt lambeu os dedos. – Não vão nos pagar nada. O rapaz foi encontrado. Voltou. Estava simplesmente zanzando por aí, e os mineradores, como de costume, puseram a culpa nos zatráviets. Levante-se, jovem Geralt. Bruxo Geralt. Permita-me, vou ajudá-lo. Você pode andar? Então vamos. Como eu disse, o pagamento ficou para as calendas. Mas vão nos dar abrigo para passar a noite e comida. As meninas vão cuidar dos seus ferimentos. Se pedir com jeitinho, quem sabe uma delas seja amorosa com você.

Seguiram na direção do acampamento e dos caldeirões fumegantes. O bruxo Geralt caminhava com dificuldade.

Umas moças bochechudas cuidaram dele. E lhes deram de comer. Os mineradores permitiram que eles passassem a noite lá. Holt na barraca, Geralt na carroça.

Uma das moças dirigiu-se até onde Geralt estava, à noite, e foi amorosa com ele. Mas apenas amorosa, só um pouco e nada mais. E logo em seguida saiu.

•

Ao amanhecer, Geralt se arrastou para fora da carroça e, ainda gemendo de dor, começou a encilhar a égua. Nesse momento, Holt o surpreendeu.

– Por que a pressa? – Esfregou os olhos. – Espere. Vão nos servir o café da manhã, depois seguimos nosso rumo.

– Qual é? – disse Geralt entre os dentes. – Não estou certo de que quero ir com você a algum lugar. Talvez eu siga meu rumo sozinho.

Holt se apoiou no tronco de uma bétula e observou o céu. Tranquilo, sem nenhuma nuvenzinha.

– Entendo totalmente sua postura – disse. – Mas eu precisava, com ênfase no precisava, fazer um exame preliminar, verificar como você é em ação.

– Eu podia não ter saído de lá.

– Mas saiu.

– Não foi com sua ajuda. Por isso agora...

– Eu lhe peço – interrompeu-o Holt – que você me acompanhe na cavalgada pelo menos até o meio-dia, o que significa, arredondando e considerando a hora, de cinco a seis estaianhes*. Esse tempo e essa distância bastam, creio eu, para que você se apazigue e olhe o mundo com a cabeça mais sóbria. E então lhe farei uma proposta.

– Qual é a proposta? – perguntou Geralt, cerrando os olhos.

– Seis estaianhes. Ao meio-dia.

•

Foi justamente ao meio-dia que o céu de súbito se enegreceu, ressoando com um bater de asas e um imenso grasnado. Da terra e das árvores próximas lançaram-se em voo dezenas, se não centenas, de pássaros.

– Corvos – suspirou Geralt. – Tantos corvos! Não pode ser! Corvos não voam em bandos. Nunca!

– Sem dúvida – reconheceu Holt. – Tantos corvos de uma vez é coisa invulgar, eu mesmo estou surpreso. Sem dúvida estamos lidando com um fenômeno incomum. E igualmente incomum é o lugar onde nos encontramos. Se é que você percebeu.

– Uma encruzilhada. – Geralt olhou ao redor. – Caminhos que se cruzam.

– Uma encruzilhada. Um lugar simbólico. Quatro caminhos levando aos quatro cantos do mundo. Um lugar de escolha e decisão. Qual caminho lhe convirá seguir, Geralt, bruxo Geralt?

Os corvos pousavam nos galhos mais altos das árvores. Crocitavam enquanto observavam os cavaleiros.

– Três dos caminhos, incluindo o nosso, são os seus caminhos de bruxo solitário, o destino que você escolheu quando tomou seu rumo em Kaer Morhen. Se você seguir um desses três, se tomar essa decisão, nossos caminhos se separarão. Contudo, se você escolher o quarto caminho, ouvirá minha proposta.

Os corvos crocitavam.

....

* No original, *stajanie*: antiga medida polonesa equivalente a 893 metros. [N. do T.]

•

– Já tenho, como você deve ter percebido, uma certa idade. Posso acrescentar que muito avançada. Você estranharia o quanto. Também sou, como dá para ver e não posso esconder, um aleijado. Meus dias de glória como bruxo são uma canção do passado. Não saio mais pelos caminhos do mundo com espadas. O brilho das minhas lâminas, por assim dizer, não mais traspassará a escuridão. Mas a escuridão existe, os monstros ainda atacam na noite escura. Você pode lhes fazer frente e derrotá-los. As pessoas ameaçadas pelos monstros ainda buscam sua ajuda... E eu aqui sendo poeta, e você esperando a proposta. Ei-la: vamos trabalhar juntos. Fui e sigo sendo conhecido aqui em Kaedwen, nunca pude reclamar de falta de clientes, e agora as pessoas me pedem uma ajuda que não lhes posso mais dar. Mas você pode. Observei você e digo: seja meu sucessor, Geralt. Em vez de zanzar faminto pelas estradas, more na minha casa. Aproveite minha fama, e trabalho não vai faltar. Depois do trabalho, você vai ter para onde voltar. E onde passar o inverno. Já eu... ficarei feliz se alguém continuar meu trabalho. Além disso, não escondo, alguém me ajudará a me sustentar na velhice. Não precisa decidir agora. Por ora, basta que não siga sozinho, mas comigo. Você ainda vai me acompanhar. Fechado?

– Ah, sei lá... Fechado!

– Então pé na estrada! Deixemos esta encruzilhada aos corvos.

Os corvos se despediram crocitando.

– Não se ofenda – Holt se virou na sela –, mas gostaria que você se dirigisse a mim de maneira adequada. Principalmente, não fale "dar uma checada" e "porra".

CAPÍTULO TERCEIRO

Às margens do Buina fica a Marca Ocidental, apoiada a oeste nas Montanhas Pustulentas. Outrora fora intento do marquês mover a fronte sempre mais a oeste, nada disso resultando, pois naquelas paragens já houvera traçado sua fronteira o reino de Hengfors. Houve disputa e ameaça de derramamento de sangue. Hengfors, apesar de pequeno, tinha um poderoso protetor em Kovir, e dessarte aos marqueses restou apenas aceitar a paz.

O acordo, firmado em 1225 post Resurrectionem, *chamado de Paz de Holopole, fez correr a fronteira entre os dois reinos no rio Braa e estabeleceu sua margem ocidental como o* non plus ultra *da Marca.*

Baldwin Adovardo, *Regni Caedvenie Nova Descriptio*

Como de costume, os primeiros que prestaram atenção a eles foram os gatos e as crianças. Os gatos, que abundavam nos limites da cidade, relutavam em sair do caminho e, ao sair, olhavam para trás e rosnavam. As crianças corriam para casa, chorando e gritando, largando aquilo com o que brincavam, principalmente bolotas de lama seca.

Fora as crianças e os gatos, nenhum dos moradores da cidadezinha de Spynham deu a menor atenção aos bruxos que chegavam. Daria até para pensar que cavaleiros com túnicas negras e espadas iam com tanta regularidade a Spynham que deixaram de causar qualquer interesse.

Preston Holt conhecia o lugar, sabia em qual estábulo deixar as montarias. Seguiram a pé por uma rua lamacenta, afugentando outros gatos e ranhentinhos.

– Meu belo senhor – uma mendiga agachada com sua criança junto ao muro cutucou Geralt. – Meu belo senhor, dê uma moedinha. Para o leite da criança...

Antes que Holt conseguisse reagir, Geralt sacou da bolsa um marco e jogou para a mulher, que agradeceu efusivamente. Holt caminhou em silêncio por algum tempo e, finalmente, parou.

– Você não é nenhum belo senhor – disse Holt entre os dentes, olhando nos olhos de Geralt. – Você é um belo de um idiota. Com um marco dá para comprar o leite de doze vacas. E, logo você vai se dar conta, vão querer pagar-lhe não muito mais do que isso por matar um monstro. E matar um monstro é um esforço um pouco maior do que choramingar esmola e mostrar os dentes podres. E a criança com certeza foi emprestada daquela dama que está sentada na estalagem esperando cliente para chupá-lo no banheiro por meio marco. Estou avisando: não ande de novo por aquela ruazinha. Vai ser uma zombaria se você aparecer ali novamente.

Por um momento, Geralt teve vontade de se impor a Holt e retrucar, dizendo que o deixasse em paz e cuidasse do próprio nariz. Não o fez. Por algum instinto considerou Holt em posição superior, quase um mestre. Talvez porque Holt lembrasse demais Vesemir. No comportamento e na fala. Pois fisicamente eram muito diferentes.

À frente deles brilhavam as colunas do templo, branqueadas com cal, ao pé das quais se acocorava um exército de mendigos. O templo estava fechado havia anos e abandonado, mas os mendigos se amontoavam ali. E estendiam a mão por uma esmola. De hábito.

Holt prudentemente puxou Geralt para o lado oposto da rua.

– Sabe por que somos chamados de bruxos? – perguntou. – Porque somos filhos de bruxas.

– Ah, vá... – ironizou Geralt. – Quer dizer, até aí eu cheguei. Bruxos vêm de bruxas. Não brinca.

– Talvez isso lhe pareça engraçado, mas é a verdade. Os primeiros bruxos eram filhos de mulheres com habilidades mágicas sem controle, as chamadas bruxas. Tinham a cabeça fraca e frequentemente serviam aos jovens vigorosos como brinquedos sexuais. Os filhos fruto dessas brincadeiras eram enjeitados. Ou seja, abandonados. E, vindos dos orfanatos ou abrigos, costumavam chegar às escolas de bruxos.

– É claro. Você inventou isso. Não era assim.

– Era. Todos nós, bruxos, somos originados de moçoilas de cabeça fraca. Não é divertido?

– Não tem como. Não era assim.

– Era, era. Mas há muito tempo! Agora você não vai mais ver uma bruxa na frente dos templos. Os feiticeiros exterminaram todas. Ah! Nada dura para sempre.

Quanto mais próximo à praça do mercado, mais cheio de gente. Isso era novidade para Geralt. Não havia se acostumado a multidões, sentia-se mal nelas. O barulho o irritava. Começou a sentir falta de ar, e o fedor ficava cada vez mais incômodo. Fedia a fumaça, gordura queimada, frutas apodrecendo, esterco e sabem os deuses mais o quê.

Na praça do mercado, precisaram passar por entre as fileiras de barracas e a multidão de vendedores. Também aqui esperavam por Geralt novidades e surpresas. E finalmente o fascínio. Nunca na vida ele havia imaginado que no mundo existissem tantos ofícios e tamanha fartura de produtos à venda. Nem que houvesse tantos interessados em comprá-los. Correias e produtos de couro, panelas de argila, com ou sem tampa, chapéus de pele, casaquinhos de couro de carneiro, sandálias, lenços bordados, frigideiras de cobre, rastelos, garfos, cabos de enxada – e rosquinhas, rosquinhas, rosquinhas.

Holt não deu a menor atenção às maravilhas expostas nas barracas. Em dado momento, parou de se espremer na multidão e pegou Geralt pela manga.

– Olhe para baixo – cochichou. – Olhe para baixo, não encare.

– Por...?

– Feiticeiras.

Geralt obedientemente desviou o olhar. A contragosto. Duas mulheres junto à barraca de joias de âmbar atraíam para si os olhares com uma espécie de magnetismo. Seus trajes eram suntuosos. E sua beleza, como a de uma pintura.

– Elas consideram as pessoas comuns como animais e odeiam os bruxos – explicou Holt, quando já haviam se afastado. – São ávidas por altercações e podem considerar qualquer olhar uma afronta. E é melhor que não sintam nossos medalhões.

Holt parou em frente a uma casa imponente, sobre cuja porta estava pregada uma placa. A pintura, muito burilada, mostrava uma sereia com seios fartos. Sob a sereia, lia-se "Lorelei". Ele segurou a aldraba e bateu energicamente. Muito energicamente.

As enormes portas se abriram e diante deles surgiu um grandalhão espadaúdo com a mandíbula em forma de broa. Por um longo instante, mediu os bruxos com o olhar. Depois disso, deu um passo para trás e, cedendo-lhes espaço, convidou-os para entrar.

Holt, via-se que um *habitué* do local, sem rogo puxou das costas suas duas espadas e as entregou ao grandalhão. Geralt se apressou em seguir seu exemplo.

Desarmados, adentraram a antecâmara, iluminada por várias lamparinas. Geralt respirava com dificuldade: o recinto estava saturado pelo aroma de perfumes e incensos. Na parede, uma segunda sereia pintada em um quadro. Igualmente peituda. Não havia nada escrito.

– Senhor Preston Holt – disse a mulher que entrava.

– Madame Pampinea Monteforte. – Holt inclinou-se. Geralt também se inclinou. E fechou a boca, que um momento atrás abrira. De admiração.

Não sendo conhecedor da arte da alfaiataria feminina, Geralt não podia saber que os materiais do vestido preto de Pampinea Monteforte eram *chiffon* transparente, musselina e crepe. Também não sabia que é uma grande arte costurar um vestido que, cobrindo, descubra. E vice-versa.

Geralt também não sabia o que é a quintessência da feminilidade. Mas e daí que não soubesse, já que estava vendo?

– E esse jovem? – Pampinea Monteforte riu gostosamente, sacudindo a tempestade de seus cabelos castanhos.

– Sou chamado de Geralt. Um jovem adepto das artes bruxas.

– Eu espero – o timbre da voz de Pampinea mudou estranhamente – que o adepto não tenha sido trazido para cá... com a intenção de celebrar, chamemos assim, o ritual de passagem. Tenho a obrigação de lembrar ao senhor Holt que nada mudou no Lorelei. Aqui, nem o senhor Holt, apesar de o querermos muito bem, nem nenhum outro bruxo pode fazer uso de nossos serviços. Porque...

– Porque – interrompeu-a delicadamente Holt – os outros clientes podem não querer uma moça que tenha sido tocada antes por um bruxo. Eu me lembro disso, cara Pampinea, e não me passou pela cabeça quebrar o regulamento local. De forma alguma vim como cliente, mas exclusivamente com o objetivo de me encontrar com um conhecido e parceiro de negócios: Timur Voronoff. Ele me informou que estaria aqui e combinou um encontro. Ele está aqui hoje?

– No Lorelei – Pampinea contraiu os lábios – em regra não temos o hábito de dar informações sobre nossos clientes, independentemente de com quem tenham ou não combinado algo. Contudo, por causa de laços específicos com o senhor Voronoff... posso informar que os senhores evidentemente se desencontraram. O senhor Voronoff esteve aqui na semana passada. Passou alguns dias, certamente esperando o encontro combinado. Não tendo recebido notícias, deixou Spynham. Agora decerto já está em sua casa, em Belvoir.

– Cem vezes obrigado. – Holt novamente se inclinou e, com um gesto, mandou Geralt se inclinar também. – Prestamos nossas reverências...

– Senhor Holt – baixou a voz Pampinea Monteforte –, o senhor conhece, segundo sei, a entrada secreta para o Lorelei, localizada nos fundos da construção. A entrada para clientes... especiais... e secretos. Se então os dois senhores bruxos estiverem interessados em um petisco... e serviços especiais...

– Lamento – recusou Holt, para grande tristeza de Geralt –, mas o tempo urge e o dever nos chama. Talvez numa outra oportunidade.

•

Quando saíram, Geralt tomou forças para reclamar com Holt. Não teve tempo.

As vozes vieram de um estábulo não muito longe dali. O grito alto de uma mulher e o barítono embriagado de um homem. Geralt imediatamente se dirigiu àquele lado. Antes que Holt conseguisse segurá-lo pela manga, viu o incidente. Um enorme brucutu, com uma barriga que transbordava do cinto da calça, batia com uma vara em uma mulher que se encolhia a seus pés. A mulher gritava, e o brucutu batia.

Geralt já se punha em ação, mas Holt foi mais rápido, e isso apesar de sua deficiência. Saltou, pegou o brucutu pelo ombro e o empurrou com força.

– Qual é, vagabundo?! – vociferou o homem. – Eu vou te...

Ergueu a vara e preparou-se para dar um golpe. Então aconteceu algo que escapou tanto ao olhar de Geralt quanto do povo que já se juntava ao redor. Apesar da perna manca, Holt virou-se num semicírculo veloz e entrou em um breve embate, do qual o camponês saiu voando como de uma funda, bateu a cabeça contra a base do poço e caiu desacordado no calçamento.

– Ai! – gritou Holt. – O homem tombou! Aconteceu alguma coisa com ele. Ajudem-no, gente boa.

A boa gente ficou parada, encarando e titubeando em prestar ajuda. Os dois bruxos se afastaram rapidamente.

Ninguém os segurou.

CAPÍTULO QUARTO

Vamos, que ora é dos dois um só querer:
*tu condutor, tu senhor e tu mestre.**

Dante Alighieri, *A divina comédia*

– O que foi, jovem Geralt? Por que está cabisbaixo? E por que estamos nesse silêncio funesto? Olhe ao seu redor! A primavera, as verbenas, os salgueiros, os passarinhos cantando, o riacho murmurando baixinho. Dos vilarejos vem esse cheiro de trabalho na lavoura. Quer dizer, de leite azedo e bosta. E você, em vez de se alegrar em companhia da natureza, está assim amuado. Por que isso?

– Minha barriga está roncando. Poderíamos ter ficado em Spynham, comido algo... Aquela senhora nos convidou...

Preston Holt deu um sorriso.

– Suponho que não esteja se lamentando por causa do almoço, mas dos folguedos com alguma senhorita do Lorelei. Tudo tem seu tempo. Prometo que Pampinea Monteforte ainda nos receberá no anexo secreto daquele estabelecimento. E com certeza encontraremos entre suas moças alguma corajosa. Agora eu gostaria de chegar quanto antes à minha casa, Rocamora.

– Rocamora? De onde vem esse nome?

– Não sei. O nome veio junto com a propriedade.

•

* Tradução de Italo Eugenio Mauro (Alighieri, Dante. *A divina comédia*: Inferno. São Paulo: Editora 34, 2010, p. 36).

Preston Holt, conforme explicou a Geralt, tinha partido da capital junto com a construção da Grande Estrada, que deveria ligar Kaedwen a Hengfors e depois a Kovir e Poviss. A derrubada das florestas despertava os monstros, que também eram atraídos pela concentração de pessoas. Os supervisores estavam dispostos a pagar por proteção – havia muito trabalho e contratos vantajosos para um bruxo. Uns quatro anos atrás, ainda antes de a construção da estrada chegar à Marca do Norte, aconteceu um acidente. Lutando com uma meganeura, que no fim das contas matou, Holt se feriu gravemente, sofrendo uma complicada fratura na perna. Esse acidente pejou muito sua carreira. Foi então que ele comprou o pequeno forte de Rocamora e se retirou por um tempo.

– De vez em quando aceito contratos – admitiu a Geralt. – Voronoff escolhe para mim os monstros mais fáceis e eu pego a estrada de novo. Dessa vez, fui ao norte especialmente para encontrar você. Já estive lá em fevereiro e conheci muita gente: os peões da Grande Estrada, o intendente, os soldados. Você deve admitir que valeu a pena tê-los conhecido.

– Quem é esse Voronoff? Você perguntou dele àquela dama...

– Pampinea Monteforte. A cafetina. Dama, claro... De dama nem a cara. Já Timur Voronoff é meu agente.

– A madame Pampinea disse que vocês se desencontraram. Que ele tinha voltado a... Belvoir? Mas nós não vamos para lá?

– Não. Não é caminho. Vamos para o sul, pelo caminho real. Belvoir fica a oeste.

– E esse agente... O que ele faz exatamente?

– Vai saber quando for a hora. Quando você finalmente decidir sobre minha proposta. E então? Já pensou sobre o assunto? Podemos conversar sobre isso?

– Talvez mais tarde.

– Como queira. Esporeie esse cavalo.

•

No pitoresco vale, entre freixos, amieiros e salgueiros, brilhavam telhados de colmo. Uma fumaça preguiçosa saía das chaminés. Holt se levantou nos estribos.

– Estamos em casa.

– Quer dizer – resmungou Geralt –, você está.

– E você também. É só aceitar minha proposta.

– Pois é.

– Um sujeito complicado, você. Eia, vamos entrar!

Em Rocamora, circundada por uma paliçada, adentrava-se por um portão que levava ao rossio. Lá ficava a casa, uma construção sólida de toras de pinheiro encaixadas, coberta por um telhado de junco. Ao lado havia um depósito, um estábulo, um celeiro, um poço, um pombal, os banheiros e algumas choupanas.

Por um amplo vestíbulo se entrava na área de serviço e, de lá, acessava-se uma grande sala onde havia um forno de cerâmica, da qual se ia a vários outros aposentos. Ligados à casa ficavam uma grande cozinha e os quartos dos funcionários.

Os funcionários consistiam em um administrador, sujeito soturno sempre ocupado com as contas; um criado mais velho com ares de escudeiro; um lacaio mais jovem encarregado dos cavalos; e moças, sempre substituídas, contratadas no vilarejo. Também havia uma mulher gorda, barulhenta e engraçadona que cumpria a função de cozinheira e governanta. Era fácil lhe perdoar os gracejos e o barulho, pois cozinhava com maestria. Para Geralt, acostumado à dieta monótona e um tanto pobre de Kaer Morhen, cada refeição em Rocamora parecia um banquete real. Em toda a sua vida, nunca havia visto nem comido pratos como rolinhos de carne ou charutinhos de repolho. Já cordeiro com legumes era uma comezaina quase inimaginável.

A comilança, o ócio e a observação dos pombos-correios que iam e vinham não duraram muito.

– Talvez – começou Holt, levando Geralt até o celeiro – você se dê conta do fato de que, naquela questão com o desertor, foi por um milagre que tenha escapado da forca. Você matou um homem com uma espada. Ninguém se importa se agiu em legítima defesa ou em defesa de uma vítima inocente. Os bruxos não são muito benquistos. Pelo assassinato de um homem, podem te condenar à forca ou linchar. Por isso, é melhor não empregar a espada contra pessoas. Para elas, há outros jeitos.

– Os Sinais?

– Não somente.

No celeiro, que estava vazio, foram fincadas no chão batido quatro estacas, nas quais havia imitações, feitas de couro duro, de cabeças e torsos humanos. Holt tirou o gibão, arregaçou as mangas da camisa e vestiu luvas grossas de montaria, dando um segundo par a Geralt.

– Tudo que lhe demonstrarei aqui deve servir exclusivamente para defesa pessoal. Digo e repito: única e exclusivamente para sua defesa. Você é um policial, não um miliciano ou um matador. Tenha isso em mente.

Geralt assentiu com a cabeça que tinha aquilo em mente.

– Em Kaer Morhen – prosseguiu Holt – pouca coisa mudou desde a minha época, e na minha época a gente se esmurrava regularmente. É legal socar com a mão nua, não é? É tão gostoso e natural que talvez seja um atavismo. Às vezes, não dá para ser de outra maneira, sobretudo, vamos dizer assim, com a cabeça quente. Porém, quando a cabeça quente toma o lugar de uma premeditação racional, é preciso pensar nas lesões graves que podem ameaçar o punho, o pulso, os dedos ou tudo junto. Às vezes, bater com a mão nua traz resultados piores para quem bate do que para quem apanha. É para isso que servem os instrumentos, garoto. Sim, eu sei, você não precisa me lembrar. Cada uma das suas espadas tem uma ponta. É difícil achar um instrumento melhor. Mas também convém se equipar com uma faca de empunhadura sólida. E é bom ter uma soqueira. Não ocupa muito espaço e é eficiente para diabo. Outra coisa que vale a pena carregar é uma vara firme, tendo em vista principalmente os cachorros. São muito mais perigosos do que as pessoas. Sem mencionar espada, faca ou soqueira, até uma bengala pode ser tratada como uma arma, um instrumento perigoso, cujo uso – ainda que em defesa – pode ter as consequências que mencionei. Por fim, é bom levar consigo algo discreto. Um pedaço de metal. Tipo uma chave. Uma assim. Pegue. A partir de hoje será a sua chave. Para que fique claro: não serve em nenhuma fechadura, eu a encontrei no lixo. Agora vamos nos recordar, rapidamente, do que se pode encontrar na cabeça humana. Vão nos servir de demonstração esses manequins em formato humano feitos de couro de búfalo moldado a quente, especialmente encomendados por mim.

Holt bateu com toda a força no busto de couro até que levantasse pó e a estaca balançasse.

– No bregma, no cocuruto! A junção dos ossos frontal e parietal, sob os quais ficam o lobo frontal e o córtex motor, áreas do cérebro responsáveis pelo movimento. Dá para incapacitar alguém com um golpe forte. Sua vez. Dê alguns golpes no bregma. Excelente! Um talento nato. Ou, quem sabe, o treino na Fortaleza? Ao contrário do que costumam dizer, a têmpora absolutamente não é o melhor alvo. Se for esse o caso, é mais vantajoso atingir o osso esfenoide, localizado aqui, olha, marquei com tinta. – Holt mais uma vez bateu com força no manequim. – Debaixo desse osso fica a artéria temporal. O golpe causa hemorragia e morte. Que fique claro, minhas observações anteriores são aplicáveis aqui também. Homicídio dá forca. E você, volto a lembrar, está aprendendo luta defensiva, não de agressão. Os ossos da órbita, como certamente lhe ensinaram, são um local sensível. A forma do golpe se transfere para o lobo frontal, e o resultado é a perda de consciência. Agora é sua vez. Golpeie! A raiz e o dorso do nariz, como sabe qualquer um que tenha brigado na juventude, quebram fácil e se esmagam com um golpe. Um golpe simples no nariz causa dor aguda e um sangramento forte, capaz às vezes de tirar o adversário do combate. Mas um adversário mais forte e corajoso não será eliminado, no máximo se enfurecerá. Por isso – preste atenção, é importante – a glabela, localizada meia polegada acima da raiz do nariz, também chamada de metópio ou intercílio, é um alvo muito melhor. É um ponto muitíssimo sensível. Um golpe forte danifica o lobo frontal. O efeito é uma concussão cerebral e a perda de consciência. Adiante, mostre para mim alguns golpes na glabela. Excelente! Debaixo do nariz, um quarto de polegada abaixo dele, temos a chamada sutura intermaxilar. Um bom alvo para o punho. Um golpe esmaga os dentes da frente e os ossos nasais, o que por si mesmo é um espetáculo à parte e monstruosamente eficaz. Mas ainda não chegamos ao fim. Os ossos maxilares se ligam ao neurocrânio, isto é, à caixa craniana, e, portanto, normalmente o efeito do golpe é uma concussão cerebral. Também ouvi dizer – eu mesmo nunca fiz nem nunca vi fazerem – que um golpe forte e eficiente na sutura intermaxilar é capaz de lesionar a segunda vértebra cervical, mais especificamente o processo odontoide, também chamado de *dens* – seja lá o que esse *dens* seja. O resultado, conforme me garantiram, é um trauma do tronco encefálico. Uma coisa dessas elimina da luta qualquer agressor. Agora algumas palavras sobre o pescoço. É possível matar com um golpe no pescoço se se bater com força e precisão aqui, nesse ponto abaixo do ouvido, na parte do crânio chamada de processo mastoide. Também marquei com tinta. Um golpe forte e preciso nesse local, principalmente usando algo como a sua chave, rompe a artéria vertebral que passa, olha, nesses processos das vértebras. Uma ruptura da artéria vertebral leva à perda imediata da consciência e morte certa. Portanto, se for terminantemente necessário privar alguém de vida, o processo mastoide não é um método ruim. Agora, mostre um golpe no local. Mais uma vez! Está bom. Contudo, o pescoço é sobretudo a laringe. Nos humanos do sexo masculino, ela se destaca pelo gogó, isto é, a *prominentia laryngea*. Duendes e gnomos, como você sabe, também têm essa proeminência, já elfos e outros humanoides não. Mas voltando ao ponto: um golpe nesse local causa hemorragia interna, e os tecidos macios inchados bloqueiam a traqueia. O golpeado, caso não receba ajuda imediatamente, se engasga. Também não é um mau jeito de privar alguém de vida. Principalmente se é preciso fazer em silêncio. Estou vendo que você quer fazer uma pergunta.

– Aquele brucutu em Spynham... Aquele que estava batendo na mulher. Eu nem vi em que parte do corpo ele apanhou... Ele sobreviveu?

– A natureza costuma ser insondável. Não obstante, não vejo motivo para preocupações. Tire isso da cabeça. Sigamos o treino. Mostre-me, Geralt, uns belos golpes no gogó. E assim encerraremos por hoje.

Para o almoço, coelho defumado com cebola e aipo.

•

Na manhã seguinte, foi a vez dos bastões. Varas de carvalho desgastadas pelo uso que mediam três pés. Substituíam as espadas.

A perna deficiente, como se pôde ver, não atrapalhou Holt na esgrima. Era ágil como um gato.

Atacou sem aviso. Geralt cobriu com uma quarta para a primeira. O bastão lançado contra ele de *molinetto* foi evitado com uma segunda *dexter* alta. Contra-atacou com uma terceira *mezzocerchio*. Holt cobriu com uma terceira para a quarta, girou e atacou de pronto com uma finta. Geralt se defendeu com uma primeira e, com uma meia-volta, contra-atacou com um forte *mandritto*. Holt cobriu com uma oitava alta, uma defesa pouco convencional.

O som do bater dos bastões ecoava pelo pátio. Tão alto e em ritmo tão veloz que chamou a atenção do administrador e do lacaio da estrebaria.

– Você tem tendência a sair da volta e golpear em *mandritto*, jovem Geralt. O seu *mandritto* é forte, como pôde ver aquele desertor. Um corte firme, mas, assim, sem graça nem finesse.

– E quem precisa de graça e finesse? Se corta, é para matar.

– Mas, para não cair na rotina ao matar, tente um *roverso*. Ou, para usar a terminologia de Vesemir, um sinistro. Um golpe igualmente assassino, eu garanto. Só que ao contrário: passo largo com o pé direito, meia-volta, *molinetto* e *roverso*. Vamos praticar?

Praticaram.

Por mais de uma hora, nenhum dos dois conseguiu acertar o outro com o bastão. Poderiam muito bem ter lutado sem os protetores.

– Nada mal, jovem bruxo, nada mal. Pelo que posso constatar, Vesemir ainda está em forma e segue ensinando bem. *Finis*, chega por hoje. Mas para encerrarmos... um pequeno memento.

Atacou subitamente com uma *gran passata* com o pé direito e um *molinetto* tão forte que Geralt precisou cobrir com uma serpentina. Torcendo o tronco, Holt executou uma finta de *mandritto* na têmpora esquerda, depois um *molinetto*, um contratempo de passo largo com a perna esquerda, repetiu o *molinetto*, um *tramazzone* e...

Geralt ficou atordoado, sem nem se dar conta do momento em que caiu, batendo a bunda no chão. Na sua cabeça, retumbavam e zumbiam enxames de abelhas. Havia sido atingido com força na têmpora. O protetor de couro teve serventia.

– O que foi isso? – perguntou embasbacado.

– Graça, Geralt. Graça e finesse.

•

O corpo de Holt, pôde-se ver enquanto ele se despia no banho, revelou-se um mapa das cicatrizes e uma crônica dos acidentes.

– Isso aqui foi uma quiquimora – disse, apontando para uma fileira de marcas de dentadas em forma de lua crescente no bíceps esquerdo. – Ela me pegou de surpresa.

Uma horrenda cicatriz nas costas revelou-se uma lembrancinha das garras de um cherpoch. A marca acima do quadril direito foi deixada pelas unhas de um grifo. O ombro esquerdo ficou lanhado pela bocarra de uma wipper.

A cesura mais repulsiva devia-se à luta com a meganeura. A coxa direita do velho bruxo ficou deformada. Além dos sinais das mandíbulas, ela carregava as marcas de cortes cirúrgicos e suturas, desde o quadril até quase o joelho.

– Além disso – Holt derramou sobre si a água de um baldinho e bateu nas costas com um feixe de ramos de bétula –, temos a panturrilha, veja só. Sabe o que me fez isso? Um vira-lata! Matei o filho da puta. Sem falar da cabeça: ainda sinto tonturas devido a uma canecada que levei numa taberna em Novigrad. Sim, jovem Geralt. A pele de um bruxo é uma crônica de seus feitos. No inverno, quando você voltar a Rocamora, olharemos e contabilizaremos suas memórias.

O medalhão no pescoço de Holt mostrava a cabeça de uma serpente com grandes presas venenosas.

Geralt hesitou longamente em perguntar. Tanto que, por fim, Holt respondeu. Sozinho. Sem pergunta.

– Sim, eu estava lá em Kaer Morhen naquele dia, trinta e cinco anos atrás. Uma hora te conto sobre isso. Mas não hoje.

– Mas...

– Eu usava outro nome naquela época. Não estranho que Vesemir o tenha escondido de vocês; como eu disse, nossos caminhos se separaram. E passei a usar meu nome e sobrenome verdadeiros. Porque eu os conhecia, é bom que você saiba.

Vendo o olhar interrogativo de Geralt, Holt explicou:

– Quando minha mãe me abandonou, parece que em algum canto de Kovir, colocou no cesto um cartãozinho. Aquelas que sabem escrever deixam um cartãozinho com dados do enjeitado, geralmente apenas a data de nascimento. Às vezes o nome, mas às vezes também o nome ou o sobrenome do pai. As bondosas senhoras do orfanato de Kovir guardaram o cartãozinho e o entregaram aos bruxos que me tiraram de lá. Quando me despedi de Kaer Morhen – e não foi uma despedida cordial –, Vesemir me revelou meus dados verdadeiros. Pois Vesemir, assim como o velho Byrnjolf antes dele, tem um arquivo com esses cartões deixados com os enjeitados, mas não permite a ninguém os ver. Contudo, às vezes faz exceções.

– Faz. – Geralt despertou. – É daí que eu sei que meu camarada Eskel na verdade se chama Esau Kelly Kaminski. Mas Eskel não gostava do nome. E dá para entender. Então imaginou uma abreviação a partir dos dois primeiros nomes.

– E a você quando partiu, Vesemir revelou quem você é?

– Não.

•

– Quando você vai me ensinar essa finta? Essa... graça? O *mandritto*, depois o *molinetto* duplo e o *tramazzone*...

– *Primo*: eu não dirijo uma escolinha de esgrima. E *secundo*...

– Sim?

– Preciso guardar alguns segredinhos de você, não é mesmo?

•

– Aqui está, experimente.

A jaqueta era feita de couro leve, com tachas nos ombros e mangas.

– Novinha em folha, mas não me cabe mais na barriga. E em você, olha, ficou perfeita. De agora em diante será sua. E aqui estão as luvas para completar o conjunto. Não agradeça.

•

Finalmente, e isso se deu em meados de maio, no começo do mês de Blathe, chegou a hora de se despedir de Rocamora. Dos murros nos manequins de couro. Da esgrima com bastões. Do colchão estofado com ervilhas. Dos rolinhos de carne, dos charutinhos de repolho e das panquecas com mel.

Chegou a hora de montar na sela.

Preston Holt ajustou as tiras e as correias das mochilas de Geralt. Verificou o cinturão e as fivelas das correias. Os estribos.

Depois verificou tudo mais uma vez.

– A decisão final – afirmou enfim – sobre sua colaboração comigo ainda não foi tomada por você. Não vou insistir, não vou obrigar, não vou apresentar um contrato para ser assinado. Por ora, trabalhamos com base na boa vontade e na confiança entre as partes.

O portão de Rocamora se abriu com rangidos e estrondos.

– Siga o caminho, bruxo Geralt.

CAPÍTULO QUINTO

A Marca do Sul tinha como limite meridional o rio Pontar. Desde tempos imemoriais, aquelas terras pertenciam à estirpe dos Mansfeld, ricos e altivos senhores, possuidores de seu próprio exército. No ano 1215 post Resurrectionem, *investiram contra o reino de Aedirn e, cruzado o Pontar, fincaram seus marcos no riacho de Dyfne, proclamando-o a nova fronteira da Marca. Videmont, rei de Aedirn, tomou-o por* casus belli *e lançou todo o seu exército contra os agressores. Em ferozes combates, os Mansfeld foram rechaçados, recuando para a margem do Pontar. Desde então, recorrentes são as escaramuças e a fronteira vem sendo chamada de "ardente".*

No brasão dos Mansfeld, está representada uma cabeça de javali – d'argent, hure de sanglier arrachée de gueules. *Tal é o emblema de toda a Marca.*

Baldwin Adovardo, *Regni Caedvenie Nova Descriptio*

Excelentíssimo Senhor Chefe da Guarda
Estevan Trillo da Cunha
Em Ard Carraigh

Escrito em Ban Fillim, a 22 de maio
do oitavo ano de reinado
do ilustríssimo rei Miodrag

Excelentíssimo Senhor Chefe da Guarda,

Humildemente dou-vos notícia de que, conforme ordem vossa, pus sob estrita vigilância a propriedade de nome Rocamora. Lastimo, não obstante, informar que não mantenho mais homem de confiança algum dentro da propriedade, haja vista ter o suspeito, o bruxo Holt, farejado algo e posto para fora da mencionada propriedade meu informante, havendo adrede lhe castigado o corpo. O suspeito ameaçou meu homem de confiança, escusas pelas palavras peço, de lhe arrancar da bunda as pernas, o que *per se* dá mostra de seus vícios e demanda punição.

O que na supramencionada propriedade sucedeu ou do que lá se falou, já não posso saber nem relatar, ainda que deveras o deseje, e por tal clamo por vosso perdão.

Relato-vos, outrossim, que o segundo bruxo, o jovenzinho que houvera se ocultado na propriedade Rocamora desde o início da primavera, de lá partiu a cavalo nos idos de maio e viaja por vias lindeiras.

Acerca do suspeito Holt, fato é que não se afastou um passo sequer da propriedade, e um médico lá foi chamado, donde deduzo que de seu aleijão o mencionado não melhorou. Dou-vos ciência de tanto, reafirmando minha perpétua obediência e desejando grande ventura a Vossa Senhoria.

Protestos de minha mais alta estima e respeito,

Uger Zolteri,
Investigador

•

A cidade de Belvoir ficava em um vale cercado por florestas. Do alto do morro em que havia subido, Geralt pôde observá-la com atenção, concluindo que Belvoir era pelo menos duas vezes maior do que Spynham, cidade que havia visitado em março. Também as construções pareciam estar dispostas de modo mais denso – do morro via-se um emaranhado de ruazinhas estreitas, um verdadeiro labirinto. O lado bom era que o lugar ao qual queria ir ficava nos limites da cidade e, portanto, ele não precisava ter medo de se perder naquele labirinto

A cidade era circundada por um anel de hortos e pomares cheios de macieiras e cerejeiras que haviam acabado de florescer.

A construção de telhado inclinado feito de telhas vermelhas era única na ruazinha, e o acesso a ela era protegido por uma cerca alta que impedia a visão do que havia atrás. Na cerca havia um portão largo de duas folhas, para carroças. Os profundos sulcos atestavam que sempre entravam carroças por ali. Ao lado do portão havia um postigo e, sobre este, um sino de latão.

Geralt puxou a corda, fazendo o sino ressoar seu som metálico. Um instante depois, o postigo se abriu e o guardião apareceu.

O guarda-portão era um homem grande. Usava um casaco de pele de coelho. Para costurar um casaco para um ser humano de medidas normais, eram necessárias trinta dessas peles. O guardião diferia de um ser humano normal em umas trinta a mais.

Ele viu as duas empunhaduras sobre o ombro direito de Geralt e franziu o rosto, mas, sem nada perguntar, apontou o portão de entrada. Este logo se abriu, e Geralt pôde entrar.

No pequeno pátio apareceram outros dois indivíduos. De medidas medianas. Não usavam casacos de pele de coelho, mas, caso usassem, trinta peles já seriam mais que o suficiente. Um tomou conta do cavalo. O outro, em silêncio, recebeu de Geralt as duas espadas.

A casa tinha um elegante alpendre com uma balaustrada e um telhadinho inclinado, apoiado em quatro colunas esculpidas. Degraus levavam ao alpendre. Mandaram Geralt esperar na frente deles.

A espera foi longa. Decididamente mais longa do que aquilo que Geralt poderia considerar habitual e aceitável. Foi um alívio, então, que enfim tenha saído para o alpendre um homem de pele trigueira, usando um cafetã adornado com bordados de flor em fio dourado e duas linhas de botõezinhos de latão. O homem segurava um lencinho de cambraia, com o qual, a cada tanto, limpava a boca.

– Ah, juventude – disse, olhando fixamente para Geralt com seus olhos negros –, nada a ti senão voar alto. E florescer. Ah! Quem de nós não foi criança? Quase todos fomos.

Geralt nada disse.

– Se ao menos ainda – o homem limpou a boca com o lenço – um pouco de experiência quisesse acompanhar a juventude. Um bocadinho que fosse. Empiria. Mas quê? Qual o embaraço de tudo fazer no laço? Ou, ou... Preston Holt, creio eu, sabe o que faz.

Geralt nem confirmou, nem negou.

– E você, jovem, sabe o que faz?

Geralt deu de ombros. O homem suspirou.

– Sou Timur Voronoff.

– Geralt.

Timur Voronoff limpou a boca com o lenço. Apoiou-se na balaustrada.

– Geralt. Insosso demais. Não seria bom embelezar o nome recebido com algum "de"? Alguma marca de nobreza? Ah, compreendo... Não gostamos de jogar conversa fora. Preferimos usar a espada? Coisa digna de admiração e aplauso. Também me dará lucro esse contrato. Entre. Temos assuntos a discutir.

O convite, como se revelou, não incluía a casa inteira, mas exclusivamente a antessala, grande, apesar de muito modestamente mobiliada. Timur Voronoff apontou a Geralt uma cadeira junto à mesa e sentou-se diante dele.

Do fundo da casa vinham vozes de crianças. Eram pelo menos três. Também vinha cheiro de omelete. Com bacon. Ou linguiça.

Voronoff finalmente dobrou o lenço e o guardou no bolso.

– Precisamos debater – iniciou ele – sobretudo questões financeiras e de organização. Suponho que seu contrato com Holt esteja de pé. Pois é claro que vocês fizeram um contrato. Ou não foi assim?

– Estamos trabalhando com base na boa vontade e na confiança.

– Em outras palavras, um contrato oral. O que não muda o fato de que você está seguindo o caminho do bruxo como o *per procura* dele.

Geralt não sabia o que era *per procura*, mas captou o sentido. E assentiu com a cabeça.

– Portanto, automaticamente – prosseguiu Voronoff –, isto é, *per facta concludentia*, meu acordo com Holt vale para você. A partir de hoje, dia 21 de maio de 1229, eu sou seu agente exclusivo nas terras do reino de Kaedwen e em todas as suas quatro Marcas. Minha comissão é de dez por cento. De cada um dos seus trabalhos de bruxo.

Geralt assentiu com a cabeça.

– Agora as questões financeiras. Holt deu algum dinheiro a você?

– Tenho cinquenta marcos.

– Você vai receber também cinquenta e três letras de câmbio de viagem de duzentos marcos cada, para eventualidades. Essas eventualidades, se vierem a ocorrer, devem ser comprovadas com recibos, então não se esqueça de solicitá-los sempre que necessário. Além disso, o seu *per diem* para se manter e para os gastos pequenos será de cinco marcos, em montante único, começando a partir de hoje. Você pode, é claro, deduzir essa quantia dos seus ganhos. O quanto você vai querer por seus serviços fica a seu critério. Suponho que você tenha conhecimento suficiente para calcular o risco em relação ao preço. Mas você não deve estragar o mercado. Em hipótese alguma. Holt nunca aceitava menos que cinquenta coroas. Você também não deve cobrar menos que isso. Só lembrando: a moeda oficial de Kaedwen é o marco, mas as coroas novigradenses são correntes aqui, e os preços, principalmente os altos, são contados justamente em coroas. O câmbio médio e, dentro do possível, estável é de cinco marcos por coroa. Não leve muito dinheiro vivo sem necessidade. Deposite tudo em minha conta nos bancos ou casas de câmbio dos anões: dos Vivaldi, dos Cianfanelli, dos Mantovani ou dos Boni. Tenho contas abertas em todos os lugares, então bastará dizer meu nome para fazer os depósitos. Se você for contratado por algum aparato oficial, digamos por um governo local, geralmente será possível fazer o acerto de contas direto pelo banco, sem dinheiro vivo. Ficou claro?

Geralt assentiu com a cabeça.

– Já se se tratar de uma transação não monetária, não aceite nenhum tipo de escambo. Costumam propor meia carcaça de javali, umas galinhas ou uma noite com uma beldade local. Principalmente este último item talvez possa seduzi-lo, mas, repito, nunca aceite. E não é só porque é difícil calcular minha comissão de um escambo. Não estrague o mercado. Nem sua reputação. Perder é fácil, reconquistar é difícil.

As crianças no interior da casa se aquietaram. Estavam comendo, pelo que se podia intuir.

– Como você certamente sabe – continuou Voronoff –, o reino de Kaedwen se compõe de uma área central, denominada "real", circundada pelas Marcas. O nome "Marca", como você com certeza também sabe, vem das marcações de fronteira...

– Sei disso.

– Quando Kaedwen foi fundado – Voronoff não se importou com o que Geralt sabia –, a ideia era que não tivesse fronteiras definidas. A função de cada Marca era avançar seu território. No início de fato foi assim, mas hoje as fronteiras do reino se estabilizaram, em sua maioria. Contudo, a expansão, mesmo que numa escala significativamente menor, ainda segue, e os colonos zanzam por aí em todas as direções, penetrando as desoladas terras limítrofes. E essas terras desoladas, embora sejam mesmo uma desolação, estão cheias de monstros. Segundo me parece, você não vai poder reclamar de falta de trabalho em lugar nenhum... Então prossigamos *ad rem*. – Voronoff apegava-se a expressões que Geralt não conhecia. – Sugerir-lhe-ia que se encaminhasse para a Marca do Norte. Por lá segue a construção da Grande Estrada, perpassando as florestas dos Montes Desnudos. Faz tempo que querem um bruxo por lá. Também é verdade que chegou aos meus ouvidos que você e Holt fizeram alguns inimigos na região, mas não se preocupe: fiz o possível para acalmar a situação. Na estrada, faça contato com a administração local e observe os cartazes nos postes das encruzilhadas. É desse modo que anunciam precisar dos serviços de um bruxo. Houve um tempo em que essas placas não eram penduradas, e os bruxos não eram bem-vistos em lugar algum de Kaedwen... Você sabe disso, correto?

– Correto.

– Para que fique claro – Voronoff ergueu a voz –, eu não vou ensinar nada a você nem testar seus conhecimentos. Faço os deveres de um agente, e o dever do agente é informar. Então sigo informando. Esse tempo difícil, sobre o qual falei, passou rapidamente. As pessoas entenderam que, em caso de *monstrum* ou de feitiço, é somente com vocês que elas podem contar, e com mais ninguém. Não amam vocês em parte alguma de Kaedwen, não se jogam nos seus braços nem vão recebê-los com flores, mas, em caso de perigo, pedem ajuda e estão prontos a pagar por ela.

Dentro da casa, as crianças já haviam dado conta do café da manhã, a julgar pela volta da algazarra. Voronoff olhou para trás várias vezes, dando a entender, sem espaço para dúvida, que era hora de encerrar a audiência.

– Você tem alguma pergunta?

Geralt silenciou por um tempo. Refletiu.

– Esse tempo difícil para os bruxos – perguntou depois de refletir – foi mais ou menos no ano 1194?

– Mais ou menos isso – respondeu Voronoff, franzindo o cenho.

– Nessa época, Holt estava em Kaer Morhen, certo? O que aconteceu?

Voronoff olhou para Geralt por um tempo. Depois limpou a boca com o lenço.

– Da sua pergunta – disse finalmente – deduzo que Holt não lhe falou nada. Por que então eu deveria contar?

– O dever do agente é informar. Então me informe.

– Eu informo – respondeu o agente, após um momento de silêncio – que não disponho de nada que possa ser informado acerca da questão levantada. E agora me despeço. Monte na sua sela e siga seu caminho.

CAPÍTULO SEXTO

Estudem os bestiários para adquirir conhecimento sobre aquilo contra o que lhes cabe lutar. Lembrem-se, porém, de que conhecimento não é tudo. Os livros os instruirão acerca do que é sabido e conhecido – monstros que sabemos conhecer. Os livros lhes permitirão também compreender que há o que é sabido e não conhecido – monstros que sabemos não conhecer. Não obstante, nenhum bestiário ou livro os preparará para o não sabido e não conhecido – monstros que não sabemos não conhecer.

Vesemir de Kaer Morhen

O povoado – umas trinta chaminés – ficava na curva de um riacho de margens planas, cobertas de cálamos-aromáticos. Ali perto, reluzia ao sol a superfície de um pequeno lago circundado por um anel de salgueiros. Além do povoado havia um bosque, uma muralha escura de vegetação e árvores antigas.

Um caminho acidentado levava direto à praça do povoado. O acesso, distante algumas estaianhes, era protegido por uma fazendinha solitária. Vinha de lá, audível apesar da distância, um ding-ding-ding – um som de metal batendo em metal.

As primeiras a notá-lo foram as galinhas-pintadas, que ciscavam entre as urtigas. Ao vê-lo, fizeram um alarido indescritível. Algo ordinário: todos os aldeões, sem exceção, criavam tais galinhas, pois nada dava melhor alerta sobre intrusos do que elas. Somente quando ele já estava quase no pátio é que os cachorros despertaram. Eram barulhentos e ferozes, mas felizmente estavam amarrados.

O som metálico vinha de um cômodo aberto, mas coberto por um telhado. Dentro, tremeluzia o fogo. Às vezes, jorrava vapor.

Geralt desceu do cavalo e prendeu as rédeas numa estaca.

Lá dentro, iluminado pelas chamas, um adolescente soprava um fole, o qual estava pendurado no cordame que acionava o mecanismo. Um ananico vestido com avental de couro estava ao lado de uma bigorna, martelando uma ferradura que ele segurava com tenazes. Notou a presença de Geralt, mas não parou de bater. Geralt esperou, sem se aproximar.

O ananico parou de martelar e mergulhou a ferradura num balde. Sibilando, ela liberou um vapor fétido.

– Pois não?

– A placa na encruzilhada dizia "Precisamos de um bruxo".

O ananico jogou a ferradura numa pilha com outras tantas. Deixou o martelo de lado, limpou o suor da testa. Chamuscado, em meio à luz das chamas, parecia um pequeno demônio.

– Talvez estejamos precisando – disse, sem olhar para Geralt. – A troco de que você quer saber?

– Eu sou um bruxo.

– Ah, é? – O ananico olhou com descrença. – Você? Um bruxo? Deve ter começado ontem.

– Faz mais tempo. Um pouco mais.

– É, estou vendo que faz pouco. Sem querer ofender, mas, apesar do cabelo branco, você tem essa carinha de jovem. E a barba é miserável. Não é difícil se enganar. Por tudo isso, queria garantir...

– Eu garanto. Quem é o mais velho do vilarejo? E onde eu o encontro?

– Não vale a pena procurar. Nem ir até a vila.

Geralt silenciou por um momento. Indagou-se se o uso de palavrões o ajudaria ou atrapalharia.

– Se eu não for até a vila – enfim perguntou –, como é que vou saber das coisas? Quem vai me dizer?

– Eu. – O ananico ordenou ao menino que finalmente deixasse o fole em paz. – Qual sua graça?

– Geralt.

– Eu sou Augustus Hornpepper. O ferreiro local. A placa na encruzilhada é de minha lavra. Sou letrado. Frequentei escolas. Os mais velhos da vila confiaram a mim o assunto, isto é, escrever a placa e receber o bruxo quando aparecesse. Seja bem-vindo.

Vendo que Geralt não retribuiria a cordialidade, prosseguiu:

– Quanto à vila, não é preciso ir lá. Eles advertiram que não é preciso. De jeito nenhum, entendeu?

– Não.

– Não querem você por lá! – disparou o ferreiro local. – Não querem e ponto-final. Eles me confiaram a questão. Fale e negocie apenas comigo. Comigo! Não bastasse eu ser um ananico, ainda sou um ferreiro. Nenhum feitiço pega nos ananicos, e o tinhoso não chega perto dos ferreiros. Eu não vou ter medo de um bruxo.

– E o povo da vila é tão medroso?

– Você deve estar de brincadeira. Todo mundo sabe que atrás de um bruxo vem todo tipo de coisa ruim e uns miasmas horrorosos, e que ele sempre traz junto alguma peste, até a bubônica. E depois o quê? Queimar tudo que ele tocar? Além disso, tem muitas moças jovens na vila. Alguém vai ficar vigiando o bruxo? Ele vai seduzir as moças, comer as moças, e daí é tarde. Ninguém vai querer casar com elas.

Enquanto falava, o ferreiro mostrava os dentes. Já o empregado, de queixo caído, olhava para Geralt com um olhar cheio de medo.

– Está bem. – O ananico recobrou a seriedade. – Já chega disso. Senta aqui, olha, no banco.

– Não tem problema? Com certeza você vai ter que queimar o banco.

– Eu não tenho medo. Aqui é uma forja, aqui feitiço não funciona.

Geralt se sentou. Augustus Hornpepper também se sentou, na banqueta à frente. O empregado também se sentou. No chão, num canto.

– Um ano atrás, mais ou menos – começou o ananico –, teve uma peste na vila. A criação começou a morrer. As novilhas e os bois. As galinhas não botavam mais. Um homem estava ceifando o feno e acabou cortado pela foice. Uma mulher abortou. Um moleque caiu do sótão e arrebentou a perna. O chefe da vila teve uma caganeira e passou dia e noite na latrina. Para encurtar, a desgraça era tanta que não dava para contar. O povo pensou, pensou, até que entendeu: era feitiçaria.

Geralt ouvia educadamente.

– E tinha uma velhota na vila – continuou, depois de um instante, Augustus Hornpepper –, uma velha mandingueira, torta igual a alça de um balde e com uma verruga no nariz. Lidava com ervas. Viram a velha rondando um galinheiro, aquele em que as galinhas pararam de botar. E ela cuspiu no lago, e de repente os peixes apareceram tudo de barriga para cima. Daí pegaram a velhota e jogaram lá mesmo. Chuá! Olharam: não afundava. Quer dizer, era feiticeira. Tiraram de lá...

– E queimaram.

– Isso mesmo. Mas antes quebraram o pescoço dela.

Augustus Hornpepper pigarreou e cuspiu num balde com água.

– A velhota tinha um gato – prosseguiu. – O filho da puta era grande e preto. O povo sabe o que um gato desses faz junto de uma feiticeira. Quiseram pegar o gato e queimar, mas ele fugiu. Se embrenhou no mato e não viram mais.

– E?

– E começou. Um moço foi buscar gravetos... desapareceu. Encontraram depois de três dias. A pele da cara arranhada até os ossos, o braço meio comido, a barriga rasgada, as entranhas tudo para fora. Depois mais um. A mesma coisa: rasgado por garras, devorado, a buchada aparecendo. Depois outro, igual. Já dava para ver: era coisa do gato. E confirmaram.

– Confirmaram o quê? De que jeito?

– Um sobreviveu. Vai fazer coisa de um mês. Segurou as entranhas com as duas mãos e de algum jeito se arrastou até a vila. Antes de morrer, confirmou. O gato. Preto. Grande. Do tamanho de um bezerro. Agora tudo ficou claro, o povo disse. É o gato da feiticeira. Cresceu por causa de bruxaria e está se vingando pelo que fizeram com a dona dele.

– Estou ouvindo.

– Ninguém mais vai à floresta sozinho, só em bando. E não é fácil juntar um bando, todo mundo está apavorado. E tem uns campos no meio da floresta... tem que ceifar, senão vai faltar feno. Daí os mais velhos decidiram chamar um bruxo. Juntaram dinheiro. Mandaram fazer uma placa. Eu fiz, pendurei. Estou contente de ver você tão depressa. Vejo que carrega umas espadas.

E eu tenho o dinheiro em depósito. É você matar o monstro, e eu pago.

– Eu devo matar um gato. O gato de uma feiticeira?

Augustus Hornpepper calou por um instante.

– Eu sou um ferreiro – disse enfim, perscrutando o bruxo com o olhar. – Não tenho medo de nenhuma feitiçaria, e eu mesmo faço feitiçaria aqui. O que você pensou? Como é que faz para amolecer o ferro duro e, debaixo de marteladas, dar a ele a forma que se quiser? É magia de fogo, poder dos demônios, só pode. Além disso, sou um ananico. Tenho resistência a tudo.

Geralt não comentou. O ferreiro novamente pigarreou e cuspiu.

– Tenho resistência a tudo – prosseguiu. – Também a essa lenga-lenga de feitiçaria. Desde que o mundo é mundo que o gado morre, que as galinhas não botam ovo. Os peixes morrem quando a água enturva. Os ceifadores se cortam quando estão bêbados e pegam a foice. E a caganeira do ancião? O que é que tem de sobrenatural nisso? Mostrem para mim, ilustres senhores, uma coisa mais natural que uma caganeira. O resultado disso tudo é simples: não fizeram nenhum feitiço, nenhuma mandinga, nenhuma bruxaria. Torceram o pescoço de uma mulher inocente, é isso. Estou vendo que nada o comove.

– Eu também tenho resistência.

– No seu trabalho tem que ter, é claro. Bem, cada um que cuide dos seus problemas. Eu tenho a bigorna e o martelo. A mulher inocente assassinada é problema dos estarostes e dos tribunais. Já você tem que resolver seu problema de bruxo, isto é, lidar com o que anda matando as pessoas na floresta. Porque tem alguma coisa matando. Mas aposto que não é o gato da velha. O que será? Jovem bruxo, o que você acha?

– Para facilitar – respondeu Geralt depois de um instante –, vamos supor que seja um gato. Porque é uma boa designação, como outra qualquer. Vamos aos detalhes. Quanto você tem em depósito? Que quantia a vila vai me pagar pelo gato?

O ferreiro novamente se calou. Depois deu um estalo com a língua.

– Eles me mandaram – disse finalmente – pechinchar com você. Começar com duzentos... Espere, não dê as costas, deixe-me terminar. Eles, apesar de pobretões, não merecem que a gente negocie. Estão dispostos a pagar no máximo quinhentos marcos, foi o que juntaram. E vamos combinar assim, sem negociação.

Tomou o silêncio de Geralt por um aceite, e fez bem.

– É claro – acrescentou com indiferença –, não pode ser adiantado. Não vamos nem falar de adiantamento. Entendo o receio deles. Porque, se, por exemplo, as pessoas que mataram uma mulher inocente me tomassem por um anormal que espalha pragas e miasmas, um tarado ávido por moças, se me desprezassem tanto quanto eles o desprezam... eu não acharia especialmente errado pegar o dinheiro antes e sumir. Eles que se virem. Você não pensou nisso?

– Não. Em nenhum momento.

– Eu imaginei que não. Tinha certeza de que não. Mas perguntar não ofende.

•

Um quarto de estaianhe separava a ferraria do começo da floresta. Na metade do caminho havia algo que certamente fora uma carroça com feno no outono, mas agora se transformara em uma ruína coberta de mato e de cuja antiga imponência restavam apenas o tabuado e as rodas, feitas por um carpinteiro com um material melhor do que todo o resto. Três rodas, na verdade, pois a quarta estava quebrada. Não era difícil deduzir que, solto o cavalo, a carroça danificada fora abandonada às pressas para uma fuga mais veloz. E não houve corajoso que depois voltasse para buscar o veículo.

Geralt parou ao lado da carroça, observando por um instante a orla da floresta. Depois foi se preparar, de acordo com as regras que lhe foram incutidas em Kaer Morhen.

Desembainhou a espada. Em sua essência, a arma se diferenciava das espadas de batalha dessa categoria. A espada do bruxo, forjada a partir do aço originário de um meteorito, tinha o comprimento total de quarenta polegadas e meia, das quais vinte e sete e um quarto cabiam à lâmina, e pesava trinta e sete onças. As espadas comuns, mesmo as mais curtas, eram significativamente mais pesadas, e suas lâminas tinham uma polegada a mais ou a menos.

Verificou se a lâmina estava afiada. Sem necessidade, pois havia verificado no dia anterior. Mas era necessário seguir as regras.

Tirou do saco uma pequenina caixa. Apertou com o dedo um mecanismo secreto que lhe abriu a tampa. Apertados lá dentro, em compartimentos forrados, havia frasquinhos de vidro escuro. Suas tampas se apresentavam alinhadas como soldados em treinamento. Geralt fechou os olhos. Conseguia – precisava conseguir – reconhecer os frasquinhos apenas pelo toque, por seu lugar no estojo e pelo formato inconfundível das tampas. Tocou alguns frascos, reconhecendo-os. De cura: Oriolídeo, Gaivota-Negra e Pavoncino. De transformação: Alvéola-Branca, Melro e Garça. De metamorfose: Noitibó e Pintarroxo.

Bebeu um gole de dois deles: Melro e Garça. Julgou que deveria bastar.

Seguiu firme rumo à floresta, através do mato na altura dos joelhos.

O pôr do sol tinha cor de salmão defumado.

•

Muito tempo depois – e muito a contragosto –, Geralt ainda voltava em pensamentos àquele evento. E sempre chegava à conclusão de que sobrevivera justamente por acaso. De que sua contribuição para o fato de ter sobrevivido havia sido mínima. De que sua vida fora salva, em primeiro lugar, pela estação do ano. E, em segundo lugar, porque o gato que ele deveria matar absolutamente não era um gato.

•

A floresta estava primaveril, esparsa, iluminada pela luz da lua e, como costuma ocorrer na primavera, coberta por um tapete de folhas apodrecidas e de galhos caídos no ano anterior. Apesar disso, se o gato atacasse de emboscada, seu ataque não faria ruído algum. Mas não era um gato – suas garras não ficavam recolhidas em patas almofadadas. O monstro foi traído pelos estalidos dos galhos secos. E, depois dos elixires, as reações do bruxo estavam tão rápidas que ele conseguiu evitar o ataque traiçoeiro.

Esquivou-se, lançando-se violentamente para o lado e caindo de joelhos. O corpanzil do monstro que o atacava só roçou nele, suas garras só lhe arranharam o ombro. O monstro se torceu no ar como uma fita e ainda atacou de novo, com violência, antes de chegar ao chão. Geralt não teve tempo de se levantar, mas conseguiu desembainhar a espada. E cortou.

O corte não foi preciso; a lâmina da espada apenas deslizou sobre a cabeça chata da criatura, raspando parte do escalpe junto com um tufo de tentáculos que lhe brotava da cabeçorra. O zorril – Geralt já sabia que era um zorril – caiu no solo e sacudiu a cabeça, espirrando sangue ao redor. Parecia mais com um lagarto do que com um gato grande, ainda que aqueles tufos de tentáculos na cabeça pudessem, de fato, lembrar as orelhas de um felino e que as presas brancas na mandíbula se assemelhassem aos dentes desses animais. O monstro usava seu comprido rabo, que fazia barulho ao passar pelas folhas secas, realmente feito um gato, ou seja, como um leme que equilibrava os saltos.

O zorril lançou-se contra o bruxo com um longo salto. Também dessa vez, Geralt evitou o ataque, mas agora sem elegância, numa esquiva mais desesperada do que ágil. E novamente conseguiu golpear, um golpe largo e desordenado, mas certeiro, quase decepando uma das patas dianteiras do zorril. Ainda assim, o monstro atingiu o bruxo com as garras da outra pata, mas, em vez de lhe rasgarem o corpo, elas apenas rasparam nas tachas de prata da jaqueta. O zorril caiu na grama, e o bruxo atacou de cima com toda a força. O sangue jorrou como de uma fonte. O monstro uivou de modo horrendo e, apesar da barriga dilacerada, já se ia lançando em um novo ataque. Geralt saltou até ele e o golpeou. A lâmina alcançou a coluna. O zorril se contorceu e gritou horrendamente, quase como um ser humano. O bruxo atacou novamente, e a lâmina chegou até a medula. O zorril se debateu, cravando as garras na terra. Geralt desferiu um novo golpe, cortando as vértebras em outro lugar. O zorril urrava e se debatia, Geralt atacava.

E também urrava. O zorril uivava, Geralt golpeava. Um golpe após o outro, como um lenhador com seu machado. O zorril não mais uivava, apenas guinchava.

Demorou um pouco – e exigiu ainda outros golpes – até que o monstro ficasse imóvel.

A lua saiu de trás das nuvens, brilhando por entre os galhos desfolhados das árvores. Sob sua luz, o sangue derramado era negro como piche.

Geralt caiu de joelhos e vomitou. Vomitou por muito tempo. E, como não tinha quase nada o que vomitar, o processo foi muito, muito sofrido.

Os elixires devolvidos queimavam a garganta como fogo.

CAPÍTULO SÉTIMO

A descoberta de um novo prato traz mais alegria à humanidade do que a descoberta de uma nova estrela.

Jean Anthelme Brillat-Savarin, *A fisiologia do gosto*

O encontro mensal da Nobre Irmandade dos Cavaleiros de Bom Gosto foi convocado, como de costume, na primeira quarta-feira do mês, que caía no dia 3 de julho. O local do encontro – como de costume – era o salão de cavalaria do palácio real de Ard Carraigh. Diante da mesa em formato de ferradura, sentavam-se os membros da irmandade, em trajes completos, contando vinte e três pessoas. As fofocas e os boatos regados a vinho de Toussaint e acompanhados de amêndoas salgadas foram interrompidos pela entrada solene do vigésimo quarto membro da irmandade, o rei de Kaedwen, Sua Majestade Miodrag I.

O rei adentrou sozinho o salão, sem pompas ou fanfarras, e foi saudado também sem pompas. Não houve aplausos nem ninguém se levantou.

– Saúdo-vos, distintos camaradas – iniciou o rei, mal se sentara no local de honra, ao centro da mesa.

Durante os encontros da irmandade, seus membros, independentemente de títulos e posições, tratavam-se por "camarada". Mesmo o rei não era, naquele momento, rei, mas o Presidente.

– A iguaria com que hoje saciamos nossos desejos, uma verdadeira raridade – prosseguiu de modo objetivo o Presidente –, devemos, como muitos outros pratos anteriores, ao nosso distinto camarada Metzgerkop, proprietário de vários restaurantes conhecidos. Eis o prato! Por gentileza!

O discurso foi celebrado com brindes. O vinho de Toussaint logo sumiu dos jarros, os empregados correndo para substituí-los.

Entrou ao salão, com postura orgulhosamente ereta, o principal chefe de cozinha real, *praefectus culinae*. Atrás dele, como soldados em um desfile, marchavam quatro subchefes barrigudos, com seus aventais brancos como a neve e chapéus, armados de longas facas e cutelos enormes como berdiches de guerra. Um passo atrás dos subchefes vinham quatro auxiliares, encurvados pelo peso da enorme travessa de madeira que carregavam. Na travessa, com uma coroa de maçãs assadas, descansava...

Os camaradas suspiraram em uníssono.

– Pelos deuses! – bradou o sacerdote Immergut. O sacerdote costumava jurar pelos deuses e sempre rogava por seu juízo. Quanto a se realmente acreditava neles, havia dúvidas justificáveis. – Pelos deuses! Estimado Presidente! O que é isso?

– Uma ave – explicou o investigador-chefe real, Abelard Levesley, enquanto bebia de sua taça. – É evidente que é uma ave. Quer dizer, é carne de ave.

Era difícil tirar a razão dele. Em certa medida. A coisa sobre a travessa tinha a pele dourada por ter sido assada, salpicada de pequenas saliências onde as penas foram arrancadas, além de asas, coxas, pescoço e cauda, na qual os chefes de cozinha espetaram, para decoração, dúzias de penas verdes e semibrilhantes, como se fosse um pavão. O pescoço, que se erguia para cima como o mastro de um navio, tinha o comprimento de mais ou menos uma braça, terminando na cabeça – o crânio –, do tamanho de uma melancia, armada com um bico maciço, longo, com pelo menos um côvado de comprimento.

Já a ave toda, exalando um aroma delicioso de assado e manjerona, pesava, de olho, umas trezentas libras.

– Pesa umas trezentas libras – avaliou Rupert Mansfeld, margrave da Marca do Sul –, medindo a olho.

– É a ave Roca – afirmou Akteon de La Milleraie, chefe da autoridade heráldica real e secretário da irmandade. – É sem dúvida a lendária ave Roca.

– Justamente: lendária – disse em tom profundo Sirius Vaikinen, margrave da Marca dos Lagos. – A ave Roca é um animal mítico. Ela não existe!

– Mas essas aves existem, existem – contradisse Vlastibor de Polana, embaixador do reino da Redânia. – Nas Ilhas Skellige elas são vistas. De fato é raro, mas são vistas. As rocas, porém, são diferentes. Isso aqui parece mais um avestruz... um avestruz enorme.

– Não é um avestruz – redarguiu Mansfeld. – Olhai esse bico. Porra, que aberração!

– De fato uma aberração – sorriu maldosamente Jan Eychenholtz, caçador-chefe da Coroa. – Atentai, estimado senhor Presidente, e vós também, camarada Metzgerkop! Não se trataria de uma mistificação? Uma montagem artificial de várias partes de diversos animais?

– Nego – contradisse o rei, antes que Ezra Metzgerkop, irritado, conseguisse se levantar da cadeira. – Eu nego que se trate aqui de mistificação ou de montagem. Ademais, que a ciência se manifeste. Camarada Croft!

– Suponho eu – supôs o ancião Euclides Croft, reitor da Academia de Magia de Ban Ard – que seja uma das chamadas aves do terror. Provavelmente a ave-elefante, *Aepyornis maximus*. Mas esses animais estão extintos...

– Eles que se extingam e que se fodam! – gritou Mansfeld. – O importante é que restou um e se pôde assá-lo. Parece saborosíssimo! E o aroma está maravilhoso! Avante, senhores cozinheiros, fatiem esse aepeidonis!

– Antes que se fatie a ave – decidiu o rei Miodrag –, o estimado camarada Metzgerkop nos entreterá com uma história. Ficaremos sabendo de que modo esse *Aepyornis* chegou à nossa mesa. Camarada Metzgerkop, por obséquio!

Ezra Metzgerkop bebeu da taça, pigarreou.

– É certo que sabeis, estimados camaradas, quem são os bruxos – começou. – Eis que, uma semana antes do solstício, um deles apareceu na Marca Ocidental, na cidade de Berentrode. E sucedeu-se que...

•

Illustrissimus
Estevan Trillo da Cunha
Praefectus vigilum
De Ard Carraigh

Ex urbe Berentrode,
die 23 *mens. Junii anno* 1229 *p. R.*

Illustrissime Senhor Chefe,

De chofre, após receber a notificação sobre o bruxo incriminado, em conformidade com a importância exigida pela questão, ocupei-me *statim* dela. Ainda mais depressa enviei meus olheiros *non neglexi* para que seguissem cada passo do mencionado bruxo. Ademais, como poderia eu não perseguir a lei e a ordem se sobre meus ombros pesa esse dever? Eu *semper* estou pronto para o chamado de Vossa Senhoria e sempre de prontidão para cumprir qualquer ordem *statim*.

O que todavia os olheiros relataram é que ou o mencionado bruxo é assaz astuto e, como *vulpes*, sabe suas pegadas varrer, ou é, em essência, um simplório sem culpa alguma, no que é difícil de acreditar. Ouso, contudo, considerar que o mencionado bruxo, de nome Geraldo, tem servido ao bem do povo, havendo matado um *monstrum* antropófago em nosso pântano. Não enfeitiçou ninguém, não roubou nem se envolveu em esquemas, não seduziu donzelas. Tampouco se embebedou nas tabernas ou se envolveu em brigas, muito embora, segundo sei, a plebe local tenha tentado provocá-lo.

Tão diligente foi um de meus olheiros que *investigavit* nos estábulos, à noite, para surpreender o mencionado Geraldo *in flagrante*. No entanto, não o surpreendeu. Donde convém deduzir que *probabiliter* se trata de injúria e difamação que os bruxos sejam afeitos a copular com éguas, cabras e outras bestas.

Não obstante, não porei fim aos esforços e ainda hei de *invigilare* o bruxo de nome Geraldo enquanto ele permanecer em Berentrode. Diz-se que intenta dirigir-se à Marca do Norte, lá onde se constrói a Grande Estrada. Sobre tal questão, não hei de deixar Vossa Senhoria sem notícia.

Iterum, Ilustríssimo Senhor Chefe, minha permanente prontidão em vos servir. Desejo-vos sucesso etc., etc., vosso humilde servo,

Didier Hahn,
Magister civium

•

Dos lados do riozinho ligeiro, que fazia borbulhas sobre as pedras, vinham um alarido de mulheres e o estrépito de paus de bater roupa. Na margem, trabalhavam umas vinte lavadeiras. Umas batiam com obstinação nas peças de roupa estendidas sobre as pedras úmidas. Outras penduravam as roupas lavadas nos arbustos. Ainda outras, em duplas, dobravam as peças secas e as colocavam em cestos.

Todas se esgoelavam, uma gritando mais alto do que a outra. Crianças, decerto progênies das lavadeiras, perambulavam pela mata ribeirinha. Também as crianças se esgoelavam. Incessantemente.

Geralt bateu de leve com o calcanhar em seu cavalo, que seguiu a passo lento rumo ao moinho, uma construção parcialmente coberta por um salgueiro denso e já lindamente verde. Passou por um grupo de jovens que, sentados na barranca, aguardavam até que uma das lavadeiras, com sua saia muito erguida, se curvasse sobre a roupa para lavá-la e lhes proporcionasse uma imagem agradável aos olhos.

Geralt envergonhou-se de si mesmo, mas também ficou olhando por alguns instantes.

A roda do moinho girava e emitia um barulho surdo. A água fazia espuma ao cair das pás, passando com fragor pela comporta e pelo canal de vazão. Na barragem havia algumas carroças, provavelmente com entregas de grãos ou esperando a moagem.

Também havia duas carroças, atreladas a cavalos *percheron*, próximas à levada e ao açude do moinho, que se derramava amplamente por entre salgueiros e amieiros. No açude havia alguma atividade. Geralt se aproximou.

Quatro camponeses com chapéus de palha, afundados na água até a cintura, espetavam o fundo do açude com varapaus.

Erguidos os varapaus, o bruxo percebeu que a cada par deles estava atado um covo ou uma rede de vime. Os camponeses retiravam as presas dos recipientes e as colocavam em sacos pendurados em seus pescoços, depois voltavam a vasculhar o fundo.

– São lagostins – explicou, ao ver o interesse de Geralt, um honorável senhor obeso e vestido elegantemente com um chapéu de pele de raposa. – É época de lagostins, tem fartura deles por aqui, e são maiores que o normal. Por gentileza, meu caro senhor, queira dar uma olhada. Chegue mais perto.

Instigado, Geralt aproximou-se da carroça. De fato, havia lá dúzias de cestos de vime, dentro dos quais, rangendo por entre as folhas de urtiga, mexiam-se preguiçosamente inúmeros crustáceos.

– São para minha estalagem – esclareceu o elegante sujeito com o chapéu de pele de raposa. – Eu sou, veja o senhor, um *restaurateur*. Meu local é conhecido por seus lagostins. Na temporada, claro. Uma sopa de lagostim como a minha, meu caro senhor, o senhor não vai encontrar igual em parte alguma deste mundo. O senhor acredita?

– Acredito. Palavra.

– Venha visitar minha propriedade, senhor, e eu provarei que não estou jogando palavras ao vento! É a estalagem O Lagostim e o Caramujo, em Ban Fearg, pertencente à rede de famosos restaurantes do senhor Metzgerkop, de Ard Carraigh. Daqui, de Berentrode, até minha propriedade são trinta milhas. É longe, mas mais perto não se acha tanto lagostim. O senhor está convidado... Ei! O senhor não seria, por acaso, meu caro senhor, aquele bruxo de que estavam falando tanto no povoado?

– Sou – confirmou o bruxo. – De fato, por acaso, no fim das contas.

– Ho, ho! – O *restaurateur* pôs as mãos na cintura. – Tão jovem e já essa fama! Todos estão falando sobre o monstro que foi morto no pântano das cercanias. Agora está finalmente seguro por lá. Antes tinham parado de tirar a turfa por medo, pois o monstro, de tempos em tempos, levava a vida de alguém. O povo se pelava de medo dele, e não dá para estranhar, pois era horrendo, um verdadeiro horror. E o senhor deu cabo dele. Ho, ho! E tão jovem.

Geralt não segurou o riso. Com a quiquimora na turfa tinha sido muito melhor do que com o zorril. Melhor e mais limpo. Talvez ainda sem graça nem finesse, mas certamente mais limpo.

– E agora, meu caro senhor – prosseguiu o *restaurateur* –, o senhor está aqui, no moinho. Quer dizer que aqui também está perigoso?

– Parece que alguém viu por aqui um monstro – revelou Geralt. – Repito: parece. Mas foi de madrugada. Provavelmente. De dia, com esse barulho e essa multidão, nada vai aparecer por aqui. Estou só averiguando o terreno para...

Não terminou a frase. Vindos do rio, ergueram-se gritos lancinantes que perfuravam os ouvidos. Gritos de dor e desespero.

Geralt, sem demora, virou-se e esporeou o cavalo.

A primeira coisa que enxergou, ainda de longe, foram respingos de sangue no linho que secava. E vários corpos.

Os gritos alcançaram a barragem. E então ele viu.

A avezona se assemelhava a um avestruz. Tinha, contudo, uma cabeçorra e um bico muito grande. E uns quinze pés de altura, se não mais. Nenhum avestruz teria essas medidas. Na cabeça, a ave ostentava uma crista eriçada. Tinha uma papada azul e, nas ancas, um grande leque de penas verdes.

Em longos e velozes saltos, ela investia contra a barragem, alcançando as pessoas que fugiam. Bicou a cabeça de um e o derrubou; coiceou outro, ferindo-o com a garra de sua pata trífida. Viu Geralt. Escancarou tanto o bico que se podia ver a goela. Pupilou. Como um pavão, mas dez vezes mais alto.

O cavalo do bruxo assustou-se com o grito, relinchou e empinou. O bruxo caiu. O choque das suas costas com a pedra tirou-lhe o fôlego. O cavalo coiceou no ar e desabalou.

A ave lançou-se em imponentes saltos contra Geralt. Ele jazia de costas e não conseguia desembainhar a espada, mas ergueu a mão e dirigiu um Sinal à besta. Penas voaram. Considerando o bruxo um petisco grande demais, a fera saltou, pupilou novamente e, com saltos bizarros, correu atrás das pessoas que fugiam em direção às carroças com lagostins. Os cavalos *percheron* atrelados à primeira carroça empinaram nos arreios e por pouco não derrubaram o veículo. A besta desferiu uma bicada na cabeça do cavalo atrelado à rédea esquerda. O sangue voou alto. O cocheiro pulou da arquinha e quis fugir, mas foi tolhido pela ave, que o bicou e coiceou. Ela viu o *restaurateur* e gritou. Também ele gritou, talvez com igual intensidade. Fugiu para trás da carroça, depois lançou-se com ímpeto em direção ao moinho. A besta eriçou a crista e partiu desembestadamente atrás dele.

Geralt já corria com a espada na mão.

– No chão! – gritou para o *restaurateur*. – Vai engatinhando!

O *restaurateur*, como que por milagre, deu-lhe ouvidos imediatamente. Caiu de quatro. Num ímpeto, Geralt pulou em suas costas, lançou-se ao alto e desferiu um vigoroso golpe. Direto na papada azul.

A cabeça da ave voou em direção ao açude. A besta, de cujo pescoço jorrava sangue, correu ao largo da levada do moinho. Deu meio cento de passos antes de tombar junto aos juncos. E por mais alguns instantes coiceou com suas patas agadanhadas.

– Mas o senhor disse... – arquejou o *restaurateur* enquanto Geralt o ajudava a se levantar. – O senhor prometeu que não ia aparecer nada por aqui... Mas é esse o seu destino. Foi por um triz que não deixei este mundo, é verdade, graças ao senhor, meu bom senhor... E o meu cocheiro está morto.

– Talvez esteja vivo. Temos que o ajudar.

O cocheiro estava com a cabeça cortada, sangrava muito. Também havia sido golpeado nas costas, profundamente. A fera, como se pôde ver, tinha poderosas esporas nos pés e sabia ferir com elas. Geralt atendeu o cocheiro como pôde, usando as faixas de linho que lhe deram.

Uma pequena multidão ia se juntando; o povo olhava o corpanzil. Um dos pescadores de lagostim arrastou até o local a cabeçorra decepada.

– Minha nossa... – balbuciou o *restaurateur*. – Que diabos é isso? Quer dizer, era...

– Uma ave-elefante – respondeu Geralt. – Também chamada de *Aepyornis*. Muito rara. Como veio parar aqui? E por que atacou com tanta fúria?

– Dois mortos – gritou alguém da multidão. – E seis feridos, entre homens e mulheres!

– Que monstro diabólico!

– Deem-me aqui a cabeça – exigiu Geralt. – É meu troféu. E também todo o *Aepyornis*. Deixem o corpanzil em paz, afastem os cachorros!

– Hum... – refletiu o *restaurateur*, cofiando a barba. – O senhor é um bruxo. Está pensando em conseguir um dinheiro pela besta, não é verdade?

– É verdade.

– Arrá! Pois então, hum... Eu teria uma proposta. Pago ao senhor pela ave inteira, com a cabeça e tudo, digamos... duzentas... Ah, que seja, meu caro senhor, duzentas e cinquenta coroas novigradenses.

– Você quer... na estalagem?

– E não seria diferente. Carne de ave é carne de ave, não importa que seja grande. Então, como vai ser? O alcaide de Berentrode não vai lhe dar mais. Eu o conheço. Fica se lamuriando dos fundos da cidade, mas sempre os esvazia e enche os bolsos, ele e toda a família dele. E eu vou pagar em dinheiro vivo. Vamos, meu caro senhor, ao banco mais próximo.

– Certo. Vamos. Onde está meu cavalo? Alguém aí o viu? Uma égua baia? Encilhada...

– A gente vimos, sim! O servo de vosmecê levou praquelas bandas de lá. Lá na vila!

– Que diacho de servo?

•

Teria sido muito sensato ornar a fachada da prefeitura da cidadezinha de Berentrode com uma enorme placa dizendo "Pega tua petição e leva à puta que te pariu". Isso permitiria que os peticionários economizassem muito tempo e esforço, os quais poderiam ser aproveitados com maior serventia ao bem comum.

Mas Didier Hahn, o alcaide da cidade, não usava uma gorjeira no pescoço com a inscrição "Pau no cu desgraçado". E deveria usar. Teria poupado muita gente de experiências desagradáveis.

– Cuidado para não lançar calúnias, bruxo – disse com frieza, após ouvir os lamentos de Geralt – Em Berentrode não temos ladrões de cavalo nem malfeitores. Somos uma cidade direita, habitada por gente de bem. Ninguém rouba por aqui.

– Quer dizer que meu cavalo se roubou sozinho?

– Não sei. Não sou o guarda do seu cavalo.

– Então não vai ter nenhuma investigação?

– Não vai ter. Não tenho nem meios nem pessoal para isso. Meu pessoal está ocupado com uma espion... Estão ocupados com outros assuntos. E essa sua historinha de cavalo roubado não tem apenas cheiro de calúnia, mas também de golpe. Quer arrancar umas moedinhas do cofre da cidade, é? Cuidado para eu não mandar prendê-lo no calabouço.

– Por força do édito nominal do rei Dagread, afastam-se os bruxos da jurisdição das autoridades locais...

– Vou trancafiar você no calabouço e vamos ver se o rei Dagread tira você de lá. E chega desse nhe-nhe-nhem, não quero mais ouvir falar disso. Saia daqui! Ou melhor: vá embora da prefeitura! E também da cidade!

– A pé?

Didier Hahn bufou furiosamente. Levantou-se de trás da escrivaninha, perambulou pelo cômodo.

– Está bem – disse. – Que seja. Embora você seja um bruxo, e para mim um vagabundo maltrapilho, embora você esteja tentando caluniar o povo de minha cidade, embora eu devesse botar você daqui para fora a chicotadas... Em reconhecimento por você ter matado o monstro lá no pântano, e pelas pessoas que você salvou daquela ave infernal no moinho, concederei um *consilium*. Nós temos um haras aqui. Quem toca é um parente meu chamado Beniamin Hunnicut. Tem belos cavalos. Se você disser que foi por recomendação minha, ele vai dar um desconto. Não precisa agradecer.

Geralt não agradeceu.

– E a ave do moinho – interessou-se subitamente o alcaide –, onde está? Quer dizer, onde está a carcaça?

– A caminho de Ban Fearg, recoberta de gelo.

– Ah, é? Que pena. Eu talvez pagasse algo por aquela cabeça... Seria parte da minha coleção. Dê uma olhada.

Só então Geralt percebeu o armário e a vitrine, na qual estavam expostas várias esquisitices, principalmente ossos. No local central, de honra, havia um ovo enorme. A casca do ovo.

– Trouxeram para mim anteontem – gabou-se Didier Hahn. – Caçadores. Encontraram o ninho e o ovo. Uma raridade, não é? Uma pena, uma pena que você não esteja mais com a cabeça. Eu tenho o ovo, teria a cabeça. Uma pena, uma pena.

•

– Se eu tenho cavalos? Ó deuses que não existem, você está me perguntando se eu tenho cavalos? Devia me perguntar quantos cavalos eu tenho. Permita-me, jovem bruxo, permita-me. Com cuidado, para não pisar na merda, he, he. Com cuidado, eu disse. Agora olhe esse redil. Está vendo esses potros? Parecem até garanhõezinhos de uma pintura. São ginetes de raça, de Novigrad, sangue quente, o sonho de qualquer cavaleiro. A cauda, um véu de seda... E as ancas? Ache uma mulher que tenha ancas tão formosas! Isso aí é um sonho, não uma anca, he, he. Qualquer cavaleiro, digo e dou garantia, me daria até a esposa por um cavalo desses, sem nem piscar os olhos, he, he, ou a filha, estou lhe dizendo, ou as duas. O quê? Você não tem esposa nem filha? Ha, ha, fazer o quê? Vida que segue, he, he. Então não tem saída: vai ter que pôr a mão no bolso, vai ter que soltar a prata. Geralmente, cada um dos meus garanhões custa duzentas e cinquenta coroas novigradenses. Convertendo para a nossa moeda, vai ser mil duzentos e cinquenta marcos. Mas, como você é bruxo, uma profissão nobre, e veio por recomendação do senhor alcaide Hahn, estou disposto a dar um desconto... Que seja... de dez por cento! Não desço mais que isso. E que por todo este vasto mundo todos saibam que tem um bruxo que cavalga um cavalo do meu haras. Que é um garanhão de Berentrode, meu, quer dizer, de Beniamin Hunnicut... O quê? Não vai querer um garanhão? Aquela égua alazã ali, com a cabeça para fora do estábulo? Mas com certeza está à venda. Como seria diferente? Aqui é um haras, não uma galeria de quadros; aqui nós vendemos, não temos só para serem admirados, he, he. Quanto por ela? Deixe-me fazer as contas...

Duzentas coroas. Negócio de irmão, he, he. Mas, como assim, um bruxo montado numa égua em vez de num garanhão? Um bocado desonroso. O quê? É o menor dos seus problemas? Ah, o cliente que manda. Quer uma égua, vai ter uma égua. Mas é que, he, he, meu nobre bruxo, com os cavalos se dá o mesmo que com os peixes. Estou oferecendo ginetes vistosos como um lúcio, e você escolhe uma pardelha*. Do que está rindo? Eu disse algo engraçado?

•

Ingo Xmutt seguia pela Grande Estrada assobiando alegremente. Os cascos da égua baia roubada batiam animados nas vigas recém-assentadas da via. Xmutt estava contente e de bolso cheio – havia vendido o conteúdo dos alforjes que vieram junto com a égua num mercado, logo após a expropriação do animal. Agora seguia com empenho rumo ao norte. Não queria seguir muito tempo pela Grande Estrada, não lhe agradava encontrar os trabalhadores da obra e seus supervisores. Planejava virar a noroeste, pelas trilhas nas florestas que levavam aos abismos de Hengfors. Lá pretendia vender o animal e, com o dinheiro, estabelecer-se temporariamente em alguma das vilas nas cercanias de Holopole. E talvez passar o inverno por lá.

Com os cascos da égua em tropel, passou pela ponte sobre um riacho na floresta, em cujas margens abundavam urtigas. E subitamente deixou de estar sozinho. Em dois dias e duas noites no novo trajeto, talvez tivesse encontrado três carroças e três pessoas. E agora, de repente, encontrava-se cercado por dez indivíduos. E, para piorar, estavam a cavalo e armados. E, para piorar ainda mais, haviam fechado o cerco a seu redor.

– Oh! – fingiu estar alegre. – Senhores soldados! Eu já ia me assustando, achei que fossem bandidos... Permitam-me, eu sou Raul Azevedo... A serviço do marquês.

Um frio percorreu-lhe a espinha. Receou ter exagerado ao usar um nome tão aristocrático, pois não parecia um nobre de nenhuma

* Em polonês, *płotka*, que, além de designar um peixe – a pardelha –, é o nome que Geralt dá a todos os seus cavalos. [N. do T.]

perspectiva. "Mas soldados", pensou, "não podem ser acusados de serem grandes pensadores."

– A serviço do marquês – repetiu demoradamente o líder dos homens armados, um bigodudo usando um gibão de couro de alce, pingente dourado e chapéu com penas de avestruz. – Um nobre, a julgar pelo nome. E essa égua baia, suponho, vem da estrebaria do marquês, não é verdade?

– É verdade, é verdade – confirmou apressadamente Ingo Xmutt. – Da estrebaria do marquês. De fato, senhor cavaleiro, o senhor entende de cavalos...

– Entendo – confirmou friamente o capitão Reisz Carleton. – Basta eu pôr os olhos num cavalo e nunca mais me esqueço dele. Daí que eu sei em que cavalo você está sentado, seu Azevedo, ou como seja sua verdadeira graça. Também sei que o legítimo dono desse cavalo não o vendeu, não o empenhou, não o emprestou, tampouco o cedeu a você de boa vontade.

O ladrão de cavalos passou a língua nos lábios. Olhou em volta nervosamente. Não havia nem como nem por onde fugir; os cavaleiros o cercavam por todos os lados. A um sinal do comandante, seguraram-no firmemente pelos ombros, quase arrancando-o da sela roubada.

O capitão Carleton olhou ao redor.

– Senhor Aelvarr!

– Senhor capitão?

– O senhor está vendo aquele carvalho? Com aquele belo galho grosso? Tenha a bondade de passar o laço naquele galho.

CAPÍTULO OITAVO

Eis as palavras do Profeta: Em verdade vos digo que sobrevirá o caos em lugares vários e o fogo muita vez rebentará. O sol brilhará na noite, a lua no fulgor do dia, as estrelas hão de cair do firmamento. Sangue será vertido das árvores, a pedra erguerá sua voz. Bestas selvagens atacarão, as grávidas darão à luz monstros.

E eis que a profecia se tornou visível a nossos olhos: as mulheres deram à luz monstros. Os bruxos são esses monstros, arautos do caos e da perdição.

Anônimo, *Monstrum, ou descrição dos bruxos*

Illustrissimus
Praefectus vigilum
Estevan Trillo da Cunha
Em Ard Carraigh

Datum die 26 mens. Iulii anno 1229 p. R.

Ilustríssimo Senhor Chefe da Guarda,

Venho mui gentilmente dar ciência de que o bruxo de nome Geralt, no mês de julho do corrente ano, adentrou a área de construção da Grande Estrada, onde de chofre o contratei para serviços de proteção. Adrede mostrou-se de boa serventia, havendo matado dois *monstra* da floresta, de leshys chamados, sendo eles fonte de terríveis desventuras na construção.

Conforme ordem de Vossa Senhoria, duas vezes o interpelei sobre o ano 1194 e sobre o incidente acerca do qual Vossa Senhoria ordenara inquirir. Fingindo estar escandalizado, disse a ele que se tratava de crime nefando, de horror e de *crimen* hediondo que demandava punição. O bruxo escutou, mas palavra alguma proferiu, não se deu a nenhum debate e mantinha uma tal aparência como se a questão de todo não lhe interessasse.

Noutra oportunidade, durante uma conversa, mencionei nomes, conforme Vossa Senhoria ordenara: Margulies e Chwalba. Ainda assim, o bruxo não se permitiu provocar, nem mesmo mínima mostra de interesse deu, não fez perguntas e não acrescentou palavra à conversa.

Disso extraio a conclusão de que o mencionado bruxo Geralt nada sabe de particular no que tange àqueles eventos. Dos bruxos sói ser difícil determinar a idade, mas, segundo creio, o mencionado não tem mais do que *decem et octo* anos, donde em 1194 não haveria ainda vindo à luz. Em concomitância ao *supra*, dou ciência de que o bruxo não mais trabalha aqui. Meus construtores intentaram contratá-lo com o fito de rastrear e abater elfos da floresta, os quais vêm se tornando assaz petulantes, e o bruxo o recusou, vede vós, por considerar que são os elfos seres racionais, os quais não haveria de matar. Diante do exposto, dispensei-o e de pronto ordenei que partisse. Para onde se dirigiu, não me é sabido.

Pax vobiscum,

Michaelides Blaufall,
Praefectus stratificum

•

Cercado por muros, o templo da deusa Melitele ficava próximo à cidadezinha de Frankthal, localizada num vale com o mesmo nome. O vale era invulgarmente pitoresco, recortado em um arco por entre as encostas íngremes. A encosta a norte era completamente coberta por uma floresta de coníferas; já na encosta a sul dominavam as bétulas e seus troncos brancos, faias e carvalhos, e nela se ocultava a fonte de um riacho que descia em várias cachoeiras até, enfim, correr em meandros pelo fundo do vale.

Geralt compeliu Plotka a atravessar o riacho a vau.

O templo da deusa Melitele, um dos poucos que restavam, ficava num antigo palácio élfico de nome Elsborg, localizado a aproximadamente uma estaianhe de Frankthal, numa curva do riacho, entre grandes salgueiros-chorões. Em geral, a região costumava estar vazia, por isso Geralt estranhou um pouco ao ver, junto ao portão do templo, uma aglomeração de pessoas. Contudo, não pensou em deliberar sobre o fenômeno. Aproximou-se.

– E esse aí? – ouviu. – Que forasteiro é esse?

– Largue mão, compadre. Não é mulher, e nós só tem que mandar embora daqui as mulheres de cabelo branco.

O bruxo apeou do cavalo. O portão do templo era baixo demais para se adentrar montado. Bateu no portão.

– Você aí! – escutou novamente. – O que é que está procurando? Você por acaso não está de conluio com aquelas putas, aquelas assassinas de crianças? Não é farinha do mesmo saco que elas? Ei! Estou falando com você!

O rapaz que tentou segurá-lo pelo punho era corpulento, mas, avaliou Geralt, não tanto para se aguentar em pé após um golpe. Tateou no bolso a chave que recebera de Holt. Refletiu sobre qual seria o melhor alvo. O osso orbital? Ou quem sabe a glabela, localizada meia polegada acima da raiz do nariz?

O rapaz percebeu algo nos olhos de Geralt, retrocedeu um passo e engoliu saliva. O bruxo estava quase decidido, já apertava a chave em seu punho quando o portão se abriu e uma sacerdotisa muito alta apareceu. Geralt lembrava-se dela, sempre a considerara perspicaz. Ela entendeu a cena de imediato.

– Entre – disse bruscamente. – Rápido. Neste momento.

Fechou o portão atrás dele, passando o ferrolho.

– Olá, Nenneke.

– Olá, Geralt. Você cresceu. Me lembro de você quando era um rapazote. Sua cabeça passava um pouco do cinto da minha veste. E agora, veja só, um rapagão robusto, espadas às costas... Já se vê que é um bruxo.

– Eu me lembro de você quando era uma noviça. Agora já é uma sacerdotisa.

– O que você quis fazer no portão – ela o mediu com um olhar cortante – teria sido uma tolice.

– Mas eu não fiz nada.

Ela suspirou.

– Nós ensinamos, ensinamos, e vocês seguem com as suas manias.

– Vocês não nos ensinaram tudo – ele respondeu acidamente. – E depois, que vergonha! Eu não sei o que é órbita. Nem cláusula contratual. Não sei o que significa assegurar sustento próprio. Nem o que é *per pro*... antecipado. Nem o que é em última instância...

– Para completar os estudos em última instância – ela interrompeu-o bruscamente –, se inscreva num curso de inverno em Oxenfurt. Como aluno ouvinte. Leia livros em seu tempo livre.

– Perdão. Eu não quis...

– Quis. Me dê aqui seu cavalo, ele vai para o estábulo.

Seguiram pela alameda que levava ao edifício principal.

– Faz tempo que está na estrada? Quando você deixou a Fortaleza?

– Em março. Um dia antes do equinócio.

– Foi para muito longe?

– Na verdade... só até Kaedwen.

– Só até Kaedwen? – ela estranhou. – E eu me lembro de que você queria tanto ver o oceano. Arcomerânia, Novigrad, Gors Velen...

– Quem sabe um dia. Eu matei alguns monstros em Kaedwen.

– Que exibido! Foi só para isso que veio até nós? Ficar se gabando? Questionar nossos ensinamentos? Mais alguma coisa? Elixires? Porque você não parece estar nem doente nem ferido.

– Os elixires são úteis, tomo que nem água. Mas eu... queria mesmo era conversar com a madre Assumpta.

– Ah... – Nenneke não olhou para Geralt. – Seu assunto deve ser muito grave. Mas a madre Assumpta está muito ocupada. Não sei se poderá recebê-lo.

– Enquanto não conferirmos, não saberemos.

– Espertalhão.

Passaram pelo jardim. As sacerdotisas e noviças que lidavam com os canteiros os acompanharam com o olhar. Algumas acenaram. Ele não se lembrava delas – o que não era de estranhar, pois, da última vez que as vira, eram ainda muito jovens. E nada neste mundo muda tão rápido quanto as jovens.

Seguiram em frente.

Sob um alpendre aberto de todos os lados para ventilação, algumas noviças com máscaras no rosto e longas luvas trabalhavam na confecção de sabonetes, misturando lixívias, sodas, óleos e arômatas intensos em tinas. Geralt sabia que os sabonetes de

Elsborg gozavam de merecido renome mesmo fora das fronteiras de Kaedwen. Ele mesmo, quando estudava no templo, era obrigado a usá-los. Em Kaer Morhen só se usava o sabão cinza, desprovido de aroma. Não se tratava – pelo menos não só – de desprezo pelos arômatas e pela feminilidade a eles associada. A imensa maioria dos monstros tinha um olfato muito sensível – e alguns eram até mesmo inimaginavelmente sensíveis. Um bruxo com cheiro não natural não teria a menor chance contra eles.

– Estão nos mandando embora daqui – disse de repente Nenneke.

– Como é que é?

– Estão nos mandando embora daqui – repetiu piscando os olhos. – Um dos motivos... não o único... são vocês, rapazes de Kaer Morhen. Espalharam por aí que estamos dando aulas para vocês aqui.

A sacerdotisa bateu à porta de carvalho. Convidados, entraram.

Assumpta de Rívia, a mais importante sacerdotisa do templo, estava sentada a uma escrivaninha coberta de pergaminhos. Geralt a vira pela última vez havia oito anos. Ela engordara desde então. E seus cabelos embranqueceram.

Duas sacerdotisas e uma noviça a acompanhavam. As sacerdotisas sorriam para Geralt. Conhecia ambas. Flávia ensinava história. Ailidh, a língua antiga. Não conhecia a noviça. Ela era jovem demais para que a conhecesse.

– Madre Assumpta – disse Nenneke. – É o Geralt.

– Estou vendo. Flávia, Ailidh, Zdravka, muito obrigada. Também você, Nenneke. Sente-se, Geralt.

Do lado de fora, no jardim, pegas palravam de modo apavorante. Tinham avistado um gato em algum lugar.

– Seu rosto mudou – disse enfim a sacerdotisa. – E os olhos, independentemente das mutações. Você também nunca torceu os lábios desse jeito. Não diga nada. Estou vendo e já sei.

– Parece que... – ele balbuciou. – Parece que querem pô-las para fora daqui, madre. E parece que é por nossa culpa.

– Quem lhe disse isso? Nenneke? Não, Geralt. Nenhum de vocês, jovenzinhos educados aqui, tem culpa alguma, e não temos ressentimento de nenhum bruxo. Também é nossa culpa que o obscurantismo e a ignorância estejam vicejando, que a estupidez esteja grassando. Ensinamos mal. Formamos mal. Pois são justamente nossos antigos pupilos que hoje nos mandam embora, de acordo com a lei que eles estabeleceram.

– Os homens perto do portão falavam... sobre mandar as mulheres embora do templo. Eles queriam dizer...

– Eu sei o que eles queriam dizer. E também é a lei, segundo a qual a assistência médica prestada às mulheres é proibida e demanda punição. Quem teve essa ideia, é claro, foram os homens. Ah, se eles engravidassem, o procedimento de interrupção seria declarado mistério sagrado e ocorreria junto a orações, incensos e corais cantando.

Após um instante, Assumpta de Rívia prosseguiu:

– Este mundo é estranho. Zombam da nossa deusa, debocham de nossas orações. Dizem que são crendice. No leste e no norte, multiplicam-se as seitas e os cultos. Veneram aranhas, cobras, dragões e outros monstros. Há murmúrios sobre crimes, sobre sacrifícios humanos. E parece que contra isso não há como lutar. E nem tentam mandar os sectários embora.

Antecipando a pergunta, ela concluiu:

– Nós nos transferiremos para o sul, para depois do Pontar. Para Temeria, mais especificamente para Ellander. Lá existe um templo abandonado; o chefe da cidade gentilmente permitiu que nos instalemos lá. É claro que lá também daremos ajuda às mulheres que necessitarem, independentemente de alguém gostar ou não. Mas já falei demais das nossas questões. Diga como você está.

Ele respondeu. Mas apenas sobre suas missões de bruxo. Não mencionou o desertor assassinado no povoado de Neuhold. Nem os corvos na encruzilhada. Nem o que resultou daquilo. Madre Assumpta ouviu pacientemente. E resumiu com brevidade e precisão.

– Estou sentindo e sei do que você precisa.

– Sabe?

– Com certeza. Não posso te ajudar de outro jeito que não seja com meu conhecimento. O que você quer saber, menino? Perdão. Bruxo Geralt.

Ele ficou em silêncio longamente.

– O que realmente aconteceu em Kaer Morhen no ano 1194?

– A mim você pergunta isso? – Levantou a cabeça. – Você, que desde tenra infância via os ossos no fosso e os nomes esculpidos na parede dos sete bruxos que morreram uma morte heroica? Que se criou ouvindo as histórias de heroísmo?

– São exatamente essas histórias. São tão heroicas que...

– Que são heroicas demais? Devem ser assim mesmo, menino. Os heróis devem ser heróis. E as histórias devem fazer com que eles sejam. E não se deve duvidar nem de um nem de outro. O tempo implacável a tudo apaga, não poupa nem o heroísmo – e as histórias e as lendas existem para resistir a isso, mesmo a custo da assim chamada verdade objetiva. Pois a verdade não é para todos. A verdade é para aqueles que conseguem suportá-la. Você consegue? Não faça cara feia. Você não consegue. Se conseguisse, pediria a verdade a Vesemir. Aos mais velhos. Mas você se dirige a mim.

– Porque você nunca mentiu para mim.

– Você tem tanta certeza assim? Ou talvez eu saiba mentir tão bem que ninguém reconhece as minhas mentiras? Nem uma criança, nem um rapaz de dezoito anos que cresceu demais? Você não está me dizendo tudo, menino.

Dessa vez, ele disse tudo. Sem evitar a gagueira.

– Então é aqui que está o xis da questão – disse Assumpta de Rívia. – Preston Holt.

O silêncio dominou longamente. As pegas aquietaram.

– Na primavera do ano 1192 – a sacerdotisa pôs a mão na testa – apareceu aquele libelo... *Monstrum, ou descrição dos bruxos*. Anônimo, como de costume, mas impresso, e naquele tempo dava para contar as prensas nos dedos de uma mão, então não havia muitos suspeitos. Tudo apontava para a prensa de uns magos da universidade de Ban Ard, mas não havia provas, o que não é de admirar. É difícil encontrar peritos em apagar rastros tão bons quanto os magos. O libelo teve circulação ampla, numerosos exemplares, e emissários itinerantes liam aquela obra de qualidade duvidosa para os analfabetos em reuniões e assembleias rurais. A notícia começou a correr pelas Marcas e se espalhou como um incêndio.

Doenças, impotência, peste bovina, abortos, fetos natimortos, quebras de safra, pragas – todos os infortúnios e misérias eram atribuídos aos infames bruxos, e os fios dessa urdidura de crimes e conspiratas levavam a Kaer Morhen. Então "Kaer Morhen", estou citando um trecho do texto, "o lugar onde os bruxos fazem seu ninho, deve ser extirpado da face da Terra, e o terreno, coberto com sal e salitre". No ano 1194, no verão, alguém finalmente conseguiu juntar e organizar uma turba, e um exército partiu para as montanhas, uns cem homens do povo armados. Voltou, chorando e rangendo os dentes, menos de um terço. O resto apodreceu no fosso do castelo de vocês; os ossos deles estão lá até hoje. Você está se perguntando como alguns bruxos mataram uma centena de fanáticos? Pois vou dizer. Como você sabe, os mais hábeis e bem formados magos conseguem agir em equipe, juntando forças ao lançar feitiços com efeito altamente potencializado. Os bruxos não sabem e não podem fazer isso. Seus Sinais são uma coisa muito particular, que funciona de forma exclusiva para cada indivíduo específico. Naquela vez em Kaer Morhen, quando a chusma forçou as muralhas e o assentamento ao redor do castelo estava em chamas, os quatro últimos bruxos vivos juntaram as mãos e a força. E conseguiram lançar um Sinal em conjunto, com um efeito mortal, causando destruição em massa. Infelizmente, eles também não sobreviveram. Mas surtiu efeito. Apesar de Kaer Morhen, privada de seus defensores, estar sob o jugo dos invasores que haviam sobrevivido, estes não ousaram invadir a Fortaleza. Fugiram em pânico. A notícia sobre a invasão se espalhou. O jovem rei Eoin, que governava à época, um homem em certa medida ilustrado, ficou levemente nervoso. E também não ficaram contentes os marqueses, que, embora não nutrissem simpatia pelos bruxos, não tolerariam iniciativas autônomas de subalternos nem a audácia da arraia-miúda. Era preciso uma lição. Dois foram guilhotinados no patíbulo em Ard Carraigh, quatro foram publicamente enforcados em suas vilas natais. Infelizmente, eram os seis menos culpados. Os principais instigadores – e inspiradores – não foram alcançados pela justiça. Pelo menos não imediatamente. E agora chegou a hora da sua tão desejada verdade objetiva, Geralt. Há sete nomes esculpidos na parede de Kaer Morhen. A história heroica fala sobre sete caídos. Mas naquele momento havia oito bruxos em Kaer Morhen. Quando a notícia do ataque se espalhou, eu e várias noviças fomos a Kaer Morhen. Estávamos no local muito antes de Byrnjolf e Vesemir aparecerem com os jovenzinhos. Encontramos os cadáveres. Muitos cadáveres. E um vivo. Quase vivo.

– Era Holt.

– Não era assim que ele se apresentava. Naquela época, ele se chamava Reyndert. E o chamavam de Espectro Reyndert. E agora ouça. Não encontramos Reyndert no castelo, mas a uma boa distância dele. O próprio Reyndert alegava, depois, que não se lembrava de nada. Ele estava delirando de febre. E eu... Talvez eu tenha agido de forma precipitada e imprudente, mas naquela época eu era, bem, um pouco mais jovem do que hoje... As emoções subiram à cabeça. E acabei contando a Vesemir o que Reyndert disse durante a piloura.

Calou-se por um tempo. Geralt não a apressou.

– Acontece que – por fim prosseguiu – não foi defendendo Kaer Morhen que Reyndert se feriu, mas durante a fuga.

Geralt ficou em silêncio.

– O tempo passou. O tempo que tudo muda. A chamada verdade objetiva se esvaneceu na névoa. Vesemir persiste em sua teimosia. Eu... prefiro não persistir. Quero perdoar... Não, não perdoar. Esquecer. Reyndert – agora Preston Holt, porque ele voltou a usar seu nome verdadeiro – vem há anos se dedicando a salvar dos monstros as pessoas em Kaedwen e a desfazer maldições e feitiços. Frequenta o templo. Costumamos repor seus elixires. Algumas vezes o tratamos das feridas. Tratando ao mesmo tempo as minhas. Essas que são ainda mais dolorosas. As das lembranças. Mas chega disso. – Ela ergueu abruptamente a cabeça. – Contei o suficiente. Talvez até demais, veremos. Agora escute um conselho. A ideia de se empregar como aprendiz de Holt não me agrada.

– Eu não sou empregado. Trabalho com base na boa vontade e na confiança entre as partes. Eu sou *per pro*...

– *Per procura*. Quer dizer "em substituição".

– Eu sei.

– E você também sabe que deveria passar o inverno em Kaer Morhen, e não na casa de Holt, em Rocamora? E que não é nada bom que te associem a ele?

– Por quê?

– Holt... – A sacerdotisa levou a mão à testa. – Holt não é um preceptor adequado para você. Você deve seguir seu próprio caminho. Literal e metaforicamente. Me prometa que vai abandonar Rocamora. E Holt.

Geralt ficou em silêncio. Assumpta de Rívia lançou-lhe um olhar inquisitivo e, finalmente, deu um suspiro profundo.

– Geralt, não negue que você veio aqui em busca de informações e conselhos. E recebeu ambos. O que vai fazer com isso é assunto seu. O que podíamos ensinar a você, ensinamos, fim, a escola acabou. Agora, quando você cometer um erro ou se meter em confusão ao ouvir um conselho errado, a Nenneke não vai te colocar no cantinho da disciplina. É a vida que vai te colocar lá.

Ficaram sentados em silêncio por um longo tempo.

– Para onde você pretende ir agora?

– Para... – gaguejou, mas decidiu não enrolar. – Para Spynham. Depois em direção ao nordeste, até os limites da Marca. Os colonos precisam de ajuda.

– É verdade. Você é um bruxo.

As pegas no jardim tinham voltado a palrar.

– Madre Assumpta?

– Pois não.

– Um tempo atrás alguém me disse que o nome Geralt é... insosso.

– E talvez até seja. Mas é o seu nome.

– Sim, mas... Será que posso acrescentar algo? Um "de", como no seu nome? Algum prefixo seguido de algo nobre.

– Preposição. Mas você não é nenhum nobre, Geralt. Por que se enfeitar com as penas dos outros?

•

Zoë, Fervida e Hippolyta, garotas do Lorelei, não tinham nada para fazer. Era manhã de um dia comum. Cada uma entretinha-se com o que podia e gostava. Zoë tricotava um gorro para sua filhinha. Fervida lia um manual de cultivo de ervas em vasos. Hippolyta olhava pela janela, observando as andorinhas em voo ao redor da torre da prefeitura da cidadezinha de Spynham.

Todas ouviram o ranger dos degraus, mas nenhuma reagiu. A entrada de Pampinea Monteforte no recinto também não as alarmou.

– Uma coisa – anunciou Pampinea. Seus bustos ondulavam pitorescamente. – Temos um cliente. Já adianto: isso deve ficar em segredo.

– De novo o prefeito? – bufou Zoë. E Hippolyta levantou os olhos para o teto.

– Não – negou Pampinea. – Desta vez não é o prefeito. É um cliente ainda mais secreto. Por isso vim até vocês, que conheço há muito tempo. E em quem confio. Essas jovens, vou te contar, não acho que sejam dedos-duros, mas são bobinhas, podem dar com a língua nos dentes...

– Então quem é? Conte, madame. Vamos morrer de curiosidade.

– Um bruxo.

– O senhor Holt? – Fervida deu risadinhas. – Será que ele rejuvenesceu?

– Olha lá, hein? – Pampinea ameaçou com o dedo. – Sem essas piadas. O senhor Holt é um cliente honrado. Mas não é dele que estou falando. É um bruxo jovem. Muito jovem, eu diria. E simpático. Mais ou menos. Qual de vocês não tem medo? E quem aceita?

– E quem aceitar – perguntou Zoë depois de um momento de silêncio – vai ganhar o que com isso?

Pampinea Monteforte não pensou muito.

– Três quartos da taxa – decidiu.

As meninas se entreolharam. E depois voltaram seus olhos para a matrona.

– Que tal – disse Hippolyta com um sorriso – tirar no palitinho? Quem tirar o menor leva o bruxo.

– Quem sabe – Fervida também sorriu – a gente encurte dois palitinhos.

– Eu acho – disse Zoë – que não vamos precisar desses palitinhos.

•

Estimado Senhor
Preston Holt
Districtus Ban Fillim
Oppidum Rocamora

Datum ex urbe Belvoir,
die 6 mens. Augusti
anno 1229 post Resurrectionem

Caro Preston, *salve,*

Conforme o espírito de nosso acordo, venho por meio desta informar que, desde o dia da visita do jovem Geralt à minha casa até o dia em que envio esta carta, entraram em minha conta remessas de vários bancos, numa soma de 4.885 marcos de Kaedwen – por extenso, quatro mil oitocentos e oitenta e cinco 00/100.

Após deduzir a minha comissão e o meu pagamento, remeterei o valor devido à sua conta.

Sem dúvida chegou ao seu conhecimento, caro Preston, que, por uma estimativa aproximada, o jovem bruxo deve ter exterminado umas boas dezenas de monstros desde maio, quando esteve em minha casa. Quer dizer, ou matou muitos, ou matou menos mas negociou com eficiência – de fato, tanto um quanto o outro o deixam em boa conta. Quero parabenizá-lo por sua escolha; seu *per procura* trará bons resultados. Visto que o jovem bruxo não sabe o que significa essa expressão, mais uma vez fica claro que é mais importante realizar bem um trabalho do que saber como os homens cultos o chamam.

Como se pode ver a partir das remessas bancárias, o jovem bruxo atuou em parte da Marca Ocidental e da Marca do Norte. Também sei que visitou o templo da deusa Melitele em Elsborg. Interessante que, logo em seguida, ele deu uma passadinha no Lorelei, em Spynham. E ficou lá um tempo. Pois é, a juventude também tem seus direitos, e como ele gasta seu *per diem* é assunto particular – contanto que não economize demais nas refeições, ou vai acabar enfraquecendo.

O que me preocupa são as atividades de espiões ao redor do jovem. Tenho motivos para supor, caro Preston, que não é o jovenzinho que lhes interessa, mas você. Redobre a cautela.

Saluto te,

Timur Voronoff

CAPÍTULO NONO

Que em vossa quinta não cresça senão cicuta, que a cubra o cardo; que vosso chão se alcatife com espinheiros e se envenene com estramônio. Não conheçais felicidade alguma, devorado por essa maldição até o âmago, até o mais íntimo de vossa animula. Ela vos esmagará até o pó, até a ferrugem, até serdes carniça podre e bolorenta.

Stefan Grabiński, "Klątwa" [A maldição]

A primeira coisa que Geralt viu ao adentrar a cidadezinha pelo portão de rastrilho foi uma pessoa enforcada. Mais especificamente uma moça jovem de cabelos claros e vestes esfarrapadas. Estava pendurada na barra do guindaste do poço, balançando e girando ao vento. Ao passar, ele percebeu os detalhes – o rosto inchado, o pescoço anormalmente esticado, os hematomas nas coxas, os pés pretos pelo sangue coagulado.

A cidadezinha estava vazia, como morta, sem vivalma nas ruas; nenhum cachorro correu por trás das cercas e latiu para as pernas do cavalo. As venezianas fechadas, assim como os portões, exalavam hostilidade. Agouro das coisas ruins que aconteceram lá. E das ainda piores que haveriam de acontecer.

Mais perto da praça, Geralt avistou algumas pessoas, e ele mesmo foi avistado.

– Bruxo, né? – disse ofegante um jovenzinho que usava uma boina com pena de faisão, enquanto corria até ele. – Ah, vejo que sim. Então a notícia chegou? Nosso pedido de ajuda? O senhor veio por isso ou não?

– Encontrei o mensageiro. Percorreu a galope toda a região. Com o pedido. Com a informação de que precisavam de um bruxo na localidade de Montanha de Vidro. Cá estou, atendendo ao chamado. Aqui é Montanha de Vidro, não é?

– É. Ah, que bom, que bom que o senhor está aqui. A desgraça se abateu sobre nós... Uma terrível desgraça... Mas me permita levar o senhor até a praça, lá o senhor verá com os próprios olhos. Por gentileza, por gentileza.

– Bruxo, não é mesmo? – Do pequeno grupo de pessoas sob o arco da praça saiu um distinto senhor de barba branca. Os botões de seu gibão eram grandes como ducados. E, como eles, de ouro. Ou melhor, banhados a ouro. – Quer dizer, conhece os feitiços de bruxo? Sabe desfazer maldições? Veremos, veremos. Desça do cavalo e venha. Mais perto, mais perto.

Havia umas dez pessoas próximo ao portão. Afastaram-se do bruxo que vinha chegando, viraram seus rostos.

– Por aqui. – O homem de barba branca apontou o caminho. – Siga-me.

Entraram em um pátio, depois seguiram por uma escada rangente até um claustro. O homem de barba branca parou, cobrindo o nariz com o punho.

– Ali, atrás da porta – disse sem clareza por trás da manga, apontando. E correu, quase caindo da escada.

O bruxo sentiu, já de longe, o cheiro nojento e nauseante de podridão, por isso o médico no vestíbulo não lhe causou surpresa. O antifaz de couro com um longo bico de pássaro e orifícios envidraçados para a visão entregou sua profissão.

O médico, ao ver Geralt, disse algo totalmente incompreensível por trás da máscara de pássaro. Compreendendo a situação, saiu para o claustro, chamando Geralt. No claustro, tirou o antifaz, limpou o suor do rosto. Era muito jovem.

– Ali a medicina não serviu para nada – respirou, abanando-se. – Não serve para nada aspergir aceto. De que adianta desinfetar com enxofre? Ali é magia negra. Uma maldição, não tenho dúvida.

– Dá para ser mais claro?

– Dá. – O médico piscou os olhos. – Dá para ser claríssimo. Vou explicar ao senhor com clareza o que está sucedendo. Lá no quarto estão o nosso prefeito, a esposa e os três filhos, um dos quais no berço. Três dias atrás foram atingidos por magia negra. E de uma maneira realmente terrível. Uma gosma, como se fosse um piche vivo, está cobrindo o corpo deles. A infecção vai aumentando e matando pouco a pouco. Talvez já tenha matado... Vejo que o senhor é um bruxo. Mas o que pretende fazer? O que pode resolver com suas espadas?

– Vou saber quando vir.

– Verdade mesmo? O senhor quer entrar ali? No quarto?

– No quarto.

O médico bufou, gesticulou com a mão, parecia que queria se opor, mudou de ideia.

– Então entre – resmungou sob a máscara, que havia colocado novamente. – Por aqui.

O quarto estava escuro. O odor de podridão era sufocante, ardia nos olhos. Podiam-se ouvir um choro débil de criança e o lamento monótono de uma mulher.

O medalhão de Geralt começou a tremer com força.

O bruxo quase tropeçou no berço que estava no caminho. Deitado nele, o corpo de uma criança. Todo coberto por uma crosta rugosa, uma gosma já ressequida. Como uma boneca preta.

O prefeito – só podia ser ser ele – estava sentado numa poltrona com encosto. Metade do corpo, dos pés até a cintura, coberto com aquela gosma preta. A gosma parecia se mexer. Geralt se aproximou. De fato, a gosma pulsava e tremia, soltando ramificações móveis.

A mulher estava mais adiante, no canto, abraçando as outras duas crianças, que choravam. Também ela soluçava. Tanto nela quanto nas crianças já era visível a crosta preta.

Sem prestar atenção às advertências do médico, Geralt se aproximou ainda mais. Ajoelhou-se ao lado do prefeito.

– Ajude-me – gemeu o prefeito, estendendo os braços. Geralt se afastou por cautela. – Ajude... as crianças...

Como se estivesse ouvindo ou reagindo ao movimento, a crosta negra ganhou vida, pulsou e cresceu, cobrindo mais algumas polegadas do corpo do prefeito, que gritou alto. A mulher no canto se lamentou, as crianças começaram a chorar.

Geralt sacou um estilete e extraiu uma gota da crosta com a ponta da lâmina. Levantou-se afastou-se. Saiu junto com o médico.

– O senhor viu. – O médico constatou o fato, retirou a máscara, limpou o rosto. – O senhor viu com os próprios olhos.

Aquilo é um poder sobrenatural, magia negra ou coisa ainda pior, uma força demoníaca ou coisa que o valha... E o senhor viu minha bengala e minhas luvas no chão? Eu precisei tirar, jogar, porque o visco passou para elas e cresceu, cresceu, mal tive tempo... Mas o que vou eu dizer? Olhe sua faca.

A gotinha da gosma colhida na ponta do estilete agora cobria quase toda a lâmina. A gosma estava viva, inchava e soltava tentáculos que se retorciam.

– Depois de cobrir e sufocar aquelas pessoas – disse sombriamente o médico –, quem sabe se não vai seguir em frente e procurar novas vítimas?

– Não vai. – O bruxo balançou a cabeça. – Porque parece mesmo uma praga, uma maldição, uma coisa-feita. Lançada apenas contra aqueles lá. Vai matá-los e se consumir.

– O senhor está dizendo que eles vão morrer? Quer dizer que, para o prefeito e seus familiares, não tem mais salvação? Nesse caso, eu aconselharia queimar a casa.

Os dois desceram para o pátio. Viram uma movimentação no portão. E uma menina com o nariz quebrado sendo arrastada, amarrada a uma corda. Não parecia ter nem quinze anos.

– Como se sabe – perorava um dos moradores, aquele que segurava a moça pela corda, – uma maldição só é desfeita pela morte daquele que a lançou. Enforcar aquela moça foi um erro, pois ela está lá pendurada e a maldição continua. Mas era uma curandeira e herbalista, então a perda não foi tão grande, não precisamos derramar lágrimas. Agora temos, olhem só, outra, parente da curandeira. Ela com certeza é culpada. Quem mais seria? Então vamos levá-la para a forca! Vocês vão ver, a morte dela vai tirar a maldição.

– E se não tirar? Vamos ter enforcado outra inocente?

– Precisamos queimar a casa – meteu-se o médico. – É o único jeito.

– O caralho! Tudo é muito perto, metade da cidade vai embora junto com a fumaça.

– Então fazer o quê?

– O bruxo está aqui – disse o homem de barba branca. – Foi para isso que mandamos o mensageiro, não é? Para chamar um bruxo, não é? E daí o bruxo está aqui! Ele entende de feitiço! Vamos ouvir o que ele tem a dizer...

– O bruxo – interrompeu-o um sujeito magrelo vestindo um manto negro – é meio jovem. Suponho que não goze de muita experiência.

O indivíduo com o manto negro se aproximou de Geralt, muito perto. Numa corrente ao pescoço, carregava um símbolo sagrado.

– Aqui não precisamos de bruxo que não tem nem barba! – Exalava um cheiro terrível de álcool, tanto entranhado quanto fresco. – Precisamos de oração!

– O senhor está rezando desde que amanheceu, honorável sacerdote – disse irado o homem de barba branca –, e não obteve nada. Senhor bruxo, o que diz? O senhor nos prestará socorro?

– Vai nos socorrer? – Novamente recendeu a álcool o sacerdote. – Ele? Quero saber como. Na verdade, não estou nem um pouco curioso. Para que eu precisaria dessa curiosidade? Oração. Apenas oração, eu lhes digo. E vamos enforcar a moça.

O homem de barba branca, evidentemente um conselheiro, conversou com os outros em sussurros.

– Vamos contratá-lo, jovem bruxo – disse enfim. – Nós, a autoridade local. Trezentos marcos. Mas vamos pagar só depois. Quer dizer, se o senhor obtiver resultados.

– É claro. Aceito a encomenda.

– Se precisar de alguma ajuda, ajudaremos, não recusaremos nada. Apenas diga de que o senhor precisa.

O bruxo apontou para a menina.

– Preciso dela.

•

Não foi necessário procurar nem muito longe nem por muito tempo; ajudou-o um elixir, muito útil nessas situações, chamado Alvéola-Branca. E a observação de uma pequena amostra da gosma na lâmina do punhal.

– Lá, perto do riacho – perguntou à moça, que ainda o seguia –, de quem é aquela choupana? Fale mais alto, mal posso ouvir você.

– Da tintureira... Antigamente...

– Obrigado. Agora se mande para sua casa. E não deixe mais ninguém te capturar.

O casebre ficava na periferia – no limite mais pobre – da cidadezinha, entre os salgueiros às margens do riacho. Se era a casa da tintureira, aquele "antigamente" saltava aos olhos. Não se viam chumaços de lã e novelos. Nas fileiras de potes da varanda, havia muito sem uso, distinguiam-se gotas de pigmento ressecadas e desbotadas.

Geralt entrou. A porta rangeu. No vestíbulo, uma teia de aranha grudou em seu rosto – via-se que ultimamente não muitos clientes passavam por ali. Estava repleto de potes, caldeirões e outros utensílios de tinturaria. Cheirava a vinagre.

A sala estava iluminada e surpreendentemente organizada.

Numa cadeira de balanço com encosto de vime, estava sentada uma mulher. Uns quarenta anos. Geralt podia estar enganado.

Por um instante, um olhou para o outro em silêncio.

– Você tem morte no seu rosto – disse a mulher, sem parar de se balançar lentamente. – Não estava me iludindo. Eu sabia que alguém como você apareceria. Aquela gente da cidade poderia enfim encontrar meu rastro... Talvez seja melhor que venha de alguém como você.

Geralt não respondeu.

– O prefeito – a mulher retomou, após alguns instantes – matou meu filhinho. Estava bêbado e passou com o cavalo por cima dele. Depois me ameaçou, me deu dinheiro. Eu peguei, então ele achou que era o fim, que estava tudo resolvido. Esperei muito tempo. Finalmente consegui, e não foi barato, o conhecimento e um método. Não foi barato e foi tão fácil de lançar... Um movimento da mão e uma palavra. Foi desespero, foi uma solução desesperada. Mas eu não sabia que as consequências seriam tão terríveis... E que faria mal à esposa e às crianças... As crianças! E aquela moça inocente enforcada. Agora eu gostaria de reverter isso, de voltar atrás... Salvá-los. Estou pensando como.

– Só tem um jeito.

– Eu sabia – assentiu. – Eu sabia que apenas a minha morte... Mas não queria cair nas garras deles, ser torturada e enforcada...

Queria eu mesma dar um fim. Comprei veneno, veja. Mas tive medo de tomar. Talvez agora eu tenha coragem, com você perto...

– Não é assim que funciona.

– Ah... Então a espada... Essa que está às suas costas.

Ficou em silêncio. Não era preciso confirmar. Também a mulher ficou em silêncio.

– Seu corte – disse ela finalmente – será rápido, num golpe só? Para eu não sentir...

– Não é assim que funciona.

– Ah... – A mulher engoliu saliva. – Mas... Se precisa ser assim... Se vai salvar as crianças...

– Vai salvar duas. As mais velhas. Para a mais nova é tarde demais.

Ela suspirou alto. Geralt viu uma lágrima em sua bochecha.

Sacou a espada. A mulher estremeceu.

– Tire a roupa. Basta tirar a camisa pelos ombros.

– Devo ficar em pé?

– Não.

Geralt apoiou o pé nos pés da cadeira, que parou de balançar. Pegou a mulher com força pelos ombros, cravando-lhe os dedos. Encostou a lâmina da espada no meio do peito dela. Na altura da inserção da quinta costela.

– Eu gostaria de...

Não a deixou terminar.

Empurrou com força, sentindo a suavidade com que a lâmina atravessava o esterno. A tintureira gritou, tentou resistir, mas já era tarde. Apertando-lhe os dedos no ombro, Geralt se inclinou e continuou empurrando vigorosamente a lâmina, que atravessou o corpo da mulher com um estalido; o encosto de vime também não ofereceu resistência. Pressionou a espada com ainda mais força, até que toda a lâmina atravessasse as costas, até o ricasso. A mulher não gritava mais, mas abria e fechava a boca, na qual já aparecia o sangue.

Mas não era o fim do ritual.

Geralt curvou o corpo e puxou a lâmina para cima, esmigalhando o esterno e as inserções das costelas superiores. Da boca da mulher jorrava sangue; ele sabia que a lâmina havia cortado a aorta e o pericárdio.

Forçou a empunhadura e golpeou para baixo, rasgando as últimas inserções das costelas. Artérias. Veias. E câmaras cardíacas.

A tintureira suspirou. Seus olhos ainda estavam abertos.

Mas ainda não era o fim do ritual.

O bruxo girou a lâmina. Puxou-a na horizontal, esmigalhando as costelas. Primeiro à direita, depois à esquerda. Das câmaras cardíacas e artérias havia apenas uma papa.

Agora era o fim.

Devagar e com cuidado retirou a lâmina, que saiu suavemente. A mulher ficou na cadeira. Imóvel.

Se não fosse o sangue, daria para pensar que estava dormindo.

•

Na praça, esbaforido, correu até ele aquele jovenzinho da boina com pena de faisão.

– A maldição – disse Geralt, antes que o jovenzinho recuperasse o fôlego – já deve ter parado de agir. Em definitivo. Já deve dar para perceber...

– Isso mesmo – interrompeu-o o jovenzinho. – Está regredindo, diminuindo. No prefeito e na sua esposa só os pés estão pretos. Das crianças a gosma já saiu totalmente.

– Fico feliz em ouvir isso. Agora está na hora de cumprir o contrato, não é? Cadê meu pagamento?

O jovenzinho ficou em silêncio, pigarreou e ficou vermelho de um modo que só poderia significar uma coisa. Geralt suspirou.

– O senhor veja bem, senhor bruxo – o jovenzinho confirmou, com uma voz trêmula, as suspeitas de Geralt –, o senhor foi a algum lugar, sumiu, e o sacerdote ficou aqui o tempo todo, fazendo exorcismos e orações... Daí os conselheiros declararam que o acordo era inválido. Que não foi por causa do senhor, mas do sacerdote, que a maldição regrediu. Resumindo...

– Resumindo, vocês não vão me pagar nada.

– Hu-hum... – o rapazola se engasgou. – Meio que isso, o senhor veja, foi assim que decidiram. A decisão já foi tomada. Mas também não é assim, nada, nada. Os senhores conselheiros decidiram que podemos pagar... cinco marcos. Mesmo que seja só pela sua vinda.

Já estava na ponta da língua de Geralt que os distintos senhores conselheiros podiam enfiar aqueles cinco marcos no cu. Mas pensou melhor. Cinco marcos bastariam para um almoço na estalagem da encruzilhada. E ele estava com fome.

Lembrou-se dos olhos da mulher no momento em que sua lâmina lhe rasgou a aorta. De repente perdeu a vontade de comer.

"Mas é necessário comer", pensou, saltando na sela de Plotka e se dirigindo à porta da cidade.

CAPÍTULO DÉCIMO

Ainda há sciendum *sobre os bruxos que tais malfeitores receberam do próprio demo a perfeita ciência das ervas e demais substâncias. Roubaram dos sábios o conhecimento sobre certos decoctos, misturando-lhes venenos e essências mortíferas, criando alcaestes e filtros de terrível poder, capazes não apenas de confundir a imaginação, mas também de mudar de todo a natureza humana. Tendo ao alcance das mãos os mencionados alcaestes, puseram-se os bruxos a* raptar *crianças, em* particular *os infantes que, logo após o nascimento, não haviam sido levados ao templo por seus pais, tolos e temerosos, pois dessarte poderiam ser tocados por maus sortilégios. Conforme se apurou, os bruxos aplicavam seu hediondo decocto à força nos petizes sequestrados; nos poucos que sobreviveram aos horrores daqueles tratamentos, tudo que era humano se arruinava, e o que era pérfido e maligno florescia como cicuta. Dessa forma, incapazes de multiplicar-se* in naturalibus, *passaram os bruxos a multiplicar-se de modo diabólico.*

Anônimo, *Monstrum, ou descrição dos bruxos*

Geralt gostaria de se esquecer quanto antes daquele incidente na cidadezinha de Montanha de Vidro, outrora de fato um local de fundição de vidro a partir da areia quartzosa lá extraída. Não foi possível. A notícia se espalhou com uma rapidez e a uma distância surpreendentes. Pela quebra da maldição, louvavam principalmente, é verdade, um certo piedoso sacerdote, mas, coisa estranha, alguém lançou um boato de que o herói era um jovem bruxo. Os carvalhos à beira das estradas e os postes nas encruzilhadas estavam, de repente, decorados com placas. Muito variadas sob o ponto de vista da ortografia, as inscrições nas placas pediam desesperadamente por socorro, dizendo ser urgentemente necessária a ajuda de um bruxo – era preciso desfazer uma maldição, um feitiço ou uma coisa-feita.

Ainda cheio de fervor juvenil, Geralt inicialmente não desprezou nenhum dos chamados, atendendo a todos com entusiasmo. Aquele ardor foi pouco a pouco diminuindo quando precisou explicar a uma família que o vovô, que já tinha – ajoelhem-se os povos do mundo – noventa anos, estava caducando e que isso não era, como supunha a família, nenhuma espécie de feitiço lançado pela vizinha malvada. No povoado seguinte, precisou olhar a genitália do chefe da vila e explicar-lhe que não se tratava de um feitiço, mas de um caso avançado de gonorreia e que, não, nesse caso ele não precisava de um bruxo, mas de um médico. Nos três povoados seguintes, explicou aos homens afetados por impotência sexual, temporária ou permanente, que ele, um bruxo, não conseguiria atender a essa demanda. Geralmente, quando se recusava a ajudar, era acusado de querer extorquir dinheiro e só não o chamavam de santo. Tentaram várias vezes atraí-lo com golpes comuns – pessoas de várias idades e sexos fingiam estar obsedadas e responsabilizavam alguém da vizinhança, um parente ou o cônjuge pelo feitiço, esperando que o bruxo matasse o suspeito imediatamente. Quando o bruxo negava o trabalho, acusavam-no de ser estelionatário ou de estar em conluio, insultavam-no e o enxotavam.

Perto do final de setembro e depois de trinta e tantas milhas percorridas, Geralt começou a tratar com mais seletividade as placas pregadas nos postes. Só respondia àquelas sem erros de escrita, e elas eram bem poucas. Com um feitiço de verdade, e portanto passível de ser desfeito, não topou nem uma vez.

Também não aceitou a tarefa de matar um urso, incumbência que alguns apicultores da floresta quiseram lhe dar. O urso lhes destruía as colmeias e devorava o mel. Geralt se escudou num tal Código dos Bruxos inventado às pressas, embora, na verdade, ele não estivesse particularmente ansioso de enfrentar o bichinho, pois era grande como uma montanha e tinha, como se soube, vários caçadores em sua conta.

Foi mais ou menos uma semana depois do equinócio que seu olhar foi atraído por uma placa de madeira clara de bétula em um poste torto numa encruzilhada. O texto estava queimado na placa, coisa rara de se encontrar – as inscrições eram em geral rabiscadas com carvão. A mensagem era surpreendentemente enigmática:

PRECISA BRUXO MALDIÇÃO

Uma seta na placa apontava o caminho. Para a mata, pela trilha florestal. Mais ou menos em direção ao sul.

•

Havia algo errado. A aldeia, ele imediatamente percebeu, estava abandonada. Fazia muito tempo. Os telhados de colmo das casinhas haviam desmoronado, as janelas mostravam buracos pretos, as folhas das portas pendiam tristemente das dobradiças. Os quintais e as hortas estavam cobertos de mato denso. No matagal, as cercas mostravam seus dentes farpados.

Nada indicava que precisassem de um bruxo por ali. Não havia nem sinal de alguém que pudesse precisar dele.

Contudo, a estrada de terra, fato interessante, tinha numerosas – e recentes – marcas de cascos.

Um bruxo mais experiente daria meia-volta de imediato e rapidamente se afastaria. Geralt compensava a falta de experiência com sua coragem, resultante não apenas da falta de experiência, mas também da falta de imaginação. Tocou Plotka com o calcanhar e seguiu em direção ao poço, que estava coberto por musgo e urtiga. A polia, contudo, parecia inteira. Também havia um cocho.

Não conseguiu nem mesmo se aproximar do poço, pois, como se tivessem saído de baixo da terra – ou melhor, de trás das casas –, surgiram de repente quatro brutamontes. Estavam vestidos de modo idêntico, como se uniformizados, de amarelo e preto – o que o tranquilizou, pois não eram bandidos comuns. Não o tranquilizou o fato de que todos quatro portassem bestas. Engatilhadas. E as apontavam para Geralt.

– Desce. No chão. As espadas no chão.

Não parecia que fosse possível discutir.

– Em frente. Lá. Na estrebaria.

Estava claro na estrebaria – pois o teto era, na verdade, um enorme buraco. Os restos do telhado pendiam da cumeeira e das vigas, ameaçando desabar a qualquer momento. Muito daquilo que já havia desabado estava ao redor, no chão.

O homem na estrebaria parecia não se importar com o perigo. Sentado nas ruínas de uma caixa de grãos, palitava os dentes com um ramo de palha.

– O bruxo de nome Geralt?

– Sou eu.

O homem fez um gesto curto. Os brutamontes com as bestas saíram da estrebaria. Contudo, Geralt não tinha dúvidas de que não haviam ido muito longe.

– Eu sou Estevan Trillo da Cunha. Chefe da guarda de Ard Carraigh. Responsável pela segurança do reino de Kaedwen. Mostre seu símbolo de bruxo.

Geralt desabotoou a roupa, puxando a corrente e o medalhão com o lobo de dentes à mostra.

– Obrigado. E aqui está meu símbolo e comprovante de identidade.

O homem tirou de dentro do casaco uma plaqueta redonda esmaltada e mostrou-a a Geralt. Nela, sobre fundo amarelo, via-se um unicórnio preto empinando.

Estevan Trillo da Cunha era magro, até mesmo seco. Tinha cabelos pretos penteados para trás e trançados em um coque, um bigode preto e uma barbicha pontuda preta. Também era de preto que se vestia. E com elegância.

– Agora vamos ao que interessa – disse, cravando seus olhos pretos no bruxo. – Sucede que você, bruxo Geralt, é uma ameaça para o reino de Kaedwen. Pesam sobre você duas acusações de assassinato. Em março, no povoado de Neuhold, você matou um soldado. Em agosto, em Montanha de Vidro, uma mulher.

– Matei um bandido em defesa das pessoas atacadas e em defesa própria. Tenho testemunhas...

Estevan Trillo da Cunha levantou sua mão, cheia de anéis, e interrompeu Geralt.

– Eu não repousaria aí minha esperança. Testemunhas às vezes estão disponíveis, às vezes somem. E mudam os depoimentos com muita frequência, a depender das necessidades.

– Quanto à mulher, ela lançou um feitiço, matando uma criança com ele e ainda ameaçando a vida de várias pessoas. Somente sua morte poderia desfazê-lo. É trabalho de bruxo...

– Tenho informações diferentes. E provas confirmando sua veracidade.

– Em todo caso, por força do édito nominal do rei Dagread, afastam-se os bruxos da jurisdição...

– O édito se aplica aos bruxos que matam monstros. Monstros. Não pessoas. Vou precisar prendê-lo, bruxo Geralt.

Geralt ficou em silêncio. Parecia-lhe que Estevan Trillo da Cunha sorria levemente sob o bigode preto.

– Uma placa numa encruzilhada – disse por fim, lentamente. – Com uma notícia falsa de uma maldição. Um lugar desolado. Uma emboscada. Uma prisão, mas efetuada de qualquer jeito. Nenhuma testemunha. É assim que funciona o serviço de segurança do reino de Kaedwen? Essa plaqueta com o unicórnio, senhor chefe da guarda, também não seria forjada?

Foi a vez de Estevan Trillo da Cunha ficar em silêncio. Parou de sorrir.

– Você tem um símbolo de bruxo e age como um bruxo – disse finalmente. – Parece que por conta própria, mas na verdade você está servindo a outro.

– Não sirvo a ninguém. Sou *per procura*, quer dizer...

– Você é cúmplice de um criminoso – interrompeu-o com firmeza o chefe da guarda. – Preston Holt, a quem você serve, é um criminoso. Assassinou três pessoas à traição e com premeditação. Eu sei disso, mas só saber é muito pouco. Quero colocá-lo diante do tribunal, e preciso de provas incontestáveis para tanto. E é você que vai me fornecer essas provas.

– Desculpe, como é que é?

– Você vai encontrar as provas da culpa de Holt e me entregá-las. Assim você escapará do tribunal, da sentença e da condenação. E por duplo homicídio, saiba, a pena seria o garrote na prisão de Sturefors.

Geralt deu de ombros e virou a cabeça.

– Três pessoas – continuou o chefe da guarda. – Assassinadas de modo muitíssimo cruel e, além disso, sem que nada indicasse o envolvimento de um bruxo. Quer dizer, não foi com espada.

– Não me diga.

– Kari Nourred, aleijado que usava muletas, enforcado com suas próprias calças. Otto Margulies, respeitado benfeitor e filantropo, atacado com um cutelo. Remko Chwalba, pai de três e avô de seis, golpeado até a morte com um martelo de sapateiro.

– E em todos os casos – zombou Geralt – as testemunhas apontaram Holt?

– Em cada uma das vezes apontaram uma pessoa diferente e com aparência completamente distinta. Parênteses aqui: você sabe de onde vem o nome da propriedade de Holt, Rocamora?

– Não.

– *Roac a moreah*. Na língua antiga: vingança, paga de sangue.

– Ah, sim, uma prova irrefutável! – Geralt riu zombeteiramente. – Mas esses três acusaram Holt de quê? Ah, já sei! Holt sai por aí matando gente. Que nem um bruxo. Afinal de contas, podemos culpar os bruxos por tudo. Encontram-se provas e testemunhas e todos vão acreditar, já que os bruxos trazem todo tipo de coisa ruim e uns miasmas horrorosos, e é preciso queimar tudo que eles tocam. Ele deve ser culpado de tudo, inclusive de assassinato, principalmente quando os criminosos de verdade não são encontrados e alguém precisa mostrar serviço.

– Os três assassinados – explicou tranquilamente Estevan Trillo da Cunha – lideraram o movimento popular que no ano 1194 atacou Kaer Morhen, o Lar dos Bruxos. Justamente por isso, jovenzinho, eu não acredito que outro bandido qualquer seja responsável por esses crimes. Eu sei quem é o culpado e quais foram os motivos.

– Então agora está claro – disse lentamente Geralt. – Estamos finalmente em casa. Ano 1194. Sabe de uma coisa, senhor chefe da guarda? Se isso tudo for verdade, esses três fizeram por onde, mereceram o destino que tiveram. Eu mesmo acabaria com eles, teria motivos para caralho. Pena que alguém chegou antes de mim. Se encontrasse essa pessoa, eu daria meus parabéns e agradeceria. E pagaria uma cerveja.

– Você não vai ter essa oportunidade. – O chefe da guarda levantou-se da caixa de grãos. – Porque vai estar numa cela em Sturefors aguardando julgamento. Quem sabe se você concordar em…

– Não concordo.

– Você sabe por que estamos conversando neste local deserto e sem testemunhas? Porque, se concordar em me trazer as provas de que estou falando, se pelo menos prometer que vai procurá-las, você vai sair daqui livre como um passarinho e ninguém vai ficar sabendo da nossa conversa. Mas, se eu oficialmente vier a te prender, a máquina se mexe e te coloca na engrenagem, e dessa engrenagem você só sai para o patíbulo.

– Não vou aceitar.

Estevan Trillo da Cunha caminhou abruptamente até ficar muito próximo de Geralt. O bruxo, que brincava já havia algum tempo com a chave em seu bolso, refletiu sobre qual seria o melhor alvo. O bregma, isto é, o cocuruto? Ou o dorso do nariz e aquela tal de glabela, palavra tão bela.

Um dos besteiros entrou de repente na estrebaria, ofegante e suado, gesticulando intensamente. O chefe da guarda golpeou mais uma vez Geralt com o olhar e saiu.

Geralt ficou só. A porta de trás da estrebaria estava semiaberta, sem ninguém vigiando. Não seria difícil escapar por lá e desaparecer no matagal próximo. O bruxo não pensava, porém, em deixar à mercê do chefe da guarda nem Plotka nem suas espadas. "O que tiver de ser será", decidiu, sentando-se na caixa de grãos. "Vou esperar."

Esperou. Do lado de fora vinham vozes exaltadas, batidas de cascos, bufos e relinchos de cavalos. Depois de algum tempo, fez-se silêncio. Contudo, Geralt teve a impressão de ouvir um cavalo relinchar. E o rangido da polia do poço.

Quando finalmente, cansado de esperar, saiu, cerrando os olhos por causa do sol, estranhou muito. Na praça, cinco cavaleiros esperavam em suas selas. Todos vestiam roupas rubro-negras. Não havia nem sinal dos fulvo-negros e do chefe da guarda de Ard Carraigh.

Junto ao poço, havia uma mulher alta, de cabelos claros, vestindo um colete masculino de couro de alce e botas de cano alto. Acabava de derramar no cocho a água do balde tirado do poço. Com a cabeça abaixada, Plotka bebia água dali.

Geralt chegou mais perto. A mulher tinha venenosos olhos verdes em formato de amêndoa. Pelo decote do colete, a brancura do peito da camisa bordada saltava aos olhos. De uma corrente bordada com fio de prata, pendia um longo punhal.

Com um gesto de suas mãos enluvadas, a mulher apontou para as espadas apoiadas no poço.

– São propriedade sua, suponho.

Geralt assentiu com a cabeça.

– Sou Elena Fiachra de Mersault, comandante do serviço da guarda da Marca do Norte.

Geralt pensou em dizer algo jocoso. Sobre a fartura do serviço de segurança. Ou que o saco com os serviços estava para rasgar. Não disse nada. Manteve a língua dentro da boca.

A mulher entendeu a situação e não continuou.

– O cavalo já bebeu – disse brevemente depois de um instante. – Então podemos seguir.

– Eu não vou... – Geralt recuperou a fala. – Não vou entregar provas.

– Tudo bem. Não me importo. Suba no cavalo, por favor.

– Então não estou preso?

– E você quer estar?

– Não.

– Então suba na sela. Esta conversa está me cansando.

– Mas eu gostaria primeiro...

– Sua Excelência o marquês Luitpold Lindenbrog – cortou-o Elena Fiachra de Mersault – deseja que você, bruxo, apresente-se para um depoimento na sede de seu governo, no castelo de Brunanburh. Aqui, na Marca do Norte, o marquês Lindenbrog detém a autoridade absoluta. Foi essa autoridade, atente bem, que acabei de invocar ao ordenar a Estevan Trillo da Cunha que deixasse você em paz e voltasse para sua casa em Ard Carraigh, não importando aquilo que tem contra você, nem o que quer de você. E Estevan, apesar de estar a serviço do rei, obedeceu gentilmente. Como você pode ver, ele não está mais aqui. Bastou uma palavra para que desaparecesse. Sugiro que você também ouça os pedidos do senhor marquês. Com a mesma gentileza. Não vamos mais jogar conversa fora.

– Entendi. Então vamos.

•

Elena Fiachra de Mersault, comandante do serviço da guarda da Marca do Norte, parecia ter a mesma idade da sacerdotisa Nenneke, de Elsborg, o que seria, conforme calculou Geralt, um pouco menos de trinta anos. De forma alguma se poderia dizer que não fosse bonita; contudo, era uma beleza de todo distinta daquela de Pampinea Monteforte ou das mulheres do Lorelei. A beleza das mulheres do Lorelei era... – Geralt procurou longamente um termo adequado – de pelúcia? Empeluciada? Pelucienta? Macia, agradável e atraente. Nada, mas nada mesmo, era atraente na comandante De Mersault.

Talvez tivessem andado em silêncio por uma hora. E absolutamente nada apontava que De Mersault fosse dizer algo primeiro. Geralt, sim, tinha algumas perguntas, mas não se açodou a fazê-las. Lembrou-se de que a comandante não gostava de jogar conversa fora – não lhe alegraria ouvir isso novamente.

Mas por fim não aguentou mais.

– Por que o marquês precisa de mim?

A comandante chegou mais perto, tão perto que bateu com o estribo no pé de Geralt.

– Você é um bruxo. – Coisa estranha, ela não tardou com a resposta. – Precisam de você para assuntos de bruxo.

– Mais concretamente...?

– Muito concretamente.

Geralt calou-se, perdendo aos poucos a paciência.

Ao longe, lá onde a floresta acabava e o pôr do sol brilhava, ouvia-se o latir dos cães. E o mugido de um boi.

– A gente vai passar a noite no povoado – disse Elena Fiachra de Mersault. – Eu uso lá o direito de estada do marquês. Depois conversamos.

•

A estada, ou seja, o dever de sustentar um séquito de dignitários em viagem, tanto notáveis quanto funcionários de menor escalão, era uma obrigação que significava, para a vila ou povoado, um verdadeiro castigo divino, talvez apenas comparável a um incêndio ou a uma invasão de exércitos inimigos. Ainda no templo de Elsborg, Geralt via os camponeses pedindo ajuda às sacerdotisas e a mediação delas em relação às queixas apresentadas às autoridades contra funcionários que abusavam – muitas vezes chegando a absurdos – do seu direito de estada.

Portanto, não estranhava que a vila na borda da floresta, de resto perceptivelmente miserável, tivesse saudado a comandante De Mersault e sua demanda sem entusiasmo algum. Algumas velhas chegaram a se lamuriar abertamente, e as crianças, a chorar. De forma desnecessária. A comandante foi assaz contida no uso de suas prerrogativas. É claro, não recusou quando o ancião da vila lhe pôs à disposição toda a sua casa. Contudo, ordenou aos soldados que passassem a noite no barracão. E que se alimentassem com os próprios suprimentos, não reduzindo assim os já deveras escassos bens da comunidade, suas provisões de alimento e forragem, sem os quais a vila poderia enfrentar problemas para sobreviver ao inverno.

Não se esqueceu da promessa. Quando anoiteceu, Geralt se juntou a ela na casa do ancião, em uma mesa torta e mal aplainada, à luz de velas que a comandante havia tirado de seu alforje. Não havia velas naquele povoado, apenas lamparinas. E estas fediam a sebo rançoso.

– Você – ela começou, com o olhar fixo na chama trêmula da vela –, pelo que se vê, é um bruxo ainda jovem. Portanto, não deve lhe causar estranheza se eu fizer umas perguntas, só para me certificar. O monstro chamado estrige. Você tem conhecimento sobre tal criatura?

– Tenho. Estrige é um monstro do grupo dos espectros, subgrupo dos noturnos. Pode surgir em consequência das transformações de um feto causadas por maldição ou feitiço lançado sobre uma gestante...

– Quando a gravidez é resultado de incesto.

– De acordo com as crenças populares. Maldições ou feitiços também podem ser lançados não no feto, mas na pessoa. De qualquer idade. Se o feitiço funcionar, o enfeitiçado se tornará uma estrige após a morte.

– Alguma vez você já viu uma?

– Já – confirmou. Não mentiu. Mas não complementou que havia visto o monstro em gravuras, no *Physiologus* e em outros livros da biblioteca dos bruxos.

– E você sabe como lidar com essa coisa?

– Sei. – E de novo não complementou que o sabia dos livros e das aulas de Vesemir. – Ou seja – continuou sem esperar a reação –, vocês têm uma estrige em Brunanburh. É nessa questão que o marquês precisa de mim.

No círculo de luz projetado pela vela, apareceu um camundongo. Parou em pé, olhou ao redor. Correu até a ponta da bota de Elena Fiachra de Mersault. Depois por cima da ponta. E sumiu na escuridão.

– Mais ou menos um ano atrás, no verão – disse ela, acompanhando o camundongo com um olhar sem interesse –, uma nobre de Ard Carraigh chegou ao castelo de Brunanburh. Secretamente, incógnita. Com a filha, de quinze anos. A nobre pediu asilo e proteção. Como já a conhecia havia muito tempo, o marquês Lindenbrog garantiu-lhe as duas coisas. Depois de uma curta estada, a nobre deixou o castelo e a Marca. Só o marquês sabe para onde ela foi. Partiu sozinha. A filha ficou conosco.

Pareceu a Geralt que a comandante suspirou levemente depois das últimas palavras. Mas não a atrapalhou em seu monólogo.

– A filha ficou – repetiu ela. – Mas pouco antes do Midinváerne adoeceu e morreu rápido. O marquês sentiu muito.

Geralt já imaginava o desfecho. Percebendo isso, a comandante encurtou a história.

– Começou antes do final de Yule. A menina começou a sair da cova como... Como é que você disse? Um monstro do grupo dos espectros, subgrupo dos noturnos? Mas as pessoas não tinham problemas em chamar o monstro pelo nome. Porque, apesar de ser um grande segredo, não deu para impedir os boatos. Aquela nobre de Ard Carraigh havia fugido do pai na capital, com a filha que... era ao mesmo tempo irmã dela. E foi por isso que se tornou uma estrige. Um monstro com dentes muito grandes e muito afiados. A estrige – Elena Fiachra de Mersault ainda olhava para a chama da vela – começou a fazer o que as estriges geralmente fazem. Isto é, sair da cova à noite e matar pessoas. Em quantidade.

Depois de um instante, continuou:

– A verdadeira riqueza da Marca do Norte, e pessoalmente do marquês, é o sal. Todo o sopé da encosta ocidental dos Montes Roxos, principalmente o entorno de Brunanburh, fica em cima de imensas reservas subterrâneas de sal-gema da melhor qualidade. Agora já operam lá três minas, e a extração alcança alguns milhares de libras por ano. E a expectativa é ainda maior. Perto de Brunanburh se desenvolveu toda uma cidadezinha de mineradores; uma boa centena deles mora lá, com suas famílias. Quis o azar que o cemitério e o túmulo da estrige ficassem justamente perto dessa cidadezinha e da própria mina. A estrige não precisa fazer longos deslocamentos, e o número de vítimas entre os mineradores só cresce. E logo ninguém mais vai querer morar lá, nem trabalhar nas jazidas do marquês. Ela está ameaçando a economia da Marca. Você vai me dizer que um bando de mineradores com suas picaretas deveria dar um jeito em qualquer estrige, não é? Não deu nem vai dar. As fofocas e os boatos se espalharam. Que a estrige é um monstro sobrenatural e os mortais não conseguem lidar com ela. Que todo aquele que for mordido pela criatura se torna uma estrige. Que não precisa uma mordida, só o olhar dela basta. Que não precisa nem o olhar, pois a maldição da estrige funciona mesmo a distância – e pobre de cada mulher grávida que esteja na região. Como se não bastasse tudo isso...

A comandante se calou de repente. A chama da vela oscilou e o pavio crepitou, esfumeando.

– Como se não bastasse tudo isso, os boatos dizem que o marquês Lindenbrog não quer fazer o... abate. Dizem que ainda procura, em vão, um jeito de retirar a maldição e desenfeitiçar a menina. O marquês procura, a estrige mata, os mineradores fogem de Brunanburh, o povo se enfurece. E exige que o marquês faça alguma coisa. Mais especificamente, que se livre dos preconceitos que tem e peça ajuda aos bruxos, dos quais ele... digamos assim, não gosta muito.

Geralt poderia assentir com a cabeça, mas achou que não havia necessidade.

– Em Montanha de Vidro – a comandante levantou a cabeça –, você desfez a maldição matando a pessoa que a tinha lançado. No caso da estrige também é assim?

– Não. Totalmente diferente. E para deixar claro: não planejo ir até Ard Carraigh matar o pai da menina.

– Bom saber.

Ficaram em silêncio por algum tempo.

– Estou com uma sensação estranha – ele falou –, ou, melhor dizendo, um pressentimento. De que você não está me contando tudo.

Na verdade, Geralt não tinha nem sensação nem pressentimento, e no comportamento e na fala da comandante não havia absolutamente nada que pudesse apontar para uma sinceridade incompleta. Foi simplesmente um tiro no escuro. E, ó mundo estranho, acertou.

Poderia igualmente não ter acertado, pois Elena Fiachra de Mersault não se importou nem um pouco.

– Eu não tenho o hábito – ela olhou-o nos olhos por sobre a chama da vela – de dar tudo no primeiro encontro. E agora saia daqui. Vamos partir ao nascer do sol, precisamos descansar.

CAPÍTULO DÉCIMO PRIMEIRO

Neste mundo, caro marquês, existem fenômenos irreversíveis. Daqueles que se transformam em apenas uma direção e, transformados, não podem regressar à forma anterior. Por exemplo: não se pode fazer um aquário de uma sopa de peixe. Ou, para usar palavras mais simples e mais compreensíveis para ti, sobretudo de uma área que te é mais conhecida: não dá para "desgorar" um ovo já gorado. Ainda mais simples e sem metáforas: o que se tornou estrige, estrige será pelos séculos dos séculos. Caro Luitpold, seria bom teres pensado antes. E com a cabeça de cima. Agora tu tens o que mereces.

Fragmento da carta do feiticeiro Artamon de Asguth, decano da Academia de Magia de Ban Ard, para Luitpold Lindenbrog, marquês da Marca do Norte

O terreno atrás do castelo de Brunanburh era um vale raso, um assento natural entre as colinas. A fortaleza se erguia na colina mais alta e íngreme; sobre a menor, dominavam as ruínas de uma construção outrora majestosa, ruínas ainda majestosas. Geralt imaginou que, antigamente, ali havia sido um templo. E, muito antes de antigamente, uma construção dos elfos.

O vale, além dos salgueiros retorcidos, era cercado por buxeiros, arbustos entrelaçados, uma verdadeira selva. Por sua vez, o centro era coberto por uma floresta de pedras tumulares, rochas de variados tamanhos e formas. De pronto se percebia a divisão do cemitério em uma parte antiga, que remetia aos tempos dos elfos, e a mais recente, humana. Na parte élfica, dominavam os dolmens, fortemente mordidos pelo tempo e cobertos de musgo. A parte humana era coberta por lápides modernas – colunas esbeltas, colunetas e estelas.

Era lua cheia. À sua luz, o cemitério se apresentava encantador e mágico.

Geralt tinha sido instruído sobre onde procurar o túmulo correto. Certamente o encontraria mesmo sem instruções, pois ele se destacava dos demais. Não havia estelas, apenas uma placa de mármore claro, completamente lisa, sem nenhuma marcação nem epitáfio.

Também eram sinais indubitáveis os crânios e ossos jogados ao redor. A estrige arrastava algumas de suas vítimas até as proximidades de sua cripta para lá se refestelar.

Ele sabia o que tinha de fazer, lembrava-se bem das aulas em Kaer Morhen.

Todas as teorias de banimento de espectros do subgrupo dos noturnos – e havia várias – concordavam que o feitiço que metamorfoseia a estrige seria desfeito se o monstro fosse surpreendido fora de sua cripta pelo terceiro galo, isto é, o terceiro canto do galo. É claro que não se tratava de um galo nem de seu canto, mas do tempo astronômico e da posição do Sol abaixo da linha do horizonte. No entanto, poucos já haviam ouvido falar sobre o tempo astronômico, e ninguém, fora os astrônomos, sabia medir a posição do Sol abaixo do horizonte. Portanto, o tempo era marcado pelos galos, que cantavam três vezes entre a meia-noite e a aurora. O primeiro canto, ou seja, o primeiro galo, acontecia logo após a meia-noite. O segundo galo indicava a iminência do amanhecer, ou seja, o momento em que uma tênue luminosidade surgia sobre o horizonte. O terceiro galo cantava ao amanhecer, no momento em que a luminosidade da aurora ofuscava as estrelas mais fracas na abóbada celeste.

Faltava pouco para a metade de outubro. O sino distante e os primeiros galos anunciando a meia-noite já haviam soado cerca de uma hora antes. Restavam mais ou menos quatro horas até o amanhecer. Talvez um pouco mais. Talvez menos.

Geralt sentou-se no túmulo junto à saída da trilha que levava até o povoado dos mineradores. Retirou de sua bolsa a caixinha, apertou a fechadura, passou o dedo sobre as tampas dos frascos. Oriolídeo, Gaivota-Negra, Pavoncino, Alvéola-Branca, Melro, Garça, Noitibó e Pintarroxo.

"Hoje", ele pensou enquanto tirava um frasco do compartimento, "o Noitibó não pode faltar."

•

Troféus de caça decoravam todas as quatro paredes do cômodo. E não eram quaisquer troféus. Galhadas de cervos, entre os quais os menores eram de oito pontas. Couros e cabeças de javalis de no mínimo seiscentas libras. Peles de enormes carcajus. Impressionantes chifres estriados de muflões.

O lugar de honra – sobre a lareira, junto à qual Luitpold Lindenbrog, marquês da Marca do Norte, esquentava os pés – era ocupado pelos chifres de um alce gigantesco, uma galhada com envergadura de umas oitenta polegadas.

O marquês fitava Geralt em silêncio, brincando com uma enorme taça prateada, decorada com algo que se assemelhava a fragmentos de ossos. Parecia um cinquentão bem cuidado. Ou um quarentão que não tivesse se cuidado em nenhum momento da vida. O nariz arroxeado e a barriga proeminente denunciavam o gosto pela bebida e pelos prazeres da mesa.

Apesar desses traços algo epicuristas, o marquês tinha um ar severo e ameaçador. Talvez pela testa profundamente vincada por rugas, alongada por uma calvície tão avançada quanto precoce. Talvez pelas sobrancelhas grossas e eriçadas como um par de roedores de pelagem crespa. Talvez pelos olhos de expressão desagradável.

A severidade ameaçadora que emanava do marquês não causou impressão em Geralt – decerto resultado da falta de imaginação juvenil.

Num canto do cômodo, sob uma grande águia empalhada, havia um tear, junto ao qual se sentavam duas mulheres, uma delas adulta e a outra com uns doze anos, apesar da aparência de menininha. Esta era bonita, não fossem as marcas de catapora. A mais velha tinha cabelos longos e lisos, olhos grandes e lábios estreitos. Não parecia bem. Talvez pela horrível palidez de seu rosto e pela brancura de suas mãos delicadas. Talvez por mais alguma coisa que Geralt não sabia diagnosticar.

Ambas – a mulher e a menininha – trabalhavam no tear. Faziam uso da máquina com gestos bastante automáticos, entrelaçando os fios da trama à urdidura, a mulher com a lançadeira, a menininha com o pente. O que ia surgindo daquele trabalho lembrava uma cortina. Ou uma rede. O padrão dos fios era estranho – parecia escama de peixe. Ou placas de uma armadura.

Geralt reparou que os fragmentos de ossos na taça do marquês incluíam dentes e ossos orbitais.

– Bruxo – erguendo a taça, Luitpold Lindenbrog interrompeu aquele pesado silêncio –, você sabe o que é isto?

Geralt sabia, mas ficou calado.

– Este cálice – disse o marquês – foi feito justamente do crânio de um bruxo. Do líder de todos os bruxos. É um troféu da inesquecível Batalha de Kaer Morhen, travada no ano 1194. Em memória daquela batalha, fragmentos da cabeça de um bruxo morto na ocasião foram incrustados no cálice. Meu pai, marquês da Marca do Norte antes de mim, recebeu este cálice como presente de um dos membros daquela luta vitoriosa.

Geralt não tinha a menor intenção de tirar o marquês daquele engano. O troféu era uma falsificação evidente. Se o marquês tinha consciência disso ou se também tinha sido enganado, não fazia muita diferença.

– Por que lhe estou dizendo isso e por que bebo deste cálice na sua presença? Faço-o para que você tome consciência de que, assim como a meu pai, a mim não me agradam muito os bruxos. Considero que a mutação à qual vocês devem a existência seja uma aberração indigna de existir na natureza. Ainda que, com certa ousadia, admitamos que vocês fazem tanto bem quanto mal, se supusermos que seus atos bons compensem suas infrações e crimes, a resultante seria zero. Zero. Isto é, nada. Esse resultado zero indica que, resumindo, vocês são totalmente dispensáveis para o mundo. Mas – o marquês bebeu do cálice e ergueu a cabeça – posso me encher de tolerância se é o profissionalismo que está em jogo. Não me agradam, para dizer o mínimo, nem os elfos nem os mestiços. Mas tolero Fiachra de Mersault, que tem um quarto de sangue élfico, e – homessa! – até a honro com um cargo elevado, pois é uma profissional excelente. Dessarte, se venço minha aversão e estou conversando com você, também é por querer considerá-lo um profissional. Ainda que seja imberbe. Deianira! Herzeloide! Chega desta bateção! Saiam daqui! As duas!

As últimas palavras do marquês soaram como o mugido de um alce. A mulher e a menininha até se encolheram ao ouvir aquele som. Levantaram-se e, apressadas, deixaram o cômodo, abandonando tanto o tear quanto a cortina tecida com o padrão de escama de peixe.

Luitpold Lindenbrog acompanhou-as com o olhar, mantendo o silêncio até que saíssem. Para Geralt, ficou claro que não era o barulho do tear que incomodava o marquês, mas a presença delas. Era evidente que não queria falar na frente das duas.

– A senhorita que foi confiada a meus cuidados – falou enfim, depois de novamente beber do cálice – morreu subitamente. Depois da morte, do enterro, transformou-se em estrige, uma besta diabólica que sai do túmulo à noite, mata as pessoas e semeia o pânico em toda a região. A comandante De Mersault foi instruída a lhe dar os detalhes e, portanto, não resta dúvida de que você os conheça. Confirme.

– Confirmo.

– De minha parte, tenho algo a acrescentar. Como você pode ver, bruxo, as notícias aqui se espalham velozmente, sobretudo quando alguém ajuda a espalhá-las. E um certo sacerdote de Montanha de Vidro ajudou, e bastante. Gabava-se de que na cidadezinha, com ajuda de suas orações fervorosas, ele havia desfeito uma terrível maldição e libertado o prefeito e sua família. Quando isso chegou até meus ouvidos, e a estrige já havia conseguido matar uma dúzia de pessoas, chamei Fiachra e a mandei trazer o sacerdote diante de meus olhos. E ele estava aqui, diante de mim, como você. Mas as pernas dele tremiam, dava até pena; já as suas, segundo vejo, não estão tremendo. Ah, certamente por falta de imaginação! Mas voltemos à questão. Eu disse ao sacerdote do que se tratava: que havia uma estrige e que era preciso desfazer a maldição. Descrevi a ele a aparência da estrige e como ela agia. E ele, eu vi, ficou pálido que nem bunda no inverno. Vi que tinha coelho naquele mato, mas perguntei educadamente, muito educadamente, se ele tinha certeza de que foram ele e suas orações que desfizeram a maldição lá em Montanha de Vidro. E se estaria preparado para repetir o feito e acabar com nosso monstro. Ele baixou os olhos, murmurou algo. Apressado, assentiu com a cabeça. Ufa! Estava preparado, mas primeiro precisava orar para os deuses durante a noite inteira, em solidão. Mui gentilmente, autorizei, mas, como não nasci ontem, ordenei que o vigiassem. E o quê? Imagine que mal escureceu e o sacerdote tentou dar no pé. Naturalmente, o vigia o pegou no flagra e o trouxe até mim. De novo perguntei, e de novo educadamente, por que ele tinha tentado fugir, como desfizera aquela maldição e se não estava de conversa fiada. E ele do mesmo jeito. Então minha educação estranhamente acabou. Em resumo, eu me emputeci. Mandei colocá-lo numa gaiola de ferro e pendurá-lo sobre um abismo. Não ficou lá nem meia hora e já estava chorando e clamando por misericórdia. Confessou que não foi ele quem desfez a maldição. E deu o nome de quem realmente fez o trabalho. Você consegue adivinhar quem ele mencionou?

Geralt assentiu com a cabeça.

– Adivinhou. – O marquês ficou aparentemente feliz. – Isso me deixa muito feliz. E o que vai fazer agora? Vai aceitar nos livrar da estrige? Só não me diga que primeiro vai precisar rezar a noite inteira. Porque a gaiola continua lá onde ela estava.

– Com o sacerdote dentro?

– Absolutamente – ofendeu-se Luitpold Lindenbrog. – Eu o libertei e o mandei para o raio que o parta. Mas antes determinei, para dar uma lição, que lhe dessem algumas chicotadas.

– Mais alguém tentou... Vossa Excelência encontrou mais alguém... O marquesado tem um feiticeiro residente?

– Tinha. Pegou alguma coisa e morreu na primavera do ano passado. Era para me enviarem alguém de Ban Ard, mas até hoje não enviaram. Por falar em Ban Ard, solicitei, na questão da estrige, ajuda de um feiticeiro de lá. Um mago poderoso, uma figura grande daquela academia deles, e além disso parente da Deianira, minha esposa, e antes comilitão do meu finado pai. Eu pensei que iria ajudar. Quem mais senão ele? Mexe a varinha, entoa um encanto e desfaz a maldição. Mas ele... em vez de ajudar, escreveu uma carta para mim.

Geralt viu a cara do marquês e imaginou qual seria o conteúdo, mas ficou em silêncio.

– Guardei a carta – disse com desprezo o marquês. – Quando aparecer a oportunidade, mandarei o filho da puta engoli-la... Assim sendo – Luitpold Lindenbrog se levantou –, foi você quem restou no campo de batalha. Confesso com toda a sinceridade, bruxo, que me enoja muito precisar suportar você aqui e pedir sua ajuda, mas infelizmente as opções se esgotaram. É com grande desprazer, então, que a você, e não a outro, devo oferecer justa paga por justo trabalho. Mais do que justa paga, eu diria. Quinhentas coroas novigradenses. É o que você vai receber se retirar o feitiço e se a estrige voltar a ser a meninota. Você desfez, como eu soube, uma maldição lançada contra o prefeito de Montanha de Vidro. Quer dizer, você sabe desfazer maldições, ainda que seja um pirralho. Então desfaça a maldição da estrige. Para minha satisfação e seu lucro. E fama, pois vou trombetear seu feito pelo mundo inteiro. Você será mais famoso até mesmo do que o próprio Preston Holt. Agora vá embora. A audiência está encerrada.

•

Geralt aguardava.

Recebeu o primeiro golpe após ter tomado o elixir. Sua visão subitamente se adaptou à escuridão. A lua proporcionava luz suficiente quando emergia de trás das nuvens, mas o elixir fez com que o bruxo enxergasse como se fosse dia, ou até melhor, com mais acuidade e contraste. Via as ratazanas – até pouco antes escondidas na escuridão – correndo pelos túmulos. Escutava os guinchos delas, pois também sua audição ficou mais sensível. De longe, dos lados do povoado de mineradores, ouvia o latido dos cães e o chirriar das corujas.

Aguardava.

Primeiro, fugiram os ratos, dispersando-se em todas as direções como petardos cinzentos. Em seguida, pedra rangeu contra pedra.

A estrige pulou do túmulo como se tivesse sido empurrada por uma mola, saltando umas boas duas braças para cima. Rugiu, gritou, saltitou selvagemente ao redor da tumba, lançou-se à estela mais alta das proximidades, escalou até seu topo, ágil como um macaco, sacudindo o traseiro empinado, uivando. E avistou o bruxo.

Emitiu outro grito espectral e saltou da estela. Agitou as enormes garras. E de imediato atacou. Na bocarra escancarada ao rugir, brilharam as imensas presas, afiadas como estiletes.

Geralt saltou para trás, dando uma pirueta. A estrige roçou nele, suas presas se fecharam, as garras cortaram o ar.

Aproveitando a oportunidade e a vantagem, Geralt lhe desferiu um soco na lateral da cabeça, com os cravos de prata de sua luva. A criatura sibilou, fumegou, caiu no chão, rugiu com selvageria, sacudiu com fúria a cabeça. "Bom para nós", pensou Geralt. "Como todas as estriges, você é sensível à prata, coisinha fofa."

A estrige não se apressou para o próximo ataque. Sacudia a cabeçorra e a orelha que fumegava. Dessa vez, aproximava-se lentamente, arreganhando os dentes, babando de modo repulsivo.

A lua emergiu por um momento de trás das nuvens, iluminando a região o suficiente para que Geralt pudesse olhar com calma a morta-viva.

De estatura, era desprezível. Uns quatro pés no total, com uma cabeçorra desproporcionalmente gigantesca, redonda como uma abóbora. Seis grandes olhos esbugalhados ardiam em chamas. Na larga bocarra de peixe reluziam seus dentes. De tamanho imponente.

Na pele havia um padrão estranho. Um desenho. Como se tivesse sido queimado. Ou gravado com ácido.

Geralt avançou lentamente por entre as lápides. Circundava a estrige, que girava no lugar, encolhida e tensa, pronta para o ataque, arreganhando e batendo a mandíbula.

O bruxo desenrolou uma corrente de prata, colocando-a, em laçadas, na mão esquerda. Com a mão direita, fazia um movimento giratório com a ponta da corrente. Esperou o momento certo, o instante em que a estrige se afastasse dos túmulos e saísse para um terreno mais aberto.

O momento chegou antes do esperado.

A corrente, com um silvo, cortou o ar. O monstro caiu no chão e atacou de uma posição quase deitada. A corrente, em vez de enredar a estrige, apenas a fustigou no dorso. Ela uivou com raiva. Sua pele sibilava e fumegava ao contato com a prata.

O bruxo não teve uma segunda chance. Diante de seus olhos atônitos, a estrige pegou a corrente com as duas mãos. O chiado e a fumaça da pele queimada não pareciam lhe incomodar, apenas gritava terrivelmente. Puxou a corrente. Geralt, precavido, soltou a extremidade que segurava, mas os últimos elos se prenderam na fivela de seu cinto. Deslocado, ele perdeu o equilíbrio e caiu sobre uma lápide, derrubando-a. Num salto selvagem, a estrige o atacou e o pressionou contra o solo. As presas da criatura se fecharam muito perto do rosto de Geralt, a baba cobriu-lhe os olhos. Ele se girou debaixo dela e golpeou com toda a força as orelhas peludas da fera, usando os cravos de prata de sua luva. Golpeou-a uma, duas, três vezes, até que a tirou de cima de si.

Rolou para o lado, protegendo-se atrás de uma lápide, e conseguiu se levantar. A estrige investiu novamente. Dessa vez, com um salto veloz, Geralt evitou ser levado ao chão. Tropeçou novamente e foi por milagre que recuperou o equilíbrio. E ela já estava em cima dele, rasgando-lhe o gibão com as garras, as presas estalando diante de seu rosto. Geralt a afastou com um golpe algo desesperado dos cravos de prata, tão forte que o monstro caiu. Antes que a estrige se levantasse, o bruxo saltou para o lado e posicionou os dedos em Sinal de Aard.

Não funcionou.

Tentou de novo, meio desajeitado por causa do medo. De novo não funcionou.

O elixir não deveria permitir isso, mas o êxtase da batalha foi subitamente substituído pelo temor. O pânico, fluindo por ele como uma cachoeira, foi o que ditou seus atos seguintes. Geralt saltou para o lado e arrancou a espada da bainha. No ar, num semicírculo, atacou a estrige no pescoço com um clássico *mandritto tondo*. Cortada pela metade, a cabeçorra da estrige pendia de seus ombros. Apesar disso, a criatura avançava, atacando descoordenadamente com suas garras. Geralt girou novamente ao redor da estrige e desferiu outro golpe. A cabeça caiu e rolou entre os túmulos. Do pescoço do monstro, um gêiser de sangue arterial foi até as alturas. Geralt conseguiu saltar antes de tomar um banho.

Aproximou-se, vagarosa e atentamente. Sabia que um monstro animado por magia conseguiria causar danos mesmo depois de perder a cabeça. Deitada entre as lápides, a estrige todavia aparentava estar completamente morta. E de fato estava, naquela poça de sangue ainda bombeado pelo coração.

E, diante dos olhos do bruxo, começou a se transformar.

Paulatinamente, começando pelos pés. Depois as panturrilhas, a coxa, a barriga, os peitos. Até que se transformou em uma jovem menina. Muito jovem. E muito morta. Tinha perdido a cabeça.

Geralt proferiu os piores palavrões. Não era o resultado que esperava e do qual pudesse ficar orgulhoso – e não estava nem um pouco.

Agachou-se e examinou com atenção, atônito. A última coisa que havia restado da estrige na menina era aquele estranhíssimo desenho na pele. Como se tivesse sido queimado. Ou gravado com ácido. Um desenho cada vez menos visível, esvanecendo lentamente, mas ainda visível.

Algo como escama de peixe. Ou placas de uma armadura.

•

A comandante Elena Fiachra de Mersault fitou Geralt longamente, em silêncio.

– Repita – disse finalmente.

– Fui obrigado – ele repetiu, obediente – a efetuar... uma aniquilação.

– Completa? – perguntou a comandante, depois de mais um instante de silêncio. – Totalmente completa?

– Mais completa, impossível.

– Pois é – balançou a cabeça. – Dá para ver.

Geralt esfregou o rosto instintivamente e sentiu o sangue seco. Não havia conseguido evitar de todo a fonte que jorrava da estrige. Em parte, isso explicava a reação da camareira, bem como a dos guardas que impediam o acesso ao dormitório da comandante a um sujeito salpicado de sangue, como um açougueiro. Ou um médico.

Elena Fiachra de Mersault cutucou o canto dos olhos com o nó dos dedos e bocejou. Enquanto Geralt se havia com os guardas, ela conseguiu se levantar da cama e se vestir. Colocou calças e botas altas. Contudo, ainda trajava uma camisola, que havia enfiado debaixo das calças. A camisola, de flanela cor-de-rosa, tinha a gola arredondada e três botõezinhos debaixo do pescoço.

– Que coisa! – disse por fim. – O que aconteceu não vai desacontecer. Mas o marquês feliz não vai ficar. Não era esse o resultado, parece-me, que ele queria.

Agora era de Geralt a vez de se calar longamente. Refletia sobre o que dizer.

– Eu sei como aconteceu essa transformação em estrige – disse finalmente em voz baixa. – Quem jogou o feitiço. De quem é a culpa.

– A culpa? – A comandante De Mersault ergueu a cabeça e pôs as duas mãos sobre a mesa. – Não lhe parece que procurar culpados e declarar a culpa esteja acima da sua competência? Que isso que está dizendo vai muito além dos seus limites e da sua função?

– Sim – suspirou Geralt. – Faz pouquinho tempo um ferreiro me conscientizou disso. Cada um que cuide dos seus problemas. Dele, isto é, do ferreiro, os problemas são a bigorna e o martelo. Assassinato é problema dos estarostes e dos tribunais. O problema de um bruxo é a sua espada

– Veja só – a comandante piscou os olhos –, esse ferreiro é um sábio. E chegou à raiz do problema. Porém, um segundo atrás, você usou uma palavra que, numa situação dessas, deveria evitar. Pois o único culpado de assassinato é você, só você. Outra pessoa, com mais experiência e habilidades, um feiticeiro, um mago, um doutor, ou até outro bruxo, poderia salvar a menina. Existia a chance. E você definitivamente privou a menina dessa chance, matando-a. Não interrompa. Eu, é claro, não vou fazer essas acusações contra você. Reconheço que agiu em estado de necessidade e, de fato, pelo bem comum. Graças a você, a partir de hoje à noite não teremos mais vítimas.

– Eu gostaria de acreditar nisso.

– No que está pensando?

– Você também sabe de quem é a culpa, comandante.

Ela tamborilou com os dedos no tampo da mesa.

– Uma suposição interessante – disse ela. – A qual, não obstante, eu nego. Suspeitas, suposições, conjecturas não são certezas. Você não tem certeza de nada. Tem hipóteses. E o que pretende fazer com base nessas hipóteses?

Ela se inclinou e olhou-o nos olhos.

– Estou perguntando: o que você pretende fazer? Agir como em Montanha de Vidro, rasgar o peito da pessoa com cortes em cruz? Eu estive lá, vi o que você fez com a tintureira. O que você vai fazer? Vai começar por quem? Vai trucidar primeiro Deianira diante dos olhos de Herzeloide ou Herzeloide diante dos olhos de Deianira? A mãe diante dos olhos da filha ou o contrário?

– Em Montanha de Vidro, eu...

– Salvou o prefeito, a esposa dele e duas crianças da morte, isso eu sei – ela o interrompeu violentamente. – Aqui você não vai salvar ninguém. Não há ninguém para ser salvo.

– Para ser... – ele gaguejou. – Para ser exato, há uma pessoa. Alguém, em algum momento, no futuro... Quem vai saber o que essas duas vão fazer no tear delas? Qual será o próximo desenho? Se alguém sabe, se alguém é capaz de lançar um feitiço...

– Então sem dúvida vai lançar de novo? – a comandante o interrompeu mais uma vez. – Bem, não temos garantia. Principalmente caso as circunstâncias venham a ser semelhantes. Se algum velhinho bebum enlouquecer por causa de uma menina de quinze anos. Se a menina seduzir o velho e balançar o rabo na frente dele, mas mantiver distância, não permitindo nada até que ele realize todos os desejos e vontades dela. E ele, enfeitiçado de desejo, atender a cada um deles. Sim, boa suposição. Lindenbrog virou um idiota por causa da menina e, com toda a seriedade do mundo, planejava transformar a senhoritazinha, o objeto dos seus desejos, em marquesa. Não seria nada inédito. Ele mandou embora a primeira esposa pelo mesmo motivo. Agora planejava mandar embora Deianira junto com a filha, uma criança que, por causa de uma doença que teve, é surda e muda... Assim sendo, não será iniciada nenhuma investigação. Não há motivo. É e será claro e indiscutível para todos que a menina se transformou em estrige por ter sido fruto de uma relação incestuosa, do pai com a própria filha. Já estão falando isso por toda parte e essa é a versão oficial. E que continue assim. Entendido?

Geralt assentiu com a cabeça.

– Maravilhoso – Elena Fiachra de Mersault bateu a mão no tampo da mesa. – O sol está nascendo. Os mineradores do vilarejo logo vão começar a se preparar para sua labuta. Vou anunciar a boa-nova. Que o bruxo corajoso os libertou. Enfrentou sem temor a fera, derrotou-a e matou-a. Já não há mais perigo, não precisam mais reforçar as trancas das portas depois de escurecer. E vão poder ir à taberna no final da tarde e voltar tarde da noite. Todo o vilarejo dos mineradores, assim como todo o castelo de Brunanburh, vai saber do acontecimento, ó bravo bruxo, antes ainda de o sol se levantar por completo. E antes, o que não é menos importante, de o marquês Lindenbrog sair de baixo dos seus cobertores, mijar e mandar trazerem seu vinho. Você está me entendendo?

Geralt assentiu com a cabeça.

– Maravilhoso – repetiu a comandante. – Agora vou me vestir, então se mande daqui. Vá para seus aposentos, fique lá, não saia e não abra a porta para ninguém. A não ser para mim.

Geralt ouviu sem dizer palavra.

CAPÍTULO DÉCIMO SEGUNDO

Something is coming, strange as spring. I am afraid.

John Gardner, *Grendel*

– Achei que você fosse chegar mais cedo. – Preston Holt afundou no caldeirão uma colher de madeira e pescou um pedaço de costelinha em meio ao repolho. – As notícias davam conta de que você esteve em Brunanburh em meados de outubro. Por onde é que esteve zanzando?

– Por lugar nenhum, resumindo. – Geralt lambeu os dedos engordurados, bebeu vinho. – Em Brunanburh, eu me candidatei a ser escolta de um transporte de sal que ia em direção a Ard Carraigh. Pagavam decentemente e eu estava com pouco dinheiro. A caravana partiu logo antes do Saovine, mas se arrastava feito uma lesma. Foi ficando cada vez mais frio, e eu temia que começasse a nevar e nós ficássemos presos até a primavera em algum acampamento...

– Mas você finalmente chegou. Bem no Midinváerne. Ao soar do último sino, digamos assim.

•

Em Kaer Morhen, é claro, eram conhecidos a roda élfica do ciclo do ano e os oito dias santos – oito pontos mágicos marcados no perímetro do círculo. Os bruxos conheciam o Imbaelk, o Lammas, o Belleteyn, o Saovine, além dos solstícios e equinócios. Contudo, tratavam todos esses dias exclusivamente como meras datas do calendário. Ninguém, no Lar dos Bruxos, jamais havia nem mesmo cogitado honrar ou celebrar tais datas.

Não foi pouca a surpresa de Geralt, portanto, quando, no Midinváerne, o dia do solstício de inverno, ele chegou finalmente às cercanias da cidadezinha de Ban Fillim, na fazenda Rocamora, sede de Preston Holt. Já havia anoitecido, e o brilho do fogo, enxergado ao longe, a princípio deixou Geralt intranquilo. A tranquilidade foi trazida logo depois pelos cantos ouvidos, cantos alegres e felizes que de modo algum poderiam acompanhar um incêndio ou qualquer outro evento desagradável. Tudo ficou claro quando entrou no pátio. Lá ardia uma enorme fogueira e, nos bancos colocados ao redor dela, sentava-se todo o pessoal da propriedade, provavelmente acompanhados de alguns parentes, contraparentes e conhecidos dos funcionários, vindos das vilas mais próximas. Geralt mal tinha descido da sela quando, em meio a ruidosos e desajeitados votos de próspero solstício e feliz Yule, entregaram-lhe uma caneca transbordando de espuma e um pedaço de linguiça. Também havia chegado o momento de se sentar um pouco e até mesmo fingir que estava cantando. Isso não durou muito – Preston Holt logo levou Geralt para a sala de estar e sentou-se à mesa, sobre a qual a governanta pôs uma grande jarra de vinho e um caldeirão fumegante contendo costelinhas de filhote de javali cozidas com repolho embebido em gordura.

Holt tirou do armário duas taças, limpou-lhes o pó e as encheu.

– Conte. – Sentou-se à mesa. – Conte, bruxo Geralt.

•

Contou. De forma meio confusa e gaguejando um pouco. Falou sobre tudo – ou quase tudo – que havia acontecido desde o mês de Blathe, no início do inverno. Holt escutou sem interromper. Às vezes parecia que estava cochilando. Animou-se um pouco quando Geralt descreveu o encontro com a comandante Fiachra de Mersault, a audiência com o marquês Lindenbrog e a peleja com a estrige.

Do pátio continuavam a chegar cantorias, risadas e gritos de alegria. A festividade seguia a todo vapor.

– Um dia depois de matar a estrige – Geralt ia encerrando seu relato –, antes que soasse meio-dia, todo o castelo de Brunanburh, a cidadezinha junto à construção e o povoado dos mineradores celebravam ter sido libertados do monstro, e eu fui promovido, de repente, a herói.

Preston Holt seguia ouvindo em silêncio, brincando com a taça.

– A comandante De Mersault se esforçou para que todos soubessem do meu feito, da menor das crianças ao mais velho dos anciões. Onde quer que eu aparecesse, festejavam a minha presença, davam vivas em minha honra, eu ficava até sem jeito. Tentaram me carregar nos braços pelas ruas, mas isso não permiti. Começaram a compor e cantar canções. E o que eu poderia fazer? Eu precisava suportar, porque...

– O marquês Lindenbrog – deduziu Holt.

– Pois então. A comandante sabia o que estava fazendo quando espalhou a notícia. A cabeça arrancada da estrige não deixou o marquês muito feliz. Até desconfio que ele já planejasse pôr minha cabeça em sua coleção, acima da lareira, em algum lugar entre os cervos e os muflões. Mas ele precisou engolir em seco. Não podia se vingar de jeito nenhum, não podia tocar no couro de um herói celebrado por todos, que salvou a população de um perigo mortal. Especialmente porque ele também foi celebrado e aplaudido em toda parte por ter trazido e contratado um bruxo. E, como os mineradores começaram a voltar e a extrair duas vezes mais sal, ficou mais fácil para o marquês superar o fato de que a mocinha de quem ele gostava não estava mais lá. Só que...

Geralt gaguejou. Holt não o apressou.

– Só que ele não me pagou nada. E não queria me ver nem pintado. Essa última parte até que me deixou feliz, porque...

Geralt se calou. Longamente. Preston Holt balançou a cabeça, levantou-se, tirou do armário um garrafão quadrado de vidro escuro.

– Eu vejo – disse, enchendo a taça – que tal história exige uma bebida mais forte do que esse vinho leve. Pois beba.

– O que é que... – Geralt bebeu um gole, recuperou o ar com dificuldade, engasgou-se. – O que é que eu deveria dizer ao marquês? Que foi tudo minha culpa? Que, em vez de dançar com a estrige até o terceiro galo, eu fatiei ela porque... porque minhas pernas amoleceram e minha garganta se fechou tanto que a visão escureceu?

Preston Holt ficou em silêncio. Na lareira, o fogo crepitava. Geralt ergueu a cabeça.

– Será que eu deveria ter dito a ele que há alguma coisa de errado comigo, que devo ter algum defeito, que sou um bruxo que deu errado, que falhou? Que ele cometeu um erro ao contratar a mim, e não a algum outro bruxo... mais bem-sucedido? Um que, mesmo sem elixires, não passasse por aquilo que passei lá? O marquês entenderia? Duvido. Eu mesmo não entendo.

Holt ficou em silêncio.

– Aquele desertor, em março... Aquele por causa do qual quase me enforcaram... Ele se jogou para cima de mim com um machado e eu nem mesmo desembainhei a espada. Apenas desviei do golpe. E só na segunda vez, quando ele se preparou para atacar novamente, é que eu o... E não me custou nada... Nem me tirou o fôlego. A mesma coisa com aquela tintureira... Então o que é que eu tenho de errado? Preston Holt, você pode me explicar?

Holt se levantou.

– Não, não posso. Vamos dormir. Já está tarde.

•

O inverno, como se viu, desceu do norte passo a passo atrás de Geralt, quase lhe pisando o calcanhar. Dois dias após o Midinváerne, começou a soprar um vento gélido que cortava a pele. No terceiro dia, o céu escureceu e flocos de neve começaram a brilhar no ar. No dia seguinte, tudo já havia ficado completamente branco. Depois de mais alguns dias, montes de neve se acumulavam no horizonte como se fossem montanhas, e os telhados de todas as construções da fazenda estavam cobertos com grossos chapéus de neve. Não era mais possível duvidar – havia chegado a estação hibernal de Kaedwen. Nada na paisagem mudaria até pelo menos março, se não abril.

•

Alguns dias mais tarde, quando, após o pôr do sol, sentaram-se à lareira com taças nas mãos, Preston Holt, sem pressa, tocou em um tema que perturbava Geralt havia muito tempo.

– Você sabe, Geralt, de onde vieram os bruxos? Como surgiram? Como foi o começo disso tudo?

– Eu sei. Você me falou em Spynham. Que viemos de brux...

– Isso também é verdade. Mas estou falando sobre o verdadeiro começo. Quer que eu conte?

– Com certeza.

Holt bebeu da taça, fitando com olhar perdido as brasas que ardiam na lareira.

– Como é o caso de todas as descobertas e inovações – começou –, o impulso partiu do Exército e da guerra. Todo líder sonhava com uma unidade para tarefas especiais composta de homens além-do-homem, extraordinariamente ágeis e inquebrantáveis na batalha. Qualquer governante e qualquer rei autoproclamado desejava uma guarda pessoal assim. Os feiticeiros, mais especificamente o grupo de elite que, àquela altura, era chamado de O Círculo, decidiram aplacar esses anseios. Criaram um super-homem, isto é, uma versão melhorada da espécie humana, que seria o primeiro passo da evolução da espécie sob todos os aspectos. Na teoria – ou nas teorias, pois havia várias –, tratava-se da criação de uma forma de transição, da qual, pela via da seleção natural, surgiria uma nova raça, melhorada. Havia muitos métodos. Alguns feiticeiros escolheram o de reavivar cadáveres selecionados e aprimorar suas composições. Outros concentraram-se em fetos no ventre materno. Ainda outros levaram criancinhas para suas oficinas. Não houve resultado por muito tempo, e os fracassos terminavam nos crematórios dos laboratórios. E os crematórios fumaçavam sem pausa.

– Até que, no final, conseguiram.

– De fato. Conseguiram. Possivelmente por puro acaso. Mas enfim criaram um mutágeno, uma anatoxina, um hormônio e um vírus, tudo que era necessário. E, é evidente, desenvolveram fórmulas e rituais mágicos indispensáveis para que essas decocções funcionassem. Mas, quando o último parafuso já estava apertado e faltava apenas pôr tudo em prática, um dos funcionários que trabalhavam no projeto dos feiticeiros roubou todo o material e fugiu.

– Como aquele herói do mito, esqueci o nome dele... Aquele que roubou o fogo dos deuses e deu aos humanos. Não é?

– Eu não iria assim tão longe. Os feiticeiros do Círculo, como era de esperar, acusaram o renegado de tudo que era possível, inclusive de uma vil conspiração com o objetivo de conquistar o poder sobre o mundo. Outros lhe atribuíram motivos mais nobres. Porque super-homens não deveriam servir ao poder, a uma guarda real qualquer, mas ao bem comum. A todos. E todos, quero lembrar, sofriam demais por causa dos monstros, que muitas vezes tornavam a existência quase impossível. O ser melhorado deveria proteger e salvar as pessoas dos monstros. Deveria ser um socorro e um remédio para todos os males.

Holt ficou reflexivo e depois continuou:

– O feiticeiro renegado logo encontrou seu fim, em circunstâncias pouco esclarecidas. Contudo, já havia conseguido antes construir um laboratório, onde esses seres melhorados passaram a ser criados. O laboratório foi construído no norte, além da nascente do rio Toina.

– Mirabel – Geralt afirmou, não perguntou.

– Mirabel – confirmou Holt. – A antiga cidadela no sopé do monte Traanberg. O feiticeiro tinha alunos. E foram esses que produziram, em Mirabel, os primeiros bruxos.

– E Beann Grudd e Kaer Morhen?

– Surgiram depois. Havia opiniões distintas, entre os alunos de que falei, sobre como criar as melhores mutações. Por fim houve um cisma, e de uma escola se fizeram três. Havia grande demanda pelos bruxos; os monstros pejavam a vida das pessoas com muita eficiência. Então foram produzidos tantos bruxos quanto possível. Sem olhar as consequências. E, assim, o início se tornou o início do fim.

Geralt ficou em silêncio.

– Aposto minha cabeça que sei qual é sua mais antiga lembrança de Kaer Morhen – disse Holt. – Pois a minha é a mesma. O grande dormitório para vinte camas. Os rapazes ao redor. Não dá para dormir. Alguém chora, outro geme, outro ainda grita ou fala dormindo. Passam-se as semanas e o silêncio é cada vez maior. No fim, o silêncio absoluto. Pois poucos sobraram.

– Um era muito pequeno – murmurou Geralt. – Chorava sem parar. Um dia o levaram embora... E não voltou mais.

– As mutações – Holt balançou a cabeça – podem sofrer alterações espontaneamente. Ocorrem erros durante a produção dos elixires. E os patógenos criados e mantidos nos porões sofrem degradação. Nada dura eternamente. Eu considerava – e não era o único – que os testes deveriam ser abandonados. De dez crianças, uma sobrevive. Não se podia falar em margem de erro. Aquilo beirava o crime... Durou um tempo, houve intrigas, houve brigas, houve argumentações, mas, ao final, venceu o bom senso. Os testes foram totalmente interrompidos. Infelizmente, um pouco tarde. Você já ouviu falar dos Gatos, não é? Aconteceu, como você sabe, em Beann Grudd. Em Mirabel, parece que chegaram a coisas ainda piores, mas os erros foram imediatamente... eliminados. Em Kaer Morhen, nada parecido aconteceu. Quando você deixou a Fortaleza, quantos pequenos ainda havia?

– Seis.

– Será interessante saber quantos sobreviverão. De todo modo, Geralt, você foi um dos últimos que deixaram Kaer Morhen para seguir o caminho.

– Um dos últimos. Uma pena que, pelo visto, não muito bem-sucedido. É por causa desses elixires velhos?

– Talvez. Talvez não só. A natureza, quando se depara com uma mutação, enfrenta-a. Você não tem saída, jovem bruxo. Precisa entrar em acordo com sua própria imperfeição.

•

O inverno não dava trégua. Como se não bastasse, parecia tornar-se cada vez mais rigoroso. Rocamora afundava sob montes de neve.

Holt rapidamente encontrou um jeito de lidar com o tédio e a inatividade.

– Isto não é uma toca de urso e ninguém vai hibernar – declarou. – Também existem tarefas para o inverno, das quais nenhum bruxo deve se descuidar.

Trajados com cafetãs grossos e gorros de couro, armados com varas de carvalho de três pés, os dois bruxos treinavam, por horas, investidas, defesas e fintas. E havia o que treinar.

Havia *angelica* e *angelica ridoppio*, infalíveis num ataque contra a artéria carótida; *delta* e *delta stoccata*, que terminavam rompendo a artéria axilar; *volta affondo* dois por três e *volta affondo dexter* para a artéria braquial; ademais, fintas universais, de múltiplas aplicações: número nove, *lilia stretto passo*, *lilia fendente* e *lilia montante*. E, é claro, havia paradas defensivas contra todos esses movimentos.

Durante as borrascas, nevascas e geadas, treinavam no estábulo. Quando o vento se aquietava e a temperatura subia um pouco, iam para o pátio. E treinavam por horas. Usando as mesmas roupas, das quais subia fumaça como de caldeirões.

Apesar dos pedidos, Holt não queria contar a Geralt o segredo de sua finta, aquela que começava com o *mandritto*, seguido do *molinetto* e do *tramazzone*, para a qual praticamente não havia defesa.

– Preciso ter alguns segredos – disse o velho bruxo.

– Pelo menos me diga se foi você quem inventou essa finta – insistiu Geralt.

– Não. Uma pessoa me ensinou.

– Conte.

– Vamos entrar, está frio. A dona Berta já está servindo a cerveja quente.

•

– Havia um – Holt bebeu do caneco – lá de Beann Grudd...

– Um Gato?

– Sim. Mas até mesmo para um Gato ele era... muito malsucedido, digamos. Era um canalha psicopata. No fim, tiraram dele o medalhão e o mandaram embora. E, como era um verdadeiro mestre da espada, fundou uma escola de esgrima para se sustentar. Eu me inscrevi por curiosidade. Anônimo, usando um nome falso. Pintei os cabelos com um extrato de cascas de noz.

– E foi lá que você aprendeu essa finta – Geralt afirmou, não perguntou. – E a defesa contra ela? O Gato ensinou a parada?

– Não tem nenhuma parada. Só existe um jeito de se defender dela.

– Qual?

– Um tiro de besta, a dez passos de distância.

– Você está de brincadeira.

– Não. Eis um bom conselho, Geralt. Aquele mestre ensinou vários alunos. Se você topar com algum deles, fuja. Depressa.

•

Ambos, Holt e Geralt, eram espadachins bons demais para que sofressem quaisquer ferimentos mais graves durante os treinos. Os menos graves, ora, aconteciam, e até com frequência. À noite, a governanta lhes untava os hematomas com banha – diziam que de urso, mas, para uma banha de urso, aquela fedia excessivamente a bode. Bode ou não bode, a banha tinha poder de cura e, no dia seguinte, os dois bruxos já estavam como novos e podiam voltar às varas de carvalho.

Assim, foi ainda mais estranho quando, em certa manhã de fevereiro, Preston Holt debilitou-se a ponto de não conseguir se levantar da cama. Não se poderia nem sonhar em chamar um médico: os montes de neve iam até onde a vista alcançava, nenhuma das estradas estava transitável. Restaram o leito, a aguardente e a banha de bode. Então, obviamente, houve uma pausa nos exercícios.

A inatividade forçada guiou, enfim, a atenção de Geralt a um pequeno aposento e às estantes de livros escondidas nele. Holt possuía, era preciso admitir, uma biblioteca imponente. É claro que a biblioteca do velho bruxo não podia concorrer com o acervo do templo de Elsborg, mas as sacerdotisas do templo não permitiam a ninguém de fora o acesso aos livros, de modo que restava a Geralt apenas imaginar o conhecimento escondido ali. Já para a biblioteca de Holt, bastava apenas estender o braço. E Geralt o estendeu o quanto pôde. E haja braço para tanto livro. Nas estantes, acumulavam poeira quatro bestiários, dois totalmente desconhecidos para Geralt e outros dois em condições muito melhores do que as dos livros de Kaer Morhen. Ele também encontrou um exemplar bem conservado de *Physiologus*, além de *Aviarium et Reptiliarium*, de Hugo de Alna, um verdadeiro corvo branco, uma raridade. Havia obras de história e de geografia, como *A história do mundo*, de Roderick de Novembre, *Regni Caedvenie Nova Descriptio*, de Baldwin Adovardo, o anônimo *Liber Memorabilium* e o antiquíssimo *Chronicon Novigradense*. Não faltavam tratados de magia e grimórios, como *Força dos elementos*, de Paolo Giambattista, *O mundo invisível*, de Jan Bekker, *Ard Aercane* e *Dhu Dwimmermorc*.

Holt gemia na cama, besuntado de banha de bode. Geralt revirava os livros.

Como determinava o clichê, os livros haveriam de ser a fonte de todo o conhecimento e a chave de todos os mistérios. E foi assim. Um desses mistérios, absolutamente não o menor deles, se escondia na biblioteca de Holt. E Geralt o encontrou quando ele caiu do meio de outros livros.

•

– Eu lhe contei sobre meu encontro com aquele tal de... Trilho...

– Estevan Trillo da Cunha – corrigiu Preston Holt, alongando-se com cuidado. Havia enfim saído da cama, aparentemente curado e com saúde. – O *praefectus vigilum*, isto é, o chefe da guarda real.

– Isso. Eu lhe disse que o tal chefe tentou me recrutar para achar seus podres. Provas de crimes que você teria cometido. E você deu de ombros para minhas palavras, zombando da possibilidade de eu ter de fato aceitado a proposta para procurar as provas, já que elas não existem.

– Sim, é isso mesmo. Essas provas não existem.

– Não existem, você diz. – Geralt apresentou uma brochura fina e algo gasta. – Mas veja só o que encontrei na sua biblioteca. Caiu do meio de outros livros. *Monstrum, ou descrição dos bruxos*. Com uma dedicatória escrita à mão: "Ao mestre-sentinela Otto Margulies, em gratidão pela fidelidade em serviço." Arrá! Otto Margulies, um distinto cidadão e qualquer coisa com "filan", eu me esqueci.

Mas, veja, ele era mestre-sentinela. Ou seja, um milico mercenário. E é o mesmo Margulies assassinado de quem o tal do chefe da guarda falou. Como é que esse livro veio parar aqui, com você?

Holt deu de ombros. Geralt deu risada.

– Mas é claro, não precisa nem perguntar. E os troféus dos outros dois? Como é que se chamavam? Nourred e Chwalba? Também estão aqui em algum lugar para serem encontrados?

– Talvez estejam. Quem vai saber? – Holt cruzou os braços sobre o peito. – Procure. Talvez eles caiam de algum lugar.

– Parece que o mestre-sentinela Margulies, Nourred e Chwalba lideraram a corja que atacou Kaer Morhen em 1194. Então não lamento nem vou chorar por eles...

– Isso me alegra – zombou Holt. – Eu já estava pensando que você ia querer fazer uma *trizna** em memória deles.

– Rocamora. – Geralt ignorou a zombaria. – *Roac a moreah*. Na língua antiga: vingança. Então você não comprou a propriedade já com o nome, nada disso. Você mesmo pôs o nome. Estou curioso, foi antes ou depois?

Holt novamente deu de ombros.

– Não faz muito tempo – continuou tranquilamente Geralt –, certo ferreiro me disse uma coisa muito sábia. Cada um, ele disse, que cuide dos seus problemas. O problema dele, do ferreiro, são a bigorna e o martelo. Punir crimes é problema dos estarostes e dos tribunais. E o problema do bruxo é matar monstros

– Palavras dignas de serem lembradas. – Holt ficou sério. – Lembre-se delas quando for novamente se lançar com sua espada em defesa de uma mocinha atacada e cometer assassínio.

– Aí é diferente...

– Falso. É a mesma coisa. E já chega disso. Chame Sua Alteza Berta. Diga que venha aqui e que traga aquela pomada.

•

Não retomaram a conversa por um longo tempo. Mas acabaram voltando a ela. Geralt se obrigou a ler até o final a obra

* Ritual fúnebre realizado pelos antigos eslavos. [N. do T.]

anônima intitulada *Monstrum, ou descrição dos bruxos*. Às vezes ria, às vezes se irritava, frequentemente praguejava. Mas leu até o final.

– Esta mensagem foi escrita pelo próprio autor da obra, sem dúvida – disse a Holt, mostrando-lhe a dedicatória ao mestre-sentinela Margulies. – Uma pena que não assinou.

– Assinou. Olhe com atenção.

– Esta imagem? Estes passarinhos?

– São merletas. É assim que essas aves se chamam em heráldica. Sem dúvida é uma figura do brasão familiar do autor. Infelizmente, figuras assim são por demais frequentes para que se possa chegar à pessoa correta a partir delas.

– Ou seja – disse Geralt lentamente –, você não sabe quem é. Ah, novamente nem precisava perguntar. Pois, se você soubesse, já o teria matado. Não é verdade?

– Não é – zombou Holt. – Eu correria de pronto ao ancião: "Senhor ancião, venho humildemente informar Vossa Senhoria de que esse indivíduo cometeu tal libelo, com a ajuda do qual incitou uma centena de fanáticos contra os bruxos. Em consequência disso, sete bruxos perderam a vida, e um deles mal se salvou. Sim, senhor ancião, eu sei que não há nenhuma lei que proíba a escrita de libelos, e que a lei não prevê punição alguma por escrever libelos. *Nullum crimen sine lege*. Mas é muito feio escrever essas coisas. Solicito, portanto, senhor ancião, que o libelista seja o mais brevemente possível encarcerado e levado às barras do tribunal. Que triunfem o direito e a justiça."

– Você está de gozação?

– É claro.

•

O inverno, ainda que severo, rendeu-se com surpreendente facilidade, quase sem luta. Sopraram ventos quentes, e a neve começou a desaparecer rápido. Logo em meados do mês de fevereiro, chamado pelos elfos de Imbaelk, floresceram as aveleiras, formando um denso bosque na parte sul da propriedade. Todos os arbustos se cobriram com pequeninos amentilhos amarelo-dourados que lembravam lagartinhas. Escondidas entre os amieiros e os salgueiros, as margens do riacho ainda estavam cobertas por saliências de gelo; enregeladas também estavam as poças e os charcos da região – o que não incomodava os sapos, que se lançavam entusiasmados a suas bodas. Logo todas as águas ficaram densas por causa dos girinos.

Finalmente, dando inequívoco sinal da primavera, as cotovias começaram a cantar nas matas.

E, ao final, veio o equinócio, que oficializou a primavera.

E Geralt tomou uma decisão.

•

Não é verdade. Não tomou. Lutou com os pensamentos por várias noites maldormidas. Lembrou-se da conversa com a madre Assumpta de Rívia. Lembrou-se do que dissera Estevan Trillo da Cunha, chefe da guarda real. Lamentou-se de ter encontrado o que encontrou entre os livros. E já estava, parecia-lhe, totalmente decidido.

Mas de manhã, ao despertar, não estava mais.

•

No café da manhã havia panquecas com geleia, de lamber os beiços. Mas Preston Holt quase não comeu. Tinha olheiras fundas. Parecia ter dormido mal as últimas noites.

– Chegou a hora de nos despedirmos – anunciou sem meias palavras. – Eu decidi encerrar nossa aventura, Geralt. Nada dura para sempre. A partir desta primavera, você vai agir por conta própria. Assim que esquentar mais, você vai deixar Rocamora.

– Mas pu... Quer dizer, ouça...

– Você vai deixar Rocamora.

– Isso tem alguma coisa a ver com...

– Tem e muito. Para seu... e meu azar, você descobriu... aquilo que você descobriu. Estevan Trillo da Cunha não vai desistir. Estará sempre no seu encalço. Se ele o puser contra a parede, uma boa aldrabice não vai te salvar, pois, como pude perceber, você é um péssimo mentiroso. Vai comprometer... principalmente a si mesmo.

– Eu...

– Não me interrompa. Já passou da hora de você ver aquele seu tão desejado mar. E um pouco do mundo.

Geralt ficou em silêncio.

– Mas agora – Holt se levantou – vista os protetores e pegue o sabre de treino. É primavera; é perda de tempo ficar trancafiado em casa. Vamos ao pátio. Antes de você partir, vamos treinar mais algumas fintas.

CAPÍTULO DÉCIMO TERCEIRO

Hipocampo, Equus marinus monstrosus, *também chamado borbothis ou zydrach. Metade cavalo, metade peixe. Na parte superior, assemelha-se a um cavalo, embora tenha barbatanas em lugar de cascos; a parte inferior é a um peixe* similis.

Provou a ciência que, contrariando seu nome, o H. não somente nos mares, mas igualmente em águas doces habita, sendo pois duplicis generis. *Se de águas doces, sua mais frequente residência são os grandes lagos. Costuma haver confusão, até mesmo da parte de homens eruditos, entre o H. e monstros como o cervo-marinho* (Cervus marinus *ou* polmorarius) *ou o burro-marinho* (Onus marinus).

A ignara plebe supõe que o H. se origina de naturas distintas, *ou seja, da mistura da semente* circa coitum *de um cavalo e de um peixe. Trata-se de falsa suposição, pois como se levaria a cabo tal* coitus? *A razão se perturba quando se tenta imaginar tal ato.*

Physiologus

Excelentíssimo Senhor Chefe da Guarda
Estevan Trillo da Cunha
Em Ard Carraigh

Escrito em Ban Fillim, a 18 de abril
do nono ano do reinado
do ilustríssimo rei Miodrag

Excelentíssimo Senhor Chefe da Guarda,

Humildemente dou-vos notícia do que sucedeu na propriedade de nome Rocamora. Holt, o suspeito, novamente foi acometido por enfermidade e chamou um médico à propriedade. O bruxo jovem, Geralt denominado, aquele a quem Vossa Senhoria dá especial atenção, já partiu da propriedade. Como evadiu-se à noite e em sigilo, informar não posso quando deixou a propriedade e a que parte se dirigiu, pelo que escusas peço.

Desejando grande ventura a Vossa Senhoria, despeço-me mui respeitosamente,

Uger Zolteri,
Investigador

•

– Eis, jovem senhor bruxo – o vendedor tirou o chapéu, limpou a testa com ele e apontou o poste junto à estrada, onde havia uma placa pendurada –, já estamos na Marca dos Lagos. A cidade-forte de Tullach está lá adiante, depois da floresta. Eis-nos em casa! Em segurança! E tudo graças ao senhor!

– Ah, menos – disse Geralt, fazendo um gesto com as mãos. – Estava tudo tranquilo. Não foi nada.

– Não foi nada porque um bruxo estava de prontidão. Os deuses protegem os que cuidam, e o senhor nos protegeu. Esse era o acordo, e o senhor fez por merecer seus cinquenta marcos, fez por merecer. Vamos em frente! Eia! Ponham esses cavalos para correr!

Os chicotes assobiaram, os eixos rangeram, as rodas fustigaram os buracos da estrada. As duas carroças de vendas rodavam pela via.

– A Marca dos Lagos. – Geralt examinou a placa colada no poste. Na superfície algo enferrujada, de perto se podia reconhecer o brasão: num escudo preto, dois peixes prateados *adossés*, isto é, um de costas para o outro. – Já é aqui?

– É, sim. O senhor está vendo, lá embaixo, a água brilhando? É o lago Tuaim Dur, bem o final dele. Logo depois começa outro lago, chamado Longo. Às margens deste, fica a cidade-forte de Tullach. Logo o senhor a verá!

O conhecimento de Geralt sobre a Marca dos Lagos era escasso. É verdade que na biblioteca de Preston Holt havia um exemplar de *Regni Caedvenie Nova Descriptio*, a obra de Baldwin Adovardo, mas Geralt mal o havia folheado. Assim sendo, ele não sabia que os principais, isto é, os maiores lagos, a partir dos quais a Marca recebeu seu nome, eram quatro: Tuaim Dur, Longo, Toikka e

Rannveig. Havia oito lagos um pouco menores dos quais poucos se lembravam, com exceção dos pescadores locais. Já os lagos realmente pequenos ninguém poderia contar, e de seus nomes pessoa alguma se recordaria. Eram todos lagos glaciais, esculpidos havia muito, muito tempo pelo manto de gelo e escavados pela correnteza dos rios que corriam sob ele. Isso hipoteticamente, pois as teorias sobre geleiras e degelos estavam apenas começando a surgir entre os mais modernos estudiosos de Oxenfurt. Os estudiosos mais antigos ainda teimavam em atribuir essa paisagem à Força Superior, e sua especificidade ao entusiástico poder criativo que caracterizaria tal Força. Em se tratando de pessoas fora de Oxenfurt e dos círculos universitários, poder-se-ia lhes falar a respeito de geleiras o quanto se quisesse e elas não entenderiam nada. Ao serem indagadas sobre de onde vieram os lagos, diriam que havia chovido nuns buracos até eles encherem.

Geralt também não sabia que a linha dos lagos, disposta no eixo norte-sul, historicamente delimitava a fronteira da Marca dos Lagos e do reino de Kaedwen em si. A fronteira estava estabilizada. O povoamento se dera nas margens ocidentais dos lagos. A leste deles, até os distantes Montes Roxos, estendiam-se florestas selvagens, impenetráveis, que ainda impunham obstinada resistência aos machados dos colonos.

Saíram da floresta. No vale, as águas do remanso do lago brilhavam argênteas. Destacava-se delas uma ilha, bastante afastada das margens, junto às quais se aninhava uma cidadezinha circundada por uma paliçada. O porto, rodeado por molhes de madeira, estava repleto de barcos de pesca. Redes dependuradas nas estacas secavam, defumadores fumegavam. Acima, voejando em círculos e gritando, gaivotas e andorinhas-do-mar.

O portão com roldanas que levava à cidadezinha estava escancarado, e os soldados que dele cuidavam demonstraram pouco interesse pelo vendedor e suas duas carroças. Um deles, não obstante, parecia conhecê-lo, pois travaram viva conversa. Geralt olhou ao redor, sem saber ao certo se valeria a pena entrar na cidadezinha ou se deveria seguir viagem sem perder tempo. Seus pensamentos foram interrompidos pela voz empolgada do vendedor.

– Ó jovem senhor. A sorte lhe sorri! Aqui em Tullach estão precisando urgentemente de um bruxo. Dizem que havia um anúncio no posto de fronteira. Como não o vimos, deve ter sido arrancado por um desocupado qualquer...

– Se você é mesmo um bruxo – disse, ao se aproximar, o comandante do posto –, então se apresse e se dirija ao magistrado. Lá vão dizer a você o que deve fazer e como. Vá reto por esta rua. É a casa de porta verde na praça, com uma torre e uma coroa pintadas com ouro na porta. Você vai achar sem dificuldade.

•

– Mostre o símbolo de bruxo – exigiu o burgrave. – Não que eu não confie em você ou, protejam os deuses, esteja sentido cheiro de golpe.

Calou-se, inclinou-se, analisou o medalhão com lobo que Geralt tirou de dentro do casaco.

– Oh, perdoai! – O burgrave passou a dirigir-se a ele de forma mais solene. – Vós sois deveras jovem, donde...

– Um bruxo – falou um homem que até então estava em silêncio no cômodo, de semblante tão grave que beirava o sombrio, vestindo um gibão de couro apertado por um cinto de aço – não deveria ser contratado pela autoridade local, mas sim por aquele que exerce a autoridade em toda a Marca, o ilustre senhor marquês, de quem sou o ministro plenipotenciário. Sou Diego Mars. Senescal Diego Mars.

– Saúdo Vossa Excelência. – Geralt inclinou levemente a cabeça. – Em que posso servir?

– O forte de Thornhall, residência de verão do excelentíssimo senhor marquês, vem sendo assombrado por algum monstro. Deve-se fazer com que o monstro não mais o assombre, por quaisquer que sejam os meios. O senhor saberá dos detalhes lá. Asseguro que receberá generosa paga.

– Onde fica o forte? Partimos agora?

– Ainda estamos esperando uma pessoa.

O burgrave suspirou, balançando as mãos.

– E já faz bastante tempo – disse com sarcasmo. – A estimada mestra se permite ser esperada. Vê-se esta moda entre as feiticeiras, deixar-se esperar.

O burgrave apontou um disco, do tamanho de uma moeda, que estava sobre a mesa, decorado não com a heráldica do hierarca novigradense, mas com runas e estranhos símbolos. No centro do círculo havia uma protuberância, uma gema semipreciosa de coloração amarelo-dourada.

– É uma joia de invocação – explicou o burgrave. – Chama-se *tere-port*. Se a pedrinha amarela for apertada com força três vezes, ela lança um chamado, e a pessoa chamada logo aparece, por mágica. A isso se pode dar o nome de tereportação. Invocamos, esperamos. Já deveras longamente...

– E esperaremos – interrompeu-o sombriamente o senescal Diego Mars – tanto quanto for necessário. A curandeira é indispensável. Não me será permitido voltar a Thornhall sem ela, pois...

Ouviu-se um zumbido alto, como o de um inseto, num crescendo. Junto à parede do cômodo, surgiu um círculo luminoso. No círculo, primeiro brilhou uma silhueta indistinta e, logo depois, emergiu dele uma mulher não muito alta, trajando vestes masculinas.

O burgrave e o senescal se levantaram, curvando-se.

– Honorabilíssima senhora mestra...

Geralt também se curvou. Seu amuleto vibrava e pulsava sob a camisa.

Ele se lembrou das feiticeiras vistas na praça em Spynham, de aparência jovem, belas como pinturas. Da mulher que emergia do círculo mágico, com seus curtos cabelos escuros, não se poderia dizer, é verdade, que não fosse bela, porém era vão procurar nela aquela beleza deslumbrante, tampouco juventude – parecia um pouco mais velha que a sacerdotisa Nenneke, de Elsborg. Seu rosto redondo e a face corada, contudo, emanavam simpatia, um sentimento imediatamente perceptível que fazia com que Geralt não lhe tirasse os olhos, ainda que se lembrasse dos ensinamentos de Preston Holt, de acordo com os quais as feiticeiras não suportavam ser encaradas e consideravam que as outras pessoas eram animais.

– Onde estou? – Também a voz da mulher era simpática. E melódica. – Não conheço este lugar. Mas não é Thornhall.

– É a cidade de Tullach, minha senhora. Sou o burgrave.

A mulher tirou dos ombros uma grande bolsa de lona e a colocou no chão.

– Como meu talismã veio parar em Tullach? – ela perguntou. – Eu o deixei em Thornhall, para uso do marquês Vaikinen.

– O excelentíssimo senhor marquês... – gaguejou o burgrave – confiou a mim esse talismã...

– Visto que – interrompeu-o o senescal – não desejava que estivesse em Seevalk um talismã que servisse para teletransporte. O senhor marquês teve motivos para tanto.

– Precisamente – acrescentou o burgrave. – Então o ilustre senhor me entregou o talismã. Para usar em caso de necessidade.

– E a necessidade chegou, eu sei. Onde está o paciente? É o filho do marquês, o jovem conde Frederik, que sofreu um acidente?

– A senhora já sabe disso? – disse o senescal, visivelmente surpreso – Tão rápido? Por que meios?

– Magia, fofoca e pombos-correios. Senhor senescal Diego Mars, se bem me recordo. Já nos encontramos antes.

– Com efeito. – O senescal novamente se curvou. – Seja bem-vinda, estimada senhora Natteravn. O conde ferido, Frederik, está acamado no forte de Thornhall, em Seevalk. Partiremos sem tardar.

O medalhão de Geralt novamente vibrou.

– E o bruxo aqui presente? – A feiticeira cravou nele seus olhos verdes. – Irá conosco?

– Irá conosco, com efeito – disse categoricamente Diego Mars. – Se me é permitido pedir, peço que partamos.

– Meu cavalo está na estrebaria... – interveio Geralt.

– E vai permanecer lá. Não viajaremos a cavalo.

•

Conforme se esclareceu, o destino da viagem era Seevalk, uma ilha no lago Longo, visível muito distante do remanso como um contorno escuro e coberto por neblina. O meio de transporte revelou-se um grande e tosco barco de seis remos, carregado com uma quantidade considerável de caixas, engradados, barris e sacos. A carga, além disso, incluía quatro ovelhas e um gato preto em uma gaiola.

– Vamos viajar nisso? – estranhou a feiticeira. – Nessa chata? Com essa bicharada e essa tralha toda? Mas vocês não tinham um naviozinho que ia até Seevalk?

– Não é uma chata – respondeu Diego Mars com a fronte anuviada. – É uma chalana. Além disso, a embarcação que vai até Seevalk não é um naviozinho, mas um cúter a vela. Como, porém, ele está em uso, nos restou a chalana. Por favor, embarquem.

Embarcaram, ocupando lugares próximos à proa. Os remadores gemeram em uníssono, os remos rangeram nos toletes, a chalana zarpou.

– Perdoem-me, só estou me apresentando agora – disse depois de um tempo a mulher. – Sou Vrai Natteravn, curandeira.

– Geralt. Bruxo.

– Já tratei um bruxo. Chamava-se Holt, Preston Holt. Faz muito tempo, e duvido que alguém jovem como você... É impressão minha ou você está meio ressabiado comigo? Ah, andaram lhe contando sobre a tal animosidade entre as feiticeiras e os bruxos, não é?

– Contaram.

– Nem penso em pedir desculpas em nome dos meus confrades. – A feiticeira ficou séria. – Mas saiba que não tenho preconceitos. É preciso conquistar a minha animosidade. Então não fique cabreiro, está bem?

– Está bem.

– O Mars contratou você, não é? Tem algo a ver com o filho machucado do marquês?

– Nada a ver. Parece que tem um monstro incomodando o povo na ilha.

Ventava. Os toletes rangiam e a chalana deslizava vigorosamente pelas ondas. A neblina começou a se dissipar. As gaivotas grasnavam. As ovelhas baliam. O gato miava.

– Aquele veleiro, oh, lá! – A curandeira cobriu os olhos com a mão. – Senhor Mars, não é justamente o naviozinho de vocês?

– O cúter – corrigiu pacientemente o senescal. – O cúter a vela *Nihil Novi*.

– Quem o está usando? Quem viaja nele?

– Camaradas e companheiros de armas do ilustre senhor conde Frederik. Estão caçando hipocampos.

– Caçando o quê?

– Exatamente o que eu disse. Hipocampos.

O cúter a vela *Nihil Novi* de súbito mudou seu curso, indo na direção deles. Depois de um tempo, aproximou-se tanto da chalana que foi possível analisá-lo melhor. Tinha três velas, duas triangulares na frente e uma grande, quadrangular, atrás. Quando se aproximou ainda mais, puderam distinguir algumas pessoas no convés. Do cúter, vieram cantos, risos e gritos. Nada sóbrios.

– Mas que animada essa caçada! – julgou Vrai Natteravn. – O senhor diz que estão caçando hipocampos. Para que os querem? Quais são as propriedades que possuem para que se deseje caçá-los?

– A senhora veja, é assim. – O senescal pigarreou. – No ano passado, Ezra Metzgerkop, o afamado *restaurateur*, caiu nas graças de nosso rei, Miodrag, ao servir a Sua Majestade e a toda a corte um prato raríssimo, uma imensa ave assada, aporrinhis, se não me falha a memória. O assado agradou tanto ao rei que Sua Majestade concedeu a Metzgerkop o título de barão. Muitos o invejaram e, assim, deram início às caçadas. Vários daqueles que ambicionavam títulos de nobreza lançaram-se às matas a fim de caçar para Sua Majestade algo ainda mais único.

– Compreendi. Então aqueles no iate...

– No cúter. Já disse, são camaradas...

– E companheiros de armas do conde, eu ouvi. E querem caçar hipocampos?

– Correram boatos de que Sua Majestade degustaria um hipocampo com grande prazer. Então eles teimaram que conseguiriam capturar...

– E vão se tornar barões?

– Já são barões. Em sua maioria. Mas contam com fama e com a graça de Sua Majestade.

– E aqui, neste lago de vocês – interessou-se Vrai Natteravn –, realmente existem hipocampos?

– Supõe-se que sim. Contudo, poucos de fato os viram, pois são ariscos em demasia. É preciso ser sorrateiro, comedido, agir em silêncio. E ali no cúter... vocês podem julgar por si mesmos.

– Muito comedidos! – disse com sarcasmo a feiticeira. – Isso não é uma caça, é um banquete sobre águas.

Como que ilustrando, um dos barões do cúter a vela inclinou-se na amurada e vomitou copiosamente. O restante da tripulação explodiu em gargalhadas.

– *Nihil novi* – disse Vrai.

Os toletes rangiam. As pás dos remos lançavam gotas d'água. As gaivotas grasnavam. O cúter enfunou suas velas e se afastou. Os gritos e cantos ébrios pararam de chegar até eles.

Perto da proa da chalana, a água subitamente se agitou e vários peixes prateados começaram a saltar sobre a superfície.

– Trutas – reconheceu Geralt. – De bom tamanho, mais de um côvado de comprimento. Queria saber qual criatura as está caçando.

– Aqui – explicou Diego Mars – vivem lúcios de mais de sessenta libras. Para um desses, uma truta de um côvado é o mesmo que um alburno. E no fundo vivem outras bestas, as quais prefiro nem mencionar.

– Ou talvez – Vrai Natteravn ficou curiosa – algum desses famosos hipocampos tenha assustado as trutas?

– Hipocampos não comem peixes – discordou Geralt. – Não os caçam.

– O que eles comem?

– Algas.

– Quer dizer que pastam? Que nem vacas?

– Dá para dizer que sim.

– Mas seria melhor não dizer isso – intrometeu-se de forma enfática o senescal. – Principalmente em Thornhall. O jovem senhor conde Frederik, afinal, sofreu ferimentos ao travar feroz combate com um hipocampo. Se se começasse a dizer que uma vaca o feriu...

– O conde foi ferido por um hipocampo? – estranhou a curandeira. – Como assim? É um herbívoro... O que você tem a dizer, bruxo?

– Os herbívoros também sabem ser perigosos – respondeu Geralt.

•

Localizado na ilha de Seevalk, o forte de Thornall era circundado por uma paliçada dupla. A primeira se erigia às margens mesmas da ilha, e agora, com o elevamento do nível da água causado pelo derretimento da neve e do gelo, estava submersa até quase a metade. A segunda paliçada coroava um aterro de algumas braças de altura. Duas torres quadrangulares dominavam o conjunto.

– Uma fortaleza de verdade – avaliou o bruxo. – Dá para ver que é de defesa.

– Defensiva – confirmou Diego Mars. – E não foram poucas as vezes que ela os defendeu.

– No começo da história da Marca – acrescentou Vrai Natteravn –, aconteceram aqui muitos confrontos com os elfos da floresta.

– A margem oriental era deles – acrescentou o senescal –; a ocidental, nossa, dos humanos. E a ilha era um posto avançado. Passava de mão em mão. Ao final, tomamos a colina e construímos o forte. Isso se deu no reinado do rei Benda, há muitos anos.

Adentraram a baía, que se revelou um canal escavado. O canal era atravessado por um portão grande e pesado, feito de toras. Do posto de guarda, acima do portão, foram avistados e saudados. Soou uma corneta. O portão se abriu lentamente. Atrás dele havia um ancoradouro circundado por píeres. A chalana atracou em um deles, encontrando espaço livre entre os demais barcos.

Geralt olhou ao redor. As torres, de perto, lembravam blocausses construídos com vigas de pinho de espessura imponente. Entre as torres ficava um único edifício de madeira, enorme, de vários andares, que se assemelhava mais a um blocausse do que a uma casa, com seteiras em vez de janelas.

Desembarcaram no ancoradouro, e os remadores imediatamente começaram a retirar a carga do barco. Vrai Natteravn parecia querer perguntar algo ao senescal, quando este subitamente pigarreou e curvou-se em reverência.

Pelo ancoradouro, assistida por duas servas, ia em direção a eles uma menina de cabelos claros. Aparentava ter quinze ou dezesseis anos. Era de rara beleza. E muito magra. De tão frágil e delicada, parecia que iria quebrar-se. Caminhava erguendo levissimamente seu elegante vestido azul-centáurea, para que ele não se prendesse nas tábuas ásperas.

Diego Mars curvou-se ainda mais. A menina pousou nele seus grandes olhos de corça, mas apenas por um momento. Parecia interessar-lhe mais a carga trazida pela chalana, que já fazia crescente pilha no ancoradouro.

– É a condessa Ludmilla – cochichou Diego Mars, vendo a dúvida no olhar de Geralt. – A filha do excelentíssimo senhor marquês Vaikinen. Está em Seevalk apenas por uma temporada, pode-se assim dizer...

– Pode-se dizer que está presa aqui – disse Vrai Natteravn entre os dentes. – Não é preciso dourar a pílula, senhor Mars. Todo o reino de Kaedwen já conhece o boato.

– E eu não brinco com boatos. – O senescal franziu o cenho. – Ademais, Sua Excelência o senhor marquês está no seu direito. É direito do pai endireitar uma filha desordeira. E, se necessário, puni-la.

– O que ela aprontou? – Geralt observava a jovem como que encantado.

– Foi coisa de amor – riu a curandeira. – Seu coração juvenil bateu mais forte...

– Bateu onde não deveria – interrompeu-a com a face sombria Diego Mars. – E quando não deveria. E por quem não deveria. Mas que direi eu? A senhora, cara mestra, sem dúvida já sabe de tudo. Conhece os boatos.

– É de se entender que eu saiba – disse, mais uma vez com sarcasmo, Vrai. – O coração da condessa Ludmilla foi roubado, com todo o seu consentimento e vontade, pelo infante Redfern Finnegan. Ninguém mais, ninguém menos do que um Finnegan. E aí surgiu a encrenca.

– Como assim?

– Eles se detestam – interveio Mars –, os Vaikinen e os Finnegan. Entre eles há uma rixa ancestral.

– Teve sangue? Cadáver?

– De certo modo – envergonhou-se o senescal. – Mas o senhor, jovem bruxo, em vez de se ocupar com meros boatos, esteja de prontidão para realizar suas tarefas de bruxo. Bem como a senhora mestra, peço escusas, deveria ir com urgência ver seu paciente que sofre, razão pela qual foi chamada.

– Tem razão, tem razão. – A curandeira arrumou a bolsa no ombro. – Vou vê-lo o mais rápido que puder. Nos vemos mais tarde, bruxo. Leve-me até lá, senhor Mars.

•

Ao lado, no ancoradouro, algumas mulheres limpavam peixes. Assistia-lhes o gato preto, aquele mesmo que chegara a Seevalk junto com Geralt e a curandeira. Na água do ancoradouro boiavam escamas, entranhas e bexigas natatórias.

O sol se punha sobre o lago, refletindo-se em sua superfície. Algo gritava ao longe, provavelmente grous.

– O jovem conde Frederik Vaikinen – contou Vrai Natteravn, recostada na paliçada –, quando indagado, inventou as lorotas que pôde, mas eu sou uma médica, sei reconhecer a natureza das lesões e as causas de seu surgimento. Então o obriguei a confessar. Imagine que a culpa não foi de um hipocampo, nem de nenhum outro monstro. O filho do marquês, embriagado, subiu no mastro de um cúter para se exibir e caiu lá de cima. Quebrou a clavícula, deslocou o tornozelo e machucou o joelho, que inchou demais. Não vai passar sem drenar o líquido... E os seus assuntos, bruxo?

– Vão indo.

O monstro que rondava Thornhall, percebeu Geralt, tinha predileção por cozinhas, e foi lá que Geralt decidiu buscar mais informações. As senhoras cozinheiras, mulheres gentis, receberam-no desde o início com uma caneca de cerveja e um pote de verdemã salgado.

Geralt mordiscava o verdemã e bebericava a cerveja, enquanto as cozinheiras soltavam o verbo, falando todas ao mesmo tempo. O monstro era pequeno, mas incomodava. Tinha cara de sapo e olhões esbugalhados. Coaxava como um sapo. Arrastava-se do lago, trazendo sujeira e lodo nas suas patas de sapo – não restava nada a fazer além de limpar. Urinava pelos cantos. Devorava todos os produtos. Derrubava trigo e farinha por toda a cozinha. Quebrou uma chaleira. Surrupiou uma concha de prata com o brasão de Sua Graça o conde.

Da última parte do relato, Geralt duvidou. Pela descrição, tratava-se de um vodnik, criatura que muitos falsamente acusavam de furto; sendo assim, a colher não devia ter sido surrupiada por ele.

Enquanto ofereciam mais cerveja, as cozinheiras disseram que fazia cerca de duas semanas que o monstro fora visto pela última vez.

Vrai Natteravn ouviu a história sem interromper.

– Um vodnik pode até incomodar, mas dificilmente vai ser perigoso para os seres humanos. Mas já que estão pagando... Bem, vou ter que patrulhar, dar uma cuidada e, se ele aparecer, assustar e enxotar o bicho... – terminou Geralt, suspirando. – E você, minha senhora, me fale sobre a rixa ancestral. Que teve algum sangue.

– Não precisa me chamar de senhora. – A feiticeira chutou uma cabeça de peixe para fora do ancoradouro. – Quanto à rixa, foi assim: Magnus Vaikinen, avô de Sirius, o atual marquês, tinha negócios com Roald Finnegan. Quando a sociedade que eles tinham faliu, Roald e Magnus passaram a se acusar mutuamente de malversação e roubo. Em público, alto e bom som. Por fim, Magnus desafiou Roald para um duelo. Ao saber disso, a esposa de Roald abortou. E o velho e adoecido pai de Magnus morreu por causa da situação. Foi assim que começou a rixa, à qual cada geração acrescentou algo. Até hoje. Sirius Vaikinen e Gordon Finnegan disputaram o título de senhor da Marca. Quando o rei nomeou Sirius como marquês, Gordon se queixou, a torto e a direito, de trapaça, compadrio e corrupção.

– E a senhorita Ludmilla?

– O clássico, pode-se dizer. Em algum baile ou recepção, ela viu o jovem conde Redfern Finnegan, filho de Gordon e bisneto de Roald. Componha um poema sobre o resto.

– Não sou muito bom com poesia. E nunca estive em um baile na minha vida.

– Apaixonaram-se à primeira vista – disse a feiticeira, rindo. – Começaram a se encontrar em segredo. Sabiam que os pais não permitiriam o relacionamento, então decidiram fugir. O marquês Sirius frustrou a fuga, aprisionou a filha aqui, nesta ilha inacessível, e passou a tutela a seu filho, o conde Frederik, irmão de Ludmilla. Não foi sem motivo que ele deu ao filho a guarda da própria irmã. Frederik, por motivos totalmente particulares, odeia Redfern. Não faria nenhum conchavo com ele nem se deixaria subornar. Várias vezes já anunciou publicamente que preferiria ver a irmã morta a vê-la com Redfern. Frederik decidiu, no entanto, que o melhor cuidado com a irmã é exercido pela própria ilha e que a vigilância é dispensável. Então usa com entusiasmo a liberdade e os recursos financeiros que lhe foram dados pelo pai. Arrastou para Seevalk seus camaradas e, com a desculpa de estarem caçando hipocampos, bebem e fazem festa sem parar. Oh, oh, falando do diabo... Estão voltando, exaustos e bêbados, os caçadores de monstros.

O portão do ancoradouro se abriu, rangendo e estrugindo, e o cúter a vela *Nihil Novi* adentrou. Atracou junto ao píer, e depois de um instante – com alguma dificuldade – um grupo de jovens desembarcou. A maioria trançando as pernas. E muito barulhentos.

– A juventude dourada de Ard Carraigh – Vrai franziu os lábios. – Os primogênitos de pais ricos, cheios de títulos e bem posicionados. Conheço alguns deles, e não pelo melhor lado. Aquele, olhe, aquele ali, que mal consegue andar, é o filho mais novo do barão Dormont. Eu o curei, não vou contar do quê. Aquele último lá, talvez o mais sóbrio, é Primian Grohot, filho do proprietário de uma cervejaria, um novo-rico. Vá saber o que faz com uma companhia dessas.

– Está caçando hipocampos.

Vrai riu ironicamente diante da sugestão.

– Essa caçada – voltou à seriedade – sem dúvida vai me arranjar mais pacientes, quando algum deles quebrar algo. Desde que nenhum deles se afogue, porque para isso a medicina não teria remédio. E eu não me preocuparia com os hipocampos. Não me parece que essa juventude dourada e desvairada consiga lhes causar algum tipo de dano.

Geralt não comentou.

– Por ora é isso. – A curandeira arrumou o cachecol. – Vou extrair o fluido do joelho do conde.

– Boa sorte.

CAPÍTULO DÉCIMO QUARTO

> [...] *Assim, aos cavalos,*
> *Não nos delonguemos em despedidas,*
> *Partamos súbito. O ladrão a si mesmo roubou*
> *Quando não mais misericórdia lhe restou.**
>
> William Shakespeare, *Macbeth*

Com o cair da noite, Thornhall mergulhou em uma escuridão impenetrável. Por motivos de segurança – tudo ao redor era de madeira –, apagavam-se diligentemente todos os fogos, incluindo tochas e candeias, que durante o dia iluminavam as escadas e os sinuosos corredores. A única luz – em forma de lanternas que pouco iluminavam – estava à disposição dos guardas na torre de vigia e na paliçada. Tais guardas, constatou Geralt, tratavam seu ofício e dever com grande descaso, confiando na inacessibilidade da ilha. Era evidente que, havia muito tempo, ninguém era uma ameaça séria à ilha ou ao forte, o que resultou, entre os guardas, em rotina e preguiça. Geralt estava certo de que era justamente por isso que o vodnik conseguia, sem dificuldade ou risco, adentrar o local imerso na escuridão. Ah, até mesmo um bando de hipocampos pulando por cima da paliçada não chamaria a atenção daqueles guardas folgados.

É claro que, para Geralt, a escuridão não era obstáculo algum; a luz das estrelas era o que bastava para seus olhos mutantes. Dentro do edifício, confiava sobretudo na audição. E também no olfato – os vodniks, sabia ele, fediam a muco de peixe, lodo e ácoro apodrecendo.

---

* Tradução de Rafael Raffaelli (Shakespeare, William. *A tragédia de Macbeth*. Florianópolis: Editora da UFSC, 2016, p. 91).

Não se via nenhum guarda nas paliçadas. Estavam todos reunidos na torre de vigia, jogando cartas e reclamando daquela vigília do cão naquela merda de ilha, onde nem havia com o que gastar a paga, porque a taberna e o puteiro ficavam longe e, além do mais, no continente.

Geralt deu a volta na paliçada, buscando minuciosamente, sob as redes de pesca postas para secar, alguma brecha pela qual um vodnik pudesse ter se esgueirado do lago para dentro. Já havia conseguido patrulhar antes o corredor que levava à cozinha e agora decidiu verificar o corredor que levava aos aposentos do marquês, à armaria, ao depósito e ao alojamento dos guardas. Mal entrou lá e seu medalhão tremeu com força, vibrando e pulsando sob a camisa.

Deu alguns passos e o medalhão se acalmou. Voltou. Depois de mais alguns passos, o medalhão voltou a vibrar. Recuou – a vibração cessou.

Algo no corredor emanava magia.

O bruxo ergueu a mão, traçando um Sinal com os dedos. Por um momento, fez-se um clarão ao redor. Aproximou-se e examinou atentamente. Precisou quase encostar o rosto na parede, mas por fim viu.

Na parede, traçado a carvão com uma linha fina e quase invisível, havia um contorno. Em formato de porta. Não restava dúvida – era um sigilo de feitiçaria.

Nenhum dos bestiários que Geralt conhecia atribuía habilidades mágicas aos vodniks. Contudo, todos destacavam sua esperteza e astúcia e concordavam quanto ao fato de que os vodniks conseguiam macaquear tudo aquilo que viam.

Caso conseguisse um amuleto mágico ou outro artefato, retirado, digamos, de um afogado, um vodnik conseguiria usá-lo? Geralt não sabia. Mas decidiu verificar.

O clarão do Sinal enfraqueceu; um instante depois, apagou totalmente. Geralt recuou alguns passos, escondendo-se atrás de uma quina do corredor. Esperava sem fazer o menor movimento e em silêncio absoluto. Desacelerou até mesmo a respiração.

Não precisou esperar muito.

O medalhão vibrou com força. O sigilo na parede brilhou. A porta marcada a carvão se abriu e algo saiu dela.

Geralt reagiu instantaneamente. Saltou sobre o recém-chegado e prendeu-o com um golpe de louva-a-deus. O golpeado revelou-se, contudo, nem um pouco fraco. Soltou-se quase sem esforço e, com um potente golpe, atirou o bruxo contra a parede, partindo para cima dele com um soco. Geralt foi salvo por seus reflexos de bruxo; o punho, que deveria atingir sua têmpora, passou raspando pela cabeça. Geralt revidou com um golpe no torso, lançando-se à luta corpo a corpo. Já sabia que o recém-chegado não era de modo algum um vodnik. As medidas não eram aquelas, e o cheiro também não: em lugar de lodo e ácoro, havia um quase imperceptível aroma de rum e ervas.

Os dois caíram no chão, rolando por ele. O recém-chegado ficou por baixo, mas se ergueu e deu uma forte cotovelada na lateral da cabeça de Geralt. O bruxo viu estrelas. No entanto, seguiu no combate, acertando a mandíbula do homem com um golpe curto. Achou que bastaria. Enganou-se. O recém-chegado vacilou no máximo por um segundo, depois revidou com um cruzado forte e certeiro. Em seguida, agarrou a garganta de Geralt com as duas mãos e começou a sufocá-lo, sem se importar com os golpes que o bruxo desferia às cegas e em vários lugares.

De súbito começaram a brilhar, em toda parte, luzes de lanternas e tochas. As sombras dançavam. O corredor encheu-se de gente. Mãos firmes agarraram Geralt e o afastaram de seu adversário. Este também foi contido por braços fortes.

– Soltem o bruxo! – rugiu Diego Mars. – E segurem esse aí! Amarrem-no! Eu mandei amarrar!

Mais pessoas apareceram, e o corredor ficou apertado. O adversário de Geralt foi erguido, amarrado e posto contra a parede. O bruxo se admirou com o quão jovem era aquele homem. Não parecia mais velho do que ele próprio.

Diego Mars se aproximou, iluminando com uma lanterna o rosto do amarrado, que fechou os olhos. Tinha a barba bem-feita, o que esclarecia aquele cheiro de rum condimentado, usado pelos dândis da moda como pós-barba.

– Ora, ora – disse o senescal, sem esconder seu estranhamento. – Eis uma surpresa. Senhor conde Finnegan. Aqui em Thornhall. Que bons ventos trouxeram Vossa Graça? Uma pena, uma pena que não tenha avisado. Qual o quê, bem-vindo. Vocês quatro, levem-no. Vamos para cima. Os demais se dispersem! Você não, bruxo. Você irá conosco.

O alvoroço aparentemente também havia chegado ao andar de cima, pois, já com as portas abertas, Vrai Natteravn aguardava por eles com uma lanterna na mão, vestindo seu jaleco de médica. O aposento atrás dela estava iluminado por vários castiçais.

Mars fez um sinal. Os guardas empurraram o capturado para dentro. A feiticeira, o senescal e Geralt também entraram.

Numa poltrona imponente, com o encosto quase alcançando as vigas do teto, estava sentado o conde Frederik Vaikinen, filho do marquês da Marca dos Lagos.

O conde tinha longos cabelos claros, cacheados como os de uma moça, o nariz pontudo e os olhos verdes feiamente semicerrados. Sob a capa de pele de zibelina que lhe cobria os ombros, via-se desnudo seu peitoral magro, com bandagens perpassando-o em cruz por ambos os braços e nas axilas. As pernas do jovem também estavam desnudas; o joelho esquerdo, envolto por bandagens.

Ao lado da poltrona havia uma pequena mesinha, sobre a qual Geralt pôde distinguir curativos, flaconetes e uma seringa niquelada. Sem dúvida, a parafernália médica de Vrai Natteravn. Apesar do adiantado da hora, via-se que ela estava cuidando de seu paciente.

– Meu ilustre senhor – discursou, curvando-se, Diego Mars –, dou ciência a Vossa Graça de que inopinadamente capturamos...

– Estou vendo quem vocês capturaram – interrompeu-o Frederik Vaikinen. Sua voz era ainda menos agradável do que seus olhos. Ele fitou o capturado. – O fidalgo Redfern Finnegan concedeu-nos a honra de sua presença. À noite. Como um bandido. Um miliciano. A fruta nunca cai longe da árvore. A bandidagem e a ladroeira são, afinal, uma tradição familiar dos Finnegan. Mas você não veio por mim, Redfern. Não era a mim que você queria ver, mas minha irmã. E não poderia tê-lo feito como um homem civilizado? De dia? Chegar com flores e um presente? Pedir autorização para a visita?

– E você... – O jovem cheirando a rum se debateu nos braços dos guardas. – Você concederia a autorização?

– Não – rosnou o conde Frederik. – Mandaria soltar os cães.

– Claro. Porque é essa a tradição da família Vaikinen. Covardes!

– Não arreganhe essa boca, filho da puta! – gritou Frederik, endireitando-se na poltrona.

– Filho da puta é você, Fred! Vá se foder.

– Eu vou... – engasgou-se o filho do marquês. – Eu vou... Eu vou mandar açoitar você agora mesmo, como uma cadela. Depois vou mandar pendurá-lo no portão... Mars! Venha aqui!

Diego Mars aproximou-se do conde, inclinou-se e sussurrou em seu ouvido. Frederik Vaikinen enrubesceu.

– E você vem me falar do meu pai? – gritou. – O que é isso? Você veio aqui para pedir moderação? Para dar bons conselhos? Estou me lixando para os seus conselhos. Meu pai não está aqui, e sim em Ard Carraigh. E, quando ele não está, mando eu. Compreendido? Eu mando. E faço o que quiser com o namoradinho da minha irmã!

O senescal curvou-se sem dizer nada.

– Você parece ter certeza de que está me assustando, Fred – disse Redfern Finnegan. – Não se esforce. Você não vai conseguir.

– Ah, é? – O conde Frederik saltou da poltrona, jogou dos ombros a capa de zibelina e foi mancando até o amarrado. – Eu vou socar essa sua cara, Redfern! Eu vou...

– Eu proibi você de se levantar – disse Vrai com firmeza. – Você está jogando fora o tratamento. E os meus esforços.

– Você está atrevida demais, feiticeira! – Frederik virou-se em direção a ela. – Está abusada! E se esquecendo dos títulos! Dirija-se a mim como "Vossa Graça".

– Vejo que não precisam mais de mim por aqui – respondeu friamente a feiticeira. – Então me despeço. E amanhã bem cedo deixo a ilha.

– Boa viagem. Mars, pague-a.

– Não precisa. Eu me acerto com o marquês Sirius. Tenho o costume de resolver as questões financeiras com gente séria.

As palavras e a saída da feiticeira mexeram com o jovem conde. Ele se sentou, bufou um pouco e visivelmente foi se acalmando.

– Mars.

– Pois não, Vossa Graça.

– Prenda Finnegan. No calabouço. E vão todos vocês para o diabo que os carregue.

•

Contrariando sua afirmação, Vrai Natteravn não deixou a ilha logo ao amanhecer. Estava pronta para partir apenas por volta do meio-dia. Geralt foi até o cais para se despedir.

A feiticeira arrumou a bolsa no ombro, afastou os cabelos da testa, olhou para o céu e para as gaivotas. Ficou em um longo silêncio.

– A arte de curar, bruxo – disse finalmente, sem olhar para ele –, também tem outro lado. Como se fosse seu... reverso. Posso apaziguar a dor nas articulações, mas também fazer com que doam insuportavelmente. Posso anestesiar um dente que dói, mas também causar dor em um dente. Ou em todos os dentes. Posso curar as hemorroidas de alguém, mas também fazer um verdadeiro inferno no cu dessa pessoa. E posso fazer ainda mais coisas nesse mesmo estilo, como você deve imaginar. E sabe por que estou dizendo isso?

– Não.

– Pois agora há pouco eu estava planejando acertar minhas contas com você de alguma dessas formas. Porque estava muito brava com você. Você arruinou meus planos, pôs em risco minha reputação e meu ganha-pão. Você sabe como.

– O conde Finnegan – não perguntou, mas afirmou. – A porta desenhada com carvão na parede foi coisa sua.

– Mas é claro. Redfern Finnegan adentrou Thornhall usando meu teletransporte e planejava fugir daqui com sua amada. Mas teve o azar de topar com um bruxo zeloso demais. E agora está com problemas.

– Está mesmo.

– E quem vai livrá-lo desses problemas – Vrai Natteravn olhou Geralt diretamente nos olhos – será justamente o culpado por eles. Ou seja, o bruxo Geralt. Não faça cara feia. Preciso ser mais clara? Você tem que tirar Redfern da cadeia. E levá-lo para fora da ilha.

– Hã?

– Você tem que libertar Redfern – a feiticeira repetiu pacientemente. – E levá-lo embora em segurança.

– E como?

– Use a cabeça.

– Qual é? Quer dizer... Não, Vrai, não... Um marquês já tem... animosidades... contra mim. Tenho que fazer de outro um inimigo? E ainda me desentender com o filhote mimado dele?

A curandeira deu de ombros.

– E digo mais, o Trillo, o chefe da guarda, está de olho em mim, procurando um motivo... Não, Vrai. O que é isso? Isso não. Aliás, por que eu? Você não pode teletransportar ele?

– Não posso. Imediatamente ficaria claro que fui eu. E tenho uma posição e prestígio, não posso arriscar.

– Quer dizer que eu posso ficar me arriscando? Porque não tenho nem prestígio nem posição, posso ser jogado aos leões?

– Não foi isso que eu disse.

– Vrai...

– Geralt, chega de papo. Meu barco está me esperando. Você sabe o que tem que fazer. E vai ter minha gratidão por isso. Garanto que ela será útil.

– Muito útil, se não me matarem aqui.

– Esforce-se para não o matarem. Os boatos que dizem que consigo trazer os mortos de volta à vida são exagerados. E agora vou indo.

•

Diego Mars, que trouxera a convocação do conde, acompanhou-o até o salão. Mas não entrou. Abriu a porta e, sem muita cerimônia, empurrou Geralt para dentro.

Frederik estava sentado em sua grande poltrona, decorada no encosto com o brasão do marquesado, dois peixes prateados *adossés*. Sob a capa de zibelina que lhe cobria os ombros, ainda se viam as bandagens que lhe cruzavam o peito desnudo. O joelho esquerdo seguia envolto em ataduras.

Ergueu a mão, sinalizando inequivocamente ao bruxo que não se aproximasse mais. Era desnecessário. Geralt não pretendia se aproximar. Permaneceu junto à porta e esperou tranquilamente. O conde não se apressou. Mediu Geralt com seu olhar desagradável.

– Você é jovem para um bruxo – disse finalmente. – Difícil acertar sua idade, pois você é um mutante, e com esse cabelo branco... Mas me parece que você tem a mesma idade que eu. O quê? Aposto que temos muito em comum. Você certamente já ouviu mais de uma vez que é um pirralho, um fedelho, que tem que ouvir os mais velhos, que ainda tem muito o que aprender, que precisa amadurecer, blá-blá-blá... Como se a sabedoria viesse junto com os anos. Como se não existissem idiotas velhos.

Geralt não comentou. Frederik certamente não esperava um comentário.

– Você tem minha gratidão pelo Finnegan – declarou. – Vou recompensar você por tê-lo capturado. Os guardas não estavam nem aí para a coisa. O canalha conseguiu se infiltrar e estaria agora com Ludmilla... Você sabia que ela já estava pronta, vestida para a fuga? Ela sabia que ele viria buscá-la. Não sei como se falavam. Mas vou descobrir. O importante é que, mesmo que o plano fosse engenhoso, o tiro saiu pela culatra. Graças a você.

Frederik se calou por um instante, coçando o peito debaixo da bandagem.

– Vou recompensá-lo, como prometi. Além disso, você terá a oportunidade de ganhar ainda mais. E conseguir minha mercê. Não vai perguntar do que se trata? O que quero que faça? Talvez você já tenha adivinhado.

Geralt tinha adivinhado, mas ficou em silêncio.

– Quando meu pai voltar, com certeza vai libertar Redfern. E aquele lá não vai desistir, não vai esquecer Ludmilla. Vai procurar outros jeitos... Então é necessário pôr um fim nisso, de uma vez por todas. Eu mesmo não posso dar essa ordem, meu pai me... E nem o demônio sabe se as pessoas iriam me obedecer. Mas você...

O conde se endireitou.

– Hoje à noite a cela de Finnegan estará aberta, e os guardas serão dispensados. Você vai tirá-lo de lá, levá-lo discretamente até um dos muros e quebrar-lhe o pescoço. Ou enfiar-lhe uma faca, como preferir. O cadáver vai para o lago. Ninguém sabe como ele veio parar aqui, ninguém vai saber como saiu. Simplesmente desaparecerá.

Geralt ficou em silêncio.

– É claro... – Frederik alcançou a pequena escrivaninha, tirou da gaveta uma bolsa abarrotada de moedas e colocou-a no tampo com um tinido de metais batendo. – É claro que pelo serviço prestado vai entrar algo no seu bolso, e muito. Depois do serviço feito, é lógico. Duzentas coroas novigradenses de ouro. Você já viu um dinheiro desses?

Geralt ficou em silêncio.

– Silêncio... – constatou o conde, sorrindo repulsivamente. – Mas seus olhos brilham diante de Mamon. Quer dizer, você concorda. Com efeito, aquele panfleto, o tal *Monstrum*, fala a mais pura verdade sobre vocês, bruxos. Por dinheiro, vocês topam qualquer calhordice.

•

O cúter a vela *Nihil Novi* voltou da caçada aos hipocampos muito cedo, não mais do que uma hora depois do meio-dia. Talvez por esse motivo os camaradas e companheiros de armas do conde Frederik desembarcaram demasiado sóbrios. Logo ficou claro que decidiram compensar isso. Das janelas-seteiras da torre chegavam os ruídos de uma alegre libação. Dessa vez, não era uma festa apenas de homens. Ouviam-se os risos e os gritinhos agudos de mulheres. Os companheiros de armas arrastaram para a festa as funcionárias da cozinha. Ou da lavanderia.

Ao caminhar ao largo da paliçada, o bruxo viu, não muito longe do posto de vigia, um dos membros daquela companhia. Era o filho do proprietário da cervejaria, que a curandeira havia dito se chamar Primian Grohot. Ele não se juntara à bebedeira. Parou apoiado na paliçada e olhou longamente para o lago.

Geralt se aproximou.

– Pelo visto – puxou conversa –, hoje também não deu em nada.

Primian Grohot pigarreou com força, cuspiu na água e virou a cabeça.

– E o que você tem a ver com isso?

– Assim, na verdade, nada. Mas estou vendo que, em vez de festar com toda a companhia, o senhor está aqui parado e olhando, melancólico, para o lago. Como se, o senhor me perdoe, não gostasse de taça, mas de água, de caça...

– Mas veja só que observador perspicaz você é – ofendeu-se o filho do cervejeiro. – E daí se for assim? Não me trouxeram para cá, neste charco no fim do mundo, para levantar taças, mas para caçar. Foi pelos hipocampos. E aqui, em vez de caça, é só malemolência, farra e bebedeira, como você mesmo pode ouvir. Mas se ninguém se importa...

Calou-se, bufando. Geralt não o apressou. Chutou não haver necessidade. Um bom chute.

– Pouco importa, àqueles condes e barões – resmungou Primian Grohot, indicando, com um movimento da cabeça, uma janela na torre –, se eu pegarei o hipocampo ou não. O rei não lhes dará mais do que já têm. Mas não é a mesma coisa quando...

Não terminou a frase. Olhou atentamente para o bruxo.

– Você não teria puxado esta conversa se não quisesse alguma coisa – murmurou. – Não é?

– Quero ajudar. Porque vejo que o senhor precisa de ajuda.

– O que você quer dizer?

– Vou me explicar – Geralt parou ao lado de Primian, também se encostando na paliçada. – Seria bom contratar alguém que entendesse de monstros para essa caçada. Que saiba onde vivem, onde se alimentam, para onde migram... Que saiba encurralá-los...

Primian Grohot observou o bruxo por um longo momento.

– E teria como contratar alguém assim? – perguntou em voz baixa.

– Onde existem vontade e os meios – Geralt também baixou a voz –, sempre se encontra um jeito. Mas...

– Mas o quê?

– Os hipocampos são criaturas ariscas. A tripulação desse boteco flutuante – Geralt apontou com a cabeça para a janela – não tem a menor chance de se aproximar deles. Além disso...

– Além disso...?

– Para que dividir? O rei que seja grato pelo hipocampo... mas apenas a uma pessoa.

– Entendi. – O filho do cervejeiro tossiu, olhando ao redor. – E... quanto esse tipo de ajuda iria me custar?

– Sobre minha remuneração – sorriu Geralt –, discutiremos quando já tivermos o hipocampo no convés do cúter. Mas agora o senhor vai precisar, claro, mexer no bolso. Direi ao senhor como. Se estiver disposto...

– Estou disposto, sim – confirmou Grohot. – Estou pronto para tudo e de boa vontade. Quando existe boa vontade, um jeito se encontra, não é mesmo?

•

A noite de lua nova estava escura, com o céu nublado – o que era muito conveniente para Geralt.

Ele saiu cautelosamente do seu quartinho, cuidando para que a porta não rangesse. Passou sem nenhum ruído pelo corredor e saiu para o pátio, em direção aos píeres. E por pouco não trombou com o vodnik.

A criatura se encolheu, patinhando. Arregalou os olhos para Geralt e abriu sua bocarra de sapo.

Ambos ficaram imóveis. O silêncio foi quebrado por Geralt.

– Indo à cozinha, não é?

– Brekek.

– Porra, hoje é seu dia de sorte! – rosnou o bruxo. – Porque não tenho tempo para você. Se manda daqui.

•

Não chegou até o edifício. No meio do caminho, apareceu de súbito o senescal Diego Mars. E atrás dele duas pessoas trajando vestes longas com capuzes.

O senescal avançou dois passos, desembainhou um sabre curvo e enrolou o casaco ao redor do braço esquerdo.

– Saia do meu caminho, bruxo – sibilou. – Hoje você não matará ninguém. Só por cima do meu cadáver.

– Não tenho a menor intenção de matar ninguém, no fim das contas. – Geralt ergueu as mãos. – Na verdade, eu diria que muito pelo contrário.

– Explique.

– Primeiro *primo*: não sou matador de aluguel nem cachorro adestrado. Segundo *primo*: duzentas coroas por um assassinato não é dinheiro, é merda.

– Assim sendo – o senescal inclinou a cabeça –, você não vai nos impedir?

– Não. Muito pelo contrário.

– Obrigado – disse melodiosamente Ludmilla Vaikinen por detrás do capuz com o qual escondia o rosto.

– Obrigado – murmurou, por detrás do capuz, Redfern Finnegan.

– Ah! – disse Diego Mars. – Bruxo, pode ser que nós dois sejamos enforcados por essa artimanha, e na mesma forca. Mas não há com o que se preocupar antes da hora. E, com mil demônios, não temos tempo a perder. Temos que despachar os jovens. Tenho uma canoa preparada para eles...

– Uma canoa? – sorriu Geralt. – Senhor senescal, eu tenho um cúter a vela preparado para eles.

CAPÍTULO DÉCIMO QUINTO

A imensa maioria das pessoas, afirmando lhes serem deploráveis e moralmente inaceitáveis o abuso e a violência, costumeira e simplesmente não sabe fazer uso da violência em defesa dos seus e mesmo em defesa própria – ou quando é necessário. A isso se chama: fazer da impotência uma virtude.

Vysogota de Corvo

Mui distinta
Marquesa Ada Ghislain-Vaikinen
Ard Carraigh
Posta-restante

Ex urbe Ard Carraigh,
die 18 mens. Maii 1230 p. R.

Querida Ada,

Apresso-me a informá-la de que nossos filhos não correm nenhum perigo. Chegaram com segurança ao destino, conforme combinamos. Quando a raiva dos nossos maridos passar, o casamento vai ser uma questão de tempo. Quanto aos netos, confio que, quando nascerem, essa rixa idiota entre nossas famílias terá se tornado apenas história e vamos poder desfrutar da companhia de nossos descendentes sem conspirações e tramoias.

Nossa conhecida em comum, V. N., esteve à altura da tarefa, como prometeu. Devemos em breve expressar-lhe nossa gratidão, como combinado. Dizem que a felicidade de nossos filhos contou com a corajosa ajuda de um jovem bruxo, que despertou, com os atos dele, a fúria de seu esposo. Tente acalmar o marquês e convencê-lo a deixar o tal bruxo em paz. Não seria bom que ele caísse nas mãos do marquês. Ele sabe demais.

Meus cumprimentos,

Persefona Finnegan

•

Redfern Finnegan virou-se na sela e saudou-os, despedindo--se. Ludmilla Vaikinen também se virou na sela e mandou com a mão um beijo ao bruxo.

O bruxo retribuiu os acenos. A condessa e Redfern esporearam os cavalos e logo desapareceram de vista, por entre a floresta.

– E assim o amor triunfa, superando as adversidades e os obstáculos – suspirou Vrai Natteravn. – Os jovens apaixonados enfim estão juntos, sem se preocupar com nada nem ninguém, indo pelo largo mundo. Em direção à sua felicidade.

– E talvez já esteja na minha hora também. – Geralt deu um tapinha no pescoço de Plotka. – De ir pelo mundo e não menos largo. Antes que, para minha desgraça, os dois marqueses mandem me caçar.

– Não me parece que você precise temer isso.

– Não lhe parece?

– Geralt. – A curandeira olhou para ele. – Eu não ajo por conta própria, apenas ofereço ajuda. Foram outras as peças que realmente participaram do jogo, e eram importantes. Essas peças, eu garanto, protegerão tanto a mim quanto a você das consequências. Se é que alguém iria querer tais consequências, coisa de que eu duvido muito.

– Queria acreditar nisso. Mas, de qualquer jeito, prefiro me afastar.

Geralt e os fugitivos deixaram a ilha de Seevalk com destreza e sem dificuldades. Subornado por Primian Grohot, o timoneiro conduziu com discrição o cúter para fora dos portões do forte, os quais haviam sido abertos por guardas igualmente subornados. Os problemas começaram mais tarde, quando o filho do cervejeiro compreendeu que havia sido ludibriado. Ademais, depois de reconhecer a condessa Ludmilla, o timoneiro começou a se rebelar. Não houve saída: foi preciso partir para a violência. Principalmente verbal. Geralt ameaçou jogar Grohot na água. Redfern Finnegan ameaçou quebrar a cara do timoneiro. Uma dificuldade muito mais séria era representada pela neblina densa que desde antes da aurora envolvera o lago como um casulo. De repente não havia como saber onde ficava a margem ocidental, a cidadezinha de Tullach, o atracadouro ou qualquer coisa. O socorro inesperado veio de Vrai Natteravn, que os aguardava no cais, e sua luz mágica, brilhante como um farol marítimo, atravessando os vapores.

– Vrai?

– Pois não.

– Você estava nos esperando no cais. Mostrou-nos o caminho com sua luz mágica. Tinha três cavalos preparados, um deles com sela feminina – minha Plotka. Como você sabia?

Vrai Natteravn sorriu.

– Digamos que depositei total confiança em você e nas suas habilidades.

– E de verdade? Foi magia ou outra coisa?

– Em parte magia, em parte outra coisa. Antes que cada um de nós tome seu rumo, Geralt, aqui está minha prometida recompensa. Algo de uma curandeira muito grata.

O objeto recebido da feiticeira era um disco metálico do tamanho de uma moeda. Geralt girou-o por entre os dedos. O reverso era totalmente liso. No anverso, havia vários símbolos, alguns em alto-relevo, outros gravados, côncavos. Nenhum deles lhe dizia coisa alguma. No meio do disco, havia uma protuberância, uma pedra amarelo-dourada incrustada no metal.

Vrai puxou de baixo da blusa um pingente preso a uma corrente.

– O talismã está ativo. Serve para teletransporte unidirecional – explicou. – A pedra nele é um heliodoro, também chamado de berilo amarelo. Igual a este no meu pingente. Espero que você nunca precise de minha assistência médica. Mas você é um bruxo, e esse é um ofício arriscado. Em caso de necessidade, aperte a pedra no talismã três vezes. Vou receber o sinal e virei a seu chamado. Rapidamente, prometo.

Fez um gesto com a mão, com a palma estendida, como se tivesse cortado o ar. Seguindo o movimento, abriu-se um círculo brilhante, dentro do qual havia o nada.

– Adeus, bruxo – ela disse.

E desapareceu.

•

Choveu à noite. Pela manhã, tudo estava envolto por uma neblina densa, úmida e pegajosa. Teias de aranha espalhadas pela relva brilhavam com o orvalho como colares de diamantes. Mas o tempo começava a melhorar, o sol penetrava a floresta por entre as folhas, anunciavam-se os pássaros. Em algum lugar no fundo da floresta, um pica-pau martelava um tronco.

Geralt chegou a uma encruzilhada e parou o cavalo. "Quase como no ano passado", pensou. "Uma encruzilhada. Caminhos para o sul, para o oeste e para o norte. Faltam apenas os corvos."

Na areia úmida da estrada que levava ao sul, o bruxo viu os rastros das ferraduras de dois cavalos, os quais indicavam o caminho escolhido por Redfern Finnegan e Ludmilla Vaikinen. Geralt refletiu. Recordou-se das palavras de Preston Holt antes de sair de Rocamora:

"Não ande pela estrada real. A propriedade está sendo vigiada. Há patrulhas na estrada e espiões nas estações e nas tabernas. Eles vão entregá-lo ao chefe da guarda, e você vai querer evitar isso. Siga por uma estrada pouco frequentada em direção ao leste e, depois, por uma trilha ao sul, pela Marca dos Lagos. Quando chegar ao rio Pontar, atravesse para a margem esquerda. Seguindo o curso do Pontar, você vai chegar até Novigrad e ao seu almejado oceano."

Para chegar ao Pontar, o rio que marcava a fronteira entre Kaedwen e o reino de Aedirn, conviria seguir para o sul. Mas justamente para o sul foram Redfern e sua amada. Quem sabe procurassem asilo em Aedirn, um país estrangeiro, onde não os alcançaria nenhuma das famílias rivais?

De todo modo, seguir para o sul, fazendo o mesmo trajeto que os fugitivos, não parecia ser a melhor ideia. Seria mais prudente tomar outro caminho.

Esporeou Plotka levemente e partiu da encruzilhada rumo ao oeste, onde a floresta parecia ser mais densa e mais selvagem.

•

A região era completamente despovoada. Geralt percorreu as trilhas na floresta por três dias e não viu nem rastro de gente. Uma vez, pareceu-lhe ter ouvido do sul, vindo de muito longe, uma batida de machados. Outra vez, do norte, veio até ele um leve cheiro de fumaça.

À noite, quando acampava, costumava ouvir uivos. Supunha que fossem lobos. Mas não tinha certeza.

Na manhã do quarto dia, na encruzilhada seguinte, avistou um corvo.

•

Primeiramente ouviu, depois viu. E admirou-se. O corvo, contrariando o costume corvídeo de voar alto pelo céu, saltitava pela terra. Somente quando Geralt se aproximou, o pássaro crocitou e levantou voo. Pousou na copa de um pinheiro e, de lá, seguiu crocitando, sem dúvida ofendendo o bruxo na língua dos corvos por ele ter interrompido sua refeição.

O corvo se alimentava das sobras roídas de algum animal, talvez um cervo, deixadas por alguém. Pouco restava do cervo: o crânio, a pele, ossos quebrados e mordidos até ficarem lisos. Ao lado disso tudo, um enorme e fétido monte de fezes.

Geralt apeou da sela, olhando atentamente ao seu redor. E confirmou sua suspeita. Na areia, via-se a marca de uma pegada. Uma pegada grande. Larga. Com um pé e meio de comprimento.

Apenas uma criatura teria patas tão grandes. Apenas um animal defecava onde comia.

Um shrat da floresta.

•

O bruxo cavalgava devagar, olhando ao redor e ouvindo com muita atenção. A floresta, como se viu, era insegura.

Os shrats, monstros humanoides da família dos goblinoides, eram perigosos. Primeiro: costumavam aparecer em hordas. Segundo: não confiavam apenas em suas próprias presas e garras, embora ambas fossem impressionantes. Armavam-se com o que encontravam ou fabricavam. E sabiam fazer uso dessas armas. Terceiro: sempre estavam famintos e atacavam tudo que pudesse ser comido. Inclusive pessoas.

Na encruzilhada seguinte, a trilha florestal cruzava com uma estrada maior. Havia um poste. Uma placa de metal pregada a ele dava a ver o unicórnio de Kaedwen e uma trombeta ornamentada com cordões cruzados. Não podia haver dúvidas – a estrada era uma rota postal, e o poste, uma marcação de distância, informando ao postilhão que uma milha o separava do próximo poste.

Na estrada viam-se marcas dos cascos de um cavalo que corria a galope. Eram recentes. O postilhão passara ali havia pouco. Não poderia estar longe.

E de fato não estava. Geralt ouviu o toque de uma trombeta de metal. Um toque desesperado. Pedindo socorro.

O bruxo esporeou Plotka para que ela galopasse.

•

Dentre a densa mata de repente se abriu uma clareira. Era de lá que vinha o som cada vez mais desesperado da trombeta, ao qual se juntou subitamente o grito selvagem de um cavalo.

Geralt desembainhou a espada, inclinou-se sobre a crina de Plotka e, galopando, entrou na clareira.

Quatro shrats hirsutos se acotovelavam sobre o cavalo caído. Haviam-lhe rasgado a barriga e devoravam-no ainda vivo. O cavalo rinchava e sacudia a cabeça.

Num dos galhos de um carvalho solitário que crescia no centro da clareira, havia um rapaz meio deitado, meio pendurado. Ele tocava com todas as forças uma trombeta de metal. Dois shrats esforçavam-se para alcançá-lo. Um subiu nos ombros do outro, tentando agarrar o rapaz com suas garras.

Geralt, galopando, investiu contra aqueles que devoravam o cavalo, decepando a cabeça calva de um deles ao passar. Depois investiu contra os que estavam sob o carvalho, partindo um ao meio e derrubando o outro. Saltou da sela e encarou os demais, que corriam em sua direção gritando furiosamente e mostrando as presas. Um tinha um porrete; outro, uma espada enferrujada; um terceiro, uma bisarma caseira – uma chapa de metal arranca-da de um poste de milha e presa na ponta de um bastão.

O bruxo superou o primeiro, rasgando-lhe a garganta com um golpe rápido. Estranhando sua própria tranquilidade e sangue frio, aparou o golpe do segundo e cortou-o na têmpora. Esquivou-se do golpe sibilante da bisarma improvisada do terceiro, girou num salto ao redor dele e desferiu um golpe em seu pescoço. O shrat caiu de joelhos. Geralt arrematou o golpe. A cabeçorra do monstro rolou por entre as samambaias.

Virou-se em direção ao shrat que havia caído sob o carvalho, mas este já havia batido em retirada. Geralt apenas viu o traseiro vermelho da criatura, enquanto ela pulava um tronco derrubado pelo vento.

Verificou, com satisfação, que nem sua respiração havia se alterado.

– Pare de tocar essa trombeta.

O rapaz em cima do carvalho tirou a trombeta da boca.

– Pode descer. Já acabou.

Ele pulou, ou, antes, caiu da árvore. Ficou de quatro, tremendo e arquejando num espasmo de vômito. Não soltou a trombeta da mão em momento algum.

– Obrigado pela ajuda – balbuciou. – Eu... Meu... Minha eterna gratidão...

– Vamos sair daqui – interrompeu-o o bruxo. – Antes que os shrats voltem em maior número.

– Meu cavalo...

– Seu cavalo não vai mais lhe ser útil.

O rapaz viu o que os shrats fizeram com sua montaria e novamente se curvou, tentando vomitar.

– Iremos em dois na minha égua. – Geralt limpou a lâmina da espada num tufo de grama. – Ande, vamos embora.

– As correspondências! – exclamou subitamente o rapaz. – Eu as estava levando nas minhas malas! Sou um postilhão real. A posta não pode falhar! As cartas precisam chegar... Precisam chegar...

De fato, no peito do postilhão real balançava, envolto por um cordão, um broche com a imagem de uma trombeta. Igual àquela do poste de milha.

– Hum. Então limpe o sangue das cartas e as recolha. Vamos sair daqui o mais rápido possível.

•

– Não pode ser – disse o mestre da posta, surpreso. – Não pode ser, meu jovem senhor, que recuse o pagamento. Como seria possível? Mostraríamos ingratidão, uma ingratidão por demais ofensiva. Aceite, meu senhor, peço encarecidamente. Todos nós nos juntamos, eu, os postilhões, os cocheiros... Todos deram alguns marcos.

– Eu sou um bruxo – repetiu pacientemente Geralt. – Recebo pagamento quando sou contratado. Quando existe um contrato. Mas, se encontro por acaso alguém em perigo, se simplesmente me apresso a ajudar alguém em risco de vida, não recebo dinheiro por isso.

Antes que chegassem à estação da posta, ele e o postilhão resgatado cavalgaram, ambos montados em Plotka, umas quatro milhas, passando por vários dos postes de distância que marcavam a estrada. Na estação, o postilhão relatou o incidente de forma vívida e belamente colorida, enaltecendo e exaltando aos céus a bravura e a valentia de Geralt. Os funcionários da estação premiaram o bruxo com palmas, vivas e batidinhas nas costas, não deixando de estar presente, naturalmente, uma caneca de cerveja.

O mestre da posta, um cavalheiro distinto, corpulento, corado e de pernas tortas, organizou entre os funcionários uma coleta rápida e teimosamente tentou entregar a Geralt uma sacolinha com a quantia recolhida. Ficou desconsolado quando Geralt recusou-se a receber o dinheiro.

– Não pode ser – repetia, trocando o peso de uma perna torta para a outra. – Não pode ser sem uma recompensa. O senhor salvou a vida de um postilhão, meu jovem senhor bruxo. E, o que é mais importante, salvou as cartas. E as cartas precisam chegar, precisam! Nós, servidores da posta real, não podemos deixar o feito do senhor sem recompensa. Ora, se o senhor não quer nossa oferta... talvez então possamos servir-lhe um almoço e cuidar do seu cavalo...

Isso Geralt não recusou. Depois de um instante, já estava sentado na cozinha, ocupado inteiramente em tomar a sopa com linguiça – a primeira refeição quente desde a estada em Seevalk –, caçando com o nariz o cheiro de um lúcio frito para ele.

Os cocheiros da posta, por sua vez, com muito entusiasmo se dedicavam a cuidar de Plotka, usando escovas, raspadeiras e pentes de madeira. Escovaram cuidadosamente a cauda da égua, pois, segundo uma antiga crendice dos cocheiros, a cauda despenteada de um cavalo pode trazer azar ao cavaleiro.

Mal Geralt terminou de comer, o mestre da posta reapareceu.

– Em honra à sua hombridade, decidimos nomeá-lo postilhão real honorário – anunciou orgulhosamente, dando a Geralt um broche com a trombeta. – Quando o senhor mostrar esse símbolo, cada estação e cada postilhão lhe dará ajuda.

– Muito agradecido. – Geralt ajustou a cilha e o alforje da sela. – Adeus...

– Alto lá! – gritou, aproximando-se, um postilhão alto, muito empoeirado, recém-chegado à estação. – O senhor não é o bruxo? Aquele ao qual chamam Geralt? Se sim, tenho uma mensagem para o senhor!

•

O vale entre as colinas estava coberto de flores alvirrosadas. Floresciam também as arvorezinhas – macieiras, dezenas, se não centenas delas, plantadas em linhas e colunas paralelas, como um exército em formação. A estrada que cortava o pomar, reta e compactada, levava até um conjunto de construções, vários edifícios grandes feitos de madeira.

Sobre a estrada havia uma espécie de portal, dois pilares com uma viga. Na viga, uma inscrição grafada a fogo:

HORTUS DELICIARUM

Geralt tinha inúmeros motivos para menoscabar a mensagem trazida pelo postilhão empoeirado. Ela deveria ser tratada como um aviso, um alerta, já pelo simples fato de alguém saber sobre ele, para onde ia e por onde circulava. Além disso, era cabível suspeitar de que, como resultado de suas últimas ações, esse alguém podia não estar com intenções amigáveis.

Mas a mais comum das curiosidades do mundo venceu. Em vez de, como se esperaria, fugir para onde o vento faz a curva, Geralt foi na direção indicada. E, depois de uma jornada de dois dias, chegou ao local. Ao vale coberto de flores alvirrosadas. Ao portal com a inscrição estranha. E ao brasão abaixo dele.

No brasão se viam três aves sem pernas. Merletas heráldicas.

Isso também deveria funcionar como um aviso. E novamente conviria fugir. Mas novamente venceu a curiosidade.

Ao redor das construções, algumas pessoas iam e vinham. Nenhuma delas prestou atenção ao bruxo. Os pátios estavam cheios de barris, grandes tonéis se empilhavam, havia máquinas estranhas que faziam lembrar prensas.

Geralt amarrou Plotka a uma grade, olhou ao redor e seguiu em frente.

De um lado inicialmente invisível, oculto pelo brilho do sol, pertinho das fileiras de macieiras, junto de outra pilha de barris e de um galpão de lenha, havia uma mesa. Diante dela, imerso na verificação de documentos, estava sentado um homem.

Quando Geralt se aproximou, o homem virou a cabeça em sua direção. Deixou de lado o documento que estava lendo e tirou da mesa uma varinha curta.

– Você está armado – confirmou o fato, apontando a varinha para Geralt. – Você tem uma espada às costas, oculta sob a capa. Mas não tente desembainhá-la. Não gostaria de tomar medidas mais drásticas.

O homem trajava um elegante gibão de cor púrpura, ricamente bordado, decorado com fios metalizados e fechado com fivelas de prata. Sob a gola dura e alta, via-se o babado plissado da camisa. Tinha os cabelos longos, escuros, levemente salpicados de grisalho, e as sobrancelhas espessas e unidas em uma linha sobre a raiz do nariz. As íris de seus olhos eram como metal polido, brilhavam e pareciam lustradas.

– Minha notícia chegou – confirmou mais um fato. – Folgo em saber que aceitou o convite.

E acrescentou, sem esperar Geralt se pronunciar:

– Talvez o primeiro dia verdadeiramente quente desta primavera. E eu gosto de ficar aqui em Xendell, durante a primavera, na minha propriedade, meu Jardim das Delícias. Você sabe, bruxo, de onde vem esse nome? As árvores que você está vendo – continuou seu monólogo com uma voz suave, quase aveludada – são macieiras. Agora estão florescendo e, no outono, se curvarão sob o peso das maçãs. Dessas maçãs, a arte dos mestres vinicultores e destiladores fará surgir aquilo que traz ao povo daqui seu maior – ainda que simples – prazer: a sidra. Bem como um álcool muito mais forte destilado delas. As bebidas chegam em barris e barricas ao mercado, para, como se diz, o deleite da nação. Mas já é hora das apresentações. Sou Artamon de Asguth. Feiticeiro. Decano da Academia de Magia de Ban Ard.

– Geralt. Bruxo.

– Sim, eu sei. Faz quase um ano que desejo me encontrar com você. E são dois os motivos pelos quais enviei, por toda a região, convites para este encontro. O primeiro é minha gratidão. Sou, então, muito grato a você, jovem bruxo.

Geralt levantou as sobrancelhas.

– A marquesa Deianira, esposa do marquês Luitpold Lindenbrog, é minha parente, assim como a filha dela, Herzelcide. Por sua causa, ambas poderiam ter sofrido um mal. Por sua causa, isso não ocorreu.

– Não sei do que Vossa Senhoria está falando.

– Por favor, por favor. Além de tudo, modesto. E discreto. E quanto a Ludmilla Vaikinen e o jovem conde Finnegan? Vai negar lhes ter prestado ajuda?

"As notícias se espalham rápido", pensou Geralt. "É claro. Magia, fofoca e pombos-correios."

– Não sei do que Vossa Senhoria está falando.

– Felizmente, eu sei – sorriu Artamon. – E chegou a hora de passar para o segundo motivo do meu convite. A passagem exigirá uma introdução algo alongada. Vista a armadura da paciência.

Geralt vestiu.

– Você é um bruxo – começou, depois de um silêncio mais longo, o feiticeiro. – Um mutante. Surgido como consequência de um processo que pareceu a alguém uma melhora, uma correção da natureza. Mas não se pode corrigi-la. Nem modificá-la. Qualquer manipulação daquilo que a natureza criou significa uma patologia. Uma distorção, uma destruição. Uma degradação. A quem, se não a você, preciso recordar a cidadela de Beann Grudd e a aberração que foi criada por lá? Os famosos Gatos. Psicopatas assassinos. É difícil enganar a natureza, jovem bruxo. Tal qual um organismo que luta contra uma doença, ela trata todas as metamorfoses e mutações – e com razão – justamente como um patógeno, um agente causador de doenças. E luta contra ele com todas as suas forças. A natureza, perdoe-me o jogo de palavras, é decididamente contrária à desnaturação.

"É claro", pensou Geralt. "E você, feiticeiro que ostenta esses passarinhos no brasão, ajudou como pôde a natureza. 'Kaer Morhen, o lugar onde os bruxos fazem seu ninho, deve ser extirpado da face da Terra, e o terreno, coberto com sal e salitre.' Citação da sua obra, não é mesmo?"

– E assim – prosseguiu Artamon, entrelaçando os dedos –, em um extremo temos os Gatos, resultado de uma distorção da natureza. No outro está você, efeito de algo oposto. Você, Geralt, é o melhor exemplo daquilo que eu dizia. Em você, a natureza está começando a vencer a luta contra o patógeno. Em você, revivem a retidão e a empatia que a mutação dos bruxos deveria ter erradicado completamente. Por isso espalhei o convite. Quero lhe fazer uma proposta. Um pedido que não poderia ser feito a nenhum bruxo comum. Mas não hesito em propor algo a um homem correto, que não fez mal a duas mulheres, embora pudesse fazer – e, como bruxo, talvez até mesmo devesse. Um homem com empatia, que ajudou um casal apaixonado, ainda que pudesse simplesmente dar de ombros e desviar o olhar. Então vamos *ad rem*. – O feiticeiro endireitou-se na poltrona de vime. – Eu desejaria que você me visitasse na Academia de Ban Ard. No meu laboratório, onde eu realizaria certos exames, coletaria amostras. Nada disso lhe custaria mais do que algumas gotas de sangue. E talvez um bocadinho de outros... fluidos. Muito me interessa saber, como homem de ciências, o que acontece com seu sangue – e com todo o seu organismo – após o consumo dos elixires.

Geralt ficou em silêncio.

– Como recompensa pelo tempo que você dedicaria a isso – prosseguiu Artamon –, eu lhe garantiria uma substancial recompensa. Um valor sólido. Não menor do que aquele que Lindenbrog lhe ofereceu pela estrige. Sobretudo, eu lhe garantiria sua intocabilidade. O chefe da guarda real o deixaria em paz e pararia de importuná-lo.

O feiticeiro não se incomodou com o silêncio de Geralt.

– Pense também sobre os benefícios imateriais. O resultado das minhas pesquisas seria a produção de medicamentos, tratamentos para doenças que, hoje, afligem a humanidade sem remédio. Minha gratidão você já tem, por Deianira e sua filha. Pense na gratidão de toda a humanidade. O bem praticado sempre volta, jovem bruxo. Sempre volta. Você não precisa decidir imediatamente. Reflita sobre o assunto. E, quando decidir, visite-me em Ban Ard.

•

Geralt já estava na sela, mas, antes que conseguisse partir, três cavaleiros apareceram no pátio. Todos armados até os dentes, montados em garanhões de batalha. Dois homens vestiam gibões de couro reforçados com tachas de latão. E uma mulher trajava um cafetã masculino. Ela usava uma trança fulva e tinha uma espessa camada de sardas em volta do nariz bulboso, lábios finos e olhos verdes de uma expressão excepcionalmente torva.

Nas fendas da muralha de Kaer Morhen, lagartos predadores faziam seus ninhos. De rosto, a mulher os lembrava muito.

– E quem é esse aí? – rosnou a mulher, cravando os olhos em Geralt.

Um dos homens, um brutamontes, examinou o bruxo de perto. Tinha o nariz deformado, torto, como se tivesse cicatrizado mal depois de um ferimento.

– Deixe para lá, Meritxell. – Inclinou-se na sela e cuspiu. – É um postilhão. Não está vendo o medalhão com a trombeta?

•

Geralt não chegou até o portão com a deliciosa inscrição. Parou entre as macieiras em flor.

Nunca até aquele momento, nem mesmo na luta contra o zorril ou na dança com a estrige, havia sentido tal sensação de ameaça, tamanha insegurança. Nos ouvidos lhe soava a voz aveludada de Artamon. Lembrou-se dos olhos de lagarto da mulher sardenta.

Desceu da sela.

•

– ... provas – disse Artamon. Escondido atrás do galpão de lenha, Geralt espantou-se com o quanto a voz do feiticeiro havia mudado. Não havia nem traço de veludo. Havia cascalho e vidro estilhaçado. – Estevan Trillo da Cunha me decepcionou, falhou em todos os aspectos. Mas eu dispenso provas. Elas não são necessárias para mim. Eu sei quem matou o mestre-sentinela Margulies e os demais. E não vou esperar até que a justiça finalmente desperte de seu sono. Vou resolver com minhas próprias mãos. Com relação a Preston Holt, vocês agirão da seguinte forma. Holt tem problemas de saúde. Com frequência um médico de Ban Fillim é chamado até Rocamora, sua propriedade. Algumas vezes o médico não vai até lá pessoalmente, mas manda algum de seus alunos ou criados com os medicamentos. Um dos senhores, digamos que Beauregard Frick, encarnará esse papel. Mas, em vez do medicamento, entregará a Holt algo que estou preparando, algo que levará o bruxo à morte, antecedida por uma longa e dolorosa agonia... O senhor está sacudindo a cabeça, Frick. Qual o motivo?

– Mestre, não tenho nada a ver com esse bruxo, não me importo com ele. Só que é um homem de espadas e, como tal, deveria ser morto por uma... Mas envenenar o cara igual a um rato...

– *Primo*: Holt é um rato. E merece a morte de um rato. *Secundo*: não é certo que vocês dariam jeito nele com a espada, nem mesmo vocês três juntos. Sim, sim, Frick, conheço sua maestria na esgrima, mas Holt é calejado, um bruxo experiente, e vocês são gente comum. *Tertio* e mais importante: a morte de Holt não deve ser relacionada de modo algum à minha pessoa. Nem à pessoa da senhora marquesa a quem os senhores servem. E a presença dos senhores atrairia olhares. Então façam como eu determinei. Compreenderam?

– Sim, senhor!

– É exatamente isso que espero. E agora passemos à questão do templo de Elsborg, o lugar onde os bruxos são educados, hospitalizados e apoiados de todas as maneiras. Meus esforços finalmente trouxeram resultado, e as autoridades locais tomaram a decisão de expulsar e deportar as sacerdotisas. Mas isso é muito pouco. É preciso acabar com elas de uma vez por todas. E como, repito, nada pode apontar para mim ou para a marquesa, empreguem um ardil semelhante àquele usado nos arredores de Novigrad da outra vez. A senhora se lembra, Meritxell?

– Eu me lembro. – Uma voz de lagarto. – Eu me lembro, mestre.

– As mais importantes são Assumpta e Nenneke. O que facilita a empreitada é que as duas são odiadas por parte da população local devido à assistência médica que prestam às mulheres. A senhora Meritxell fará o papel de uma mulher que deseja interromper uma gravidez indesejada e se apresentará no templo para um procedimento, em companhia de seu amado, cujo papel será feito pelo senhor Cibor Ponti. Na primeira oportunidade, Meritxell e Ponti esfaquearão as sacerdotisas. Antes de se evadirem, os senhores gritarão sobre direito divino, sobre a sagrada proteção da vida e coisas do gênero – quanto mais absurdo, melhor. Ninguém duvidará do motivo, pois as sacerdotisas já foram ameaçadas de morte mais de uma vez por causa dessas práticas. Meritxell, Ponti, alguma objeção?

– Nenhuma, mestre. – Uma voz grave, talvez daquele de nariz torto. – A gente vai fazer como o senhor ordenou.

Geralt sentiu tremores em seu esconderijo. Não sabia se era por causa do elixir ou se era pura e simples fúria.

– Em relação às demais sacerdotisas e noviças de Elsborg, é melhor garantir que deixem de existir todas de uma vez, ao mesmo tempo. Segundo soube, elas planejam viajar para Temeria, para uma nova sede. Isso exigirá navegar pelo Pontar. Será necessário causar uma pequena tragédia. A balsa com todas as sacerdotisas precisa afundar, de algum modo, no meio da correnteza, na parte mais funda. Deixo isso à inventividade dos senhores.

– Claro, mestre. E...

– Pois não, senhora Meritxell?

– E o jovem bruxo, o servo de Holt? A senhora marquesa Graffiacane mencionou...

– A senhora evite os nomes, Meritxell. Tenha cuidado com as palavras e nunca mencione esse sobrenome. Em parte alguma. E o jovem bruxo? Um rapazola ridículo, inocente. Mas ainda não precisam se ocupar dele. Convidei-o para ir a Ban Ard. Disse-lhe que planejava fazer pesquisas. Não lhe expliquei... – Artamon riu um riso seco e cruel. – Não lhe expliquei que se trata de sua vivissecção.

•

"E punir crimes é problema dos estarostes e dos tribunais", repetiu em seus pensamentos Geralt, escondido atrás do galpão de lenha. "Problema dos estarostes e dos tribunais. Mas eu... Holt. Madre Assumpta. Nenneke. As sacerdotisas."

Apertou no punho a chave dada por Holt.

"Não, nem penso em esperar até que a justiça desperte de seu sono. O bem praticado sempre volta. O mal também."

•

Entre as macieiras, abelhas zumbiam.

Meritxell e seus companheiros partiram. As pessoas no pátio pararam de martelar nos tonéis. Era visível se tratar de um intervalo para refeição. Artamon de Asguth, feiticeiro, decano da Academia de Magia de Ban Ard, cochilava sobre a papelada. Despertado por um ruído leve, abriu os olhos e viu o bruxo. Agarrou sua varinha. Foi rápido, mas não podia competir com um bruxo que havia tomado um elixir. Geralt deu-lhe um direto de esquerda fulminante na garganta. O ruído foi imperceptível; o resultado, imediato. Artamon segurou o pescoço com as duas mãos, mas não conseguiu emitir som algum. Sua laringe estava esmigalhada; sua traqueia, obstruída. Estava completamente indefeso e lentamente já se asfixiava, mas Geralt não planejava parar. Nem esperar. Com a chave apertada no punho direito, acertou o feiticeiro com toda a força na lateral do pescoço, logo abaixo do lóbulo da orelha esquerda.

Artamon caiu como um pedaço de lenha, de costas. Ainda apertava o pescoço com as duas mãos. Emitiu um ruído. Debateu as pernas. E ficou imóvel.

Estava morto.

CAPÍTULO DÉCIMO SEXTO

Who killed Cock Robin?
I, said the Sparrow,
with my bow and arrow,
I killed Cock Robin.
Who saw him die?
I, said the Fly,
with my little teeny eye,
I saw him die.

Tommy Thumb's Pretty Song Book,
antologia inglesa de cantigas infantis datada de 1744

Ao Ilustríssimo Senhor
Chefe da Guarda Estevan Trillo da Cunha
Em Ard Carraigh

Datum em Daevon,
quarto dia de maio do ano 1230 post Resurrectionem

Ilustre Senhor Chefe da Guarda,

Informo que cheguei a Xendell no dia 3 de maio em companhia do estaroste de Daevon e, no local, logo dei início à investigação. Confirmei que o Mestre Artamon não estava vivo, visto que apresentava *rigor mortis* havia mais de um dia. Sem autópsia, o diagnóstico preciso e a determinação da causa da morte não foram possíveis; não obstante, descobri no corpo sinais que podem apontar para uma morte violenta e para a participação de terceiros, isto é, para *crimen homicidio*. Encontrei no corpo equimoses na região cervical, possível consequência de um golpe intenso. As petéquias nos globos oculares e na pele do rosto, além da cianose, podem indicar fraturas na cartilagem da laringe e asfixia. Mas

– *iterum dicimus* –, sem autópsia, não se pode confirmá-lo de modo inequívoco.

Subscrevo-me com profundo respeito,

Eldardus Thiry,
Medicus et adiunct judicalis comitatus Daevoniae

•

Ilmo. Senhor Chefe da Guarda
Estevan Trillo da Cunha
Em Ard Carraigh

Daevon, dia 7 de maio do nono ano
do reinado de Sua Majestade o rei Miodrag

Ilmo. Senhor Chefe da Guarda,

Dou-vos notícia de como, no dia 6 de maio, cheguei ao pomar de macieiras em Xendell e, segundo ordem vossa, de pronto dei início à investigação. Informo abaixo o que se apurou.

No momento do crime, encontravam-se trabalhando onze *laboratores* sazonais e um supervisor. Interrogados, em uníssono alegaram ignorância absoluta dos fatos, declarando que se ocupavam do trabalho de limpar os tonéis e dornas para a temporada de destilação, nada tendo visto nem ouvido além dessas dornas e tonéis. O supervisor declarou que, cito-o, "o trabalho faz um barulho infernal" e que ele tem, novamente o cito, "um cronograma mais apertado que as bolas de um carneiro". Ainda que eu os pressionasse, mantiveram sua posição. Nada viram nem ouviram.

Não obstante, encontrou-se um rapazote, bastante limitado, o qual se recordou que o feiticeiro assassinado fora visitado, logo antes da morte, por três pessoas a cavalo, dois homens e uma mulher. Estes ordenaram ao rapazote que cuidasse dos cavalos, tendo, depois disso, dirigido-se ao feiticeiro e passado com ele algum tempo. Antes de partirem, deram uns bofetes no rapazote, sabem os deuses o porquê. Ele se lembra de que um era chamado de "Zibor", e o outro, de "Bo".

Aguardo instruções de Vossa Senhoria acerca de quais os próximos procedimentos. Vosso humilde servo,

Ulf Markhor,
Agente de investigação da Coroa

•

Ilmo. Senhor
Estevan Trillo da Cunha
Praefectus vigilum
Em Ard Carraigh

Em Ban Fearg, dia 28 de maio de 1230 p. R.

Meu mui caro Estevan!

Então alguém despachou Artamon de Asguth... Não sei como está na capital, mas em Ban Fearg e nos marquesados, quando a notícia se espalhou, muito mais gente se alegrou por causa da morte do que por ela se entristeceu. Os variados negócios do feiticeiro e o modo como os conduzia renderam-lhe numerosos inimigos. Não estranharia que algum dos concorrentes tenha lhe retribuído suas movimentações desleais, ou até mesmo suas fraudes e trapaças. Não excluiria nem mesmo um de seus confrades da Academia de Ban Ard – o célebre homem de ciência e experimentador não era escrupuloso ao roubar ideias e patentes.

Contudo, tenho outras suspeitas. Em sua carta, você mencionou três pessoas, as últimas a verem Artamon antes da morte dele. Eis que eu sei quem são essas pessoas – ainda que a definição "pessoas" não combine com elas. O mencionado "Zibor" é, sem dúvida, Cibor Ponti, um bandido procurado em Kovir, com mandados de prisão. Além disso, "Bo" não é ninguém menos do que Beauregard Frick, mercenário sobre o qual também pesam inúmeras condenações. Se estamos lidando com esses dois, então a terceira pessoa é, tenho certeza disso, uma tal de Meritxell, suspeita de vários crimes, entre eles um assassinato bestial. E agora o melhor: os três estão secretamente a serviço de Cervia Herrada, a marquesa-viúva Graffiacane.

Tenho ciência do amoroso e tórrido afeto que unia a marquesa-viúva ao feiticeiro assassinado. No entanto, não se pode ignorar que a marquesa-viúva já está caduca há muito tempo e logo será uma velha de cem anos. E, como diz o ditado, de que serve uma roupa sedosa numa velha sebosa? Não posso excluir o fato de que, cansado da velhinha, os olhos de Artamon tenham brilhado por alguma jovem – e, como diz outro ditado, nem no inferno você encontra uma fúria maior do que a de uma mulher desprezada. Então, se a marquesa resolveu se vingar, tinha Frick, Ponti e Meritxell a seu dispor. Recomendo, assim, pôr os três sob investigação.

São esses os meus conselhos, Estevan.

Fortem te et hilarem opto et bene vale,

Martin van Creveld,
Inquisitor privatus

•

Illustrissimus ac Magnificus
Abelard Levesley, Conde de Bauhin
Dux Instigator Regni
Em Ard Carraigh

Ex Palazzo Graffiacane,
die 5 mens. Junii anno 1230 post Resurrectionem

Magnifice Domine, Ínclito,
Ilmo. Senhor Investigador,

Em nome da Ilma. Senhora Marquesa-Viúva Cervia Herrada de Graffiacane, submeto a Vossa Senhoria esta súplica. A Ilma. Senhora Marquesa-Viúva roga gentilmente que os servos do Ilmo. Senhor Investigador e do Senhor Chefe da Guarda Trillo da Cunha cessem de importuná-la e investigá-la. A Senhora Marquesa guarda luto e, terminantemente, não deseja ser interrogada. Também exige, categoricamente, que cessem de perturbá-la com suspeitas infundadas e de perseguir seus cortesãos e serviçais. A Senhora Marquesa considera essas perseguições uma forma de assédio calunioso. A Senhora Marquesa roga que o Senhor Chefe da Guarda Trillo da Cunha e sua gente dirijam seus esforços a criminosos reais – como o bruxo Preston Holt, de Rocamora, nas cercanias de Ban Fillim.

Em nome da Ilma. Marquesa-Viúva, desejo-vos informar de que, não atendida a súplica, e a persistirem as investigações infundadas, serão tomadas as medidas legais cabíveis.

Respeitosamente,

Nachtigall Visser,
Advogado, conselheiro jurídico da família Graffiacane

•

Praefectus vigilum
Estevan Trillo da Cunha
In loco

Datum in Ard Carraigh,
décimo dia de junho de 1230 p. R.

Senhor Chefe da Guarda,

Determino que o inquérito contra a Senhora Marquesa-Viúva Cervia Herrada de Graffiacane e seus serviçais seja imediatamente arquivado e quaisquer investigações sejam cessadas. Determino, ademais, que o inquérito se ocupe de um certo Preston Holt, bruxo, da propriedade de Rocamora, nas cercanias de Ban Fillim.

Abelard Levesley,
Instigator Regni

•

Ilmo. Senhor Chefe da Guarda
Estevan Trillo da Cunha
Em Ard Carraigh

Escrito em Ban Fillim,
no dia 7 de julho de 1230

Ilustríssimo e Excelentíssimo Senhor Chefe da Guarda,

Apresso-me a informar o que ocorreu. No dia 5 de julho deste ano, apresentou-se na estarostia de Ban Fillim um certo Preston Holt. Declarou-se bruxo. O mencionado anunciou que se entrega aos braços da justiça, pois a consciência o atormenta por ter matado com premeditação o feiticeiro de nome Artamon de Asguth, além de três outras pessoas, de nomes Margulies, Nourred e Chwalba. Assim, perguntei-lhe por que agira dessa forma, por que matara tais pessoas. E ele respondeu que não gostava delas. Não obstante, em seguida declarou, com mais seriedade, que os três mencionados, há cerca de trinta anos, conduziram um ataque armado à fortaleza dos bruxos e lá mataram inúmeros deles. E quem os incitou a isso foi justamente o feiticeiro Artamon. Então ele, o bruxo Holt, jurou vingança e, por fim, efetuou-a. Mas, como esses crimes macularam-lhe a alma e sua consciência pesa-lhe sobremodo, reconhece sua culpa e entrega-se à lei e à punição. Assim o disse, com tais palavras.

Sem tardar e sem deliberações, determinei que o bruxo fosse preso e transferido para a prisão de Sturefors. Fi-lo na esperança de ter agido bem.

Pondo-me sob Vossa Senhoria, despeço-me com protestos de meu respeito,

Yon Bervoets,
Estaroste

•

Illustrissimus ac Magnificus
Abelard Levesley, Conde de Bauhin
Dux Instigator Regni

Datum ex Ban Ard,
die 1. Mensis Augusti anno 1230
post Resurrectionem

Illustrissime Senhor Investigador,

No que tange ao bruxo de nome Preston Holt, aprisionado em Sturefors, culpado do assassinato de nosso caro Irmão e *Amicus* Mestre Artamon de Asguth, nós, da Academia de Magia de Ban Ard, agiremos conforme segue.

Nosso Mestre e *condiscipulus* Adrian de Tallema, douto tanto em jurisprudência quanto em ciências penais, proferiu que o bruxo não é um ser humano, mas um mutante, de modo que o direito a julgamento não o socorre. O direito fundamental da inviolabilidade pessoal *nisi iure victum* é exclusivo dos homens, não servindo para os mutantes. Dessarte, o processo judicial é de todo desnecessário. Visto que sua culpa é indubitável, pode-se proceder de imediato à execução, sem a convocação de um tribunal. Assim proferiu Adrian de Tallema.

Sem óbices ao proferido, não obstante guiados pelo sentimento de justiça, consideramos que, dado o *auctor* do crime ter dois braços e duas pernas e ser capaz de *communicare* em língua humana, embora isso não faça dele um ser humano *ex definitione*, pode-se-lhe conceder alguns direitos humanos. *Nullus describatur reus, priusquam convincatur*, e dessarte convém levar a júri o mencionado Preston Holt. Concomitantemente, compartilhamos da opinião do Mestre Adrian sobre se tratar de *crimen nefandum* e sobre a culpa do mencionado Holt ser indubitável. *Nec veniam effuso sanguine casus habet*. Não pode haver, pois, piedade, e apenas uma pode ser a sentença. *Ultimum supplicium*, isto é, *poena capitalis*. Outro veredicto a Academia de Magia não aceitará e não reconhecerá.

A sentença, pois, deve ser executada sem tardar.

Respeitosamente,

Euclides Croft,
Rector Academiae

•

Praefectus vigilum
Estevan Trillo da Cunha
In loco

Datum in Ard Carraigh,
sexto dia de agosto do ano de 1230 p. R.

Senhor Chefe da Guarda,

Anexo cópia da carta de Sua Magnificência Euclides Croft, reitor da Academia de Ban Ard. Recomendo estudar o conteúdo e, com relação ao bruxo aprisionado em Sturefors, *diligenter procedere* até os mínimos detalhes. Quer dizer, sem maiores salamaleques, julgá-lo e executá-lo. Informar sobre a execução.

Abelard Levesley,
Instigator Regni

CAPÍTULO DÉCIMO SÉTIMO

*Se preciso morrer, minha noiva é a escuridão, e é a ela que devo abraçar.**

William Shakespeare, *Medida por medida*

Sentado à mesa, Estevan Trillo da Cunha, chefe da guarda real, olhou longa e penetrantemente para Geralt, apertando os olhos e mordendo levemente os lábios. Enfim, endireitou-se na poltrona, retorcendo o bigode.

– Ora, ora, ora – disse, escandindo as sílabas. – Faz tempo que meus agentes o estão procurando em todo o território do reino. Em vão. E você, para minha estranheza e admiração, aparece aqui de livre e espontânea vontade. Sem escolta.

Geralt deu de ombros. Não queria dizer ao chefe da guarda onde estivera recentemente e do que andara se ocupando. E tinha sido um tempo de muito trabalho.

Após o acontecimento do dia 1º de maio, Geralt decidira afastar-se dali o máximo e o mais rápido possível. Seguira rumo à Marca do Sul, às margens do rio Pontar. Lá, o broche com a trombeta e o título de postilhão real honorário foram extraordinariamente úteis. Os postilhões reais, como se viu, eram marcados por uma solidariedade férrea. Em cada estação da posta visitada, apoio e assistência esperavam por Geralt. E, como lhe convinha se camuflar por algum tempo, os postilhões da Marca do Sul não

* Tradução de Beatriz Viégas-Faria (Shakespeare, William. *Medida por medida*. Porto Alegre: L&PM, 2012, p. 72).

se fizeram de rogados e logo lhe ofereceram trabalho. Assim, pelos últimos três meses, Geralt tinha acompanhado, como escolta, os postilhões que levavam encomendas mais valiosas.

Também os anões banqueiros demonstraram solidariedade, discernimento e um sistema de comunicação eficiente. Ao escoltar um postilhão, Geralt estivera em uma filial do banco da família Boni, onde o aguardava uma mensagem de Timur Voronoff. Foi desse modo que Geralt soube da prisão de Preston Holt. E do julgamento na apavorante prisão de Sturefors, lugar de isolamento e de trabalhos forçados nas pedreiras.

– Posso apostar – o chefe da guarda novamente retorceu o bigode – que sei o objetivo da sua vinda. Mas não vamos apostar, pois, como se sabe, a cada duas pessoas que apostam, uma é idiota e a outra é desonesta. Então, apenas diga o que o trouxe a Sturefors. E eu decidirei se autorizo sua partida ou se você permanecerá na prisão para sempre. Sou todo ouvidos.

Do pátio, pela janela com grades, ouviam-se gritos. E insultos.

Aqueles que se aproximavam da prisão de Sturefors viam primeiro, ainda de longe, o *Aedificium carceris*, uma enorme construção de pedra a dominar a planície ao redor. O que o gigantesco edifício fora antes e a que servira, ninguém lembrava. Suspeitava-se de que tivesse sido um templo. Aqueles que chegavam ainda mais perto, uma estrada estreita os levava ao largo de um desfiladeiro, onde se situava a pedreira. Ali era possível observar a multidão de prisioneiros andrajosos, presos a correntes, batendo com martelos e picaretas nos blocos de rocha. Não era possível observar por muito tempo; os viajantes eram obrigados a passar apressadamente pela pedreira por causa dos gritos terríveis e das caras ainda mais terríveis dos besteiros montados que vigiavam os prisioneiros.

Adiante havia uma paliçada alta e um portão com uma guarita, onde cada um que chegava a Sturefors precisava dar ao guarda um relato do objetivo de sua visita. Depois, aguardava-se pela autorização para entrar. Em regra, por muito tempo.

Da guarita, a estrada levava diretamente ao *Aedificium*, por entre duas paliçadas afiadas, altas o suficiente para que, da altura da sela, não se pudesse ver o que havia atrás delas. Os mais experientes sabiam, contudo, que ali ficavam barracos de madeira, os lugares onde eram cumpridas as penas por crimes mais leves – e médios. Os condenados por crimes mais graves eram mantidos em celas de pedra no edifício principal, onde também ficavam a administração do presídio, o quartel da guarda e os depósitos.

A sala austera à qual Geralt foi levado não lhe agradou. Não lhe agradou o gancho de ferro pendurado na viga do teto, cuja destinação não era difícil de imaginar. Tampouco o fato de que a cadeira na qual o mandaram se sentar estivesse fixada permanentemente ao chão.

– Estou esperando – Estevan Trillo da Cunha apressou Geralt. – Diga.

– Os senhores mantêm preso aqui – Geralt pigarreou – Preston Holt, o bruxo.

– Quem mantemos preso aqui – respondeu o chefe da guarda, após ficar claro que Geralt não diria mais nada – é segredo de Estado.

– Os senhores o mantêm preso pelo assassinato do feiticeiro Artamon de Asguth.

– Isso também é segredo de Estado.

– Está preso injustamente. É inocente. Não foi ele quem matou o feiticeiro. Fui eu.

– Você? De verdade? E qual seria seu motivo?

– Artamon foi o autor daquele libelo que, no ano 1194, instigou uma multidão a atacar Kaer Morhen, nossa Fortaleza...

– E isso seria o suficiente?

– Também planejava envenenar Holt. E assassinar as sacerdotisas de Elsborg. Eu precisava impedir isso.

Estevan Trillo da Cunha ficou algum tempo em silêncio, batendo com os dedos na ampulheta que estava à sua frente. A areia da ampulheta já se havia escoado por completo, mas o chefe da guarda não a virava. Era evidente que não lhe importava medir a passagem do tempo.

– Em outras palavras – disse finalmente –, você teria matado um homem por causa de uma obra literária e algumas intenções. Parabéns. Isso acabou de entrar para o meu rol particular de motivos idiotas. Mas, ao mesmo tempo, preciso desapontá-lo, jovem bruxo de nome Geralt. Você não é confiável. Sua confissão não é confiável. Audiência encerrada. Deixe Sturefors.

– Eu matei o feiticeiro. Posso provar isso em definitivo.

– É verdade? De que maneira?

– Posso descrever exatamente como o matei. Devem ter descoberto durante o exame do cadáver.

– Devem ter descoberto – confirmou com a cabeça o chefe da guarda. – De fato descobriram.

– Eu golpeei o gogó dele...

– Na proeminência laríngea, chamada pelos médicos de *prominentia laryngea* – completou o chefe da guarda, interrompendo Geralt. – Mas, como você não quis que ele agonizasse sufocando, finalizou-o com um golpe no pescoço, no processo mastoide, causando o rompimento da artéria vertebral. Foi assim?

Geralt ficou em silêncio.

– Holt nos descreveu com precisão o modo como assassinou Artamon de Asguth – continuou o chefe da guarda, fleumático. – E a autópsia confirmou. E você, é claro, sabe como Holt mata, você conhece o *modus operandi* dele. Conhece o suficiente para agora tentar salvá-lo tomando a culpa para si mesmo. Vamos brindar três vezes por sua dedicação digna de admiração, rapaz, e sua prova de lealdade. Mas é uma prova de lealdade em vão. Sua confissão, que afinal não tem força de prova, não nos é necessária para nada. Já temos o culpado. A sentença já foi proferida, e a execução vai ocorrer hoje.

– Hoje?

– Sim, hoje.

– Vão matar um inocente!

– Não levante a voz. Preston Holt, vulgo Espectro Reyndert, entregou-se às autoridades. Confessou sua culpa voluntariamente e sem nenhuma coerção. Ou melhor, suas culpas. Confessou o assassinato de Otto Margulies, Kari Nourred e Remko Chwalba, do que, como você sabe, eu suspeitava fazia muito tempo. Também confessou o assassinato de Artamon de Asguth. *Confessio est regina probationum*, a confissão é a rainha das provas. O júri não teve nem poderia ter dúvidas. Preston Holt foi julgado e condenado. A execução o aguarda. O direito e a justiça foram feitos, não precisamos de mais nada.

– Repito, não foi Holt quem matou Artamon, fui eu. Eu confesso. Então *confessio* é a vagina e assim por diante. Você tem que me prender e soltar Holt.

Estevan Trillo da Cunha fitou Geralt em silêncio. Longamente.

– O direito – disse enfim – ou, mais exatamente, o investigador-chefe do reino de Kaedwen e os feiticeiros de Ban Ard precisam da execução do verdadeiro bruxo. O mestre, não o aprendiz. Uma sentença e uma execução já são totalmente suficientes. O direito não é sanguinário. Eu também não. Após a execução de Holt, considerarei que a justiça foi feita.

– Que bela justiça!

– Basta. Tenha em mente e entenda de uma vez por todas que você não vai salvar Holt, mesmo que rasgue seus trapos e uive para a lua. Eu lhe expliquei a questão, em outubro do ano passado, em nosso primeiro encontro. Holt se entregou à justiça. A máquina se mexeu e o arrastou para engrenagens das quais a única saída é o cadafalso. Isso é irrevogável e inevitável. E vai acontecer literalmente daqui a alguns instantes. Já chegaram a Sturefors aqueles que queriam assistir à execução. Aqueles a quem importa essa execução.

Geralt ficou em silêncio, cerrando os dentes.

– Você, portanto – continuou o chefe da guarda –, pode partir em paz. Mas o desaconselho a seguir bradando, confessando e contando por aí seus supostos feitos. Pois isso pode ter consequências...

– Eu quero ver Holt – interrompeu Geralt com firmeza.

– Está bem – disse Estevan Trillo da Cunha, surpreendendo completamente Geralt.

•

Preston Holt não estava com sua melhor aparência. Os cabelos brancos caíam-lhe sobre a testa e os olhos em uma franja desgrenhada. Uma palidez doentia, as bochechas encovadas e os ossos da face anormalmente salientes completavam o quadro. Além disso, a bochecha esquerda e a órbita ocular traziam a marca de um hematoma enorme, mas antigo e já amarelado.

– É uma tradição local – disse sem nenhuma emoção Estevan Trillo da Cunha, vendo o olhar irritado de Geralt. – Não é nada pessoal.

– Nada pessoal – confirmou Holt, sentado no banco. – Bateram na minha fuça. É a tradição.

– Eu os deixarei. – O chefe da guarda finalmente virou a ampulheta sobre a mesa. – Por pouco tempo. E confiando que nada de idiota vai passar pela cabeça de vocês. Já aviso que estão sob guarda.

Holt acompanhou-o com o olhar enquanto ele saía. Depois cravou os olhos purulentos em Geralt.

– Imagine você – suspirou – que exigi a última refeição, à qual tenho direito como condenado, e eles disseram que é mingau com molho. Eu disse que ontem já tinha sido mingau com molho, e eles responderam que amanhã também vai ser. Cortes no orçamento. Pois é...

– Holt – interrompeu-o subitamente Geralt –, eles querem tirar a sua vida.

– Eu sei, eu sei. – O velho bruxo fez um gesto displicente. – Afinal de contas, eu estava presente quando o juiz pôs uma toga preta e anunciou a sentença.

Ficaram em silêncio, olhando a areia dentro da ampulheta.

– Eu o achava mais sábio – disse finalmente Holt. – Achei que você tivesse amadurecido. Mas, como se pode ver, ainda é um catarrento ingênuo. E um otário. Por que diabos veio até aqui?

Geralt deu de ombros.

– Posso imaginar o motivo...

Geralt novamente deu de ombros.

– Eu – continuou Holt –, ao contrário de você, sei o que estou fazendo e estou ciente das consequências. Agi conforme um plano. E nesse plano não tinha espaço para uma intervenção patética, desprovida de sentido e de objetivo.

– Eu queria salvar você...

– E eu queria salvar você – redarguiu Holt. – Mas tive essa ideia primeiro e não preciso de imitadores. E você aparece aqui e quer estragar tudo.

– Desculpe – respondeu Geralt. – Isso não vai se repetir.

Os dois riram ao mesmo tempo. Um riso pouco apropriado para as circunstâncias.

– Trillo da Cunha – Holt limpou a lágrima – tem alguma coisa contra você fora sua confissão estúpida? Vai deixar você sair daqui?

– Acho que sim. Ele não acreditou na minha confissão.

– Eu não teria tanta certeza. Bem, oficialmente eles já têm um culpado e uma sentença, não dá mais para voltar atrás. Se eles aparecessem agora com outro culpado, ficariam completamente desmoralizados. Todos. Todas as esferas envolvidas. Trillo da Cunha e o departamento de investigações do reino, mas sobretudo...

– Os feiticeiros de Ban Ard?

– Agora você começou a pensar.

Ficaram em silêncio por um tempo.

– Holt?

– Pois não?

– Por quê...? Por que você confessou? Por que assumiu a culpa?

– Havia um homem que certa vez enxergou na floresta um ninho de vespas em um velho tronco. Chegou perto e chutou várias vezes o tal tronco. Depois lhe perguntaram por que ele tinha feito aquilo. E ele disse que...

– Disse o quê?

– Que naquele momento tinha lhe parecido uma ótima ideia. Geralt, a areia na ampulheta logo vai acabar. Escute: minhas duas espadas e o medalhão estão com Voronoff. Faça-os chegar a Kaer Morhen. O restante, incluindo Rocamora, foi confiscado. Você vai estar na execução?

– Vou.

•

Diferentemente dos cadafalsos urbanos comuns, aquele no pátio da prisão de Sturefors era muito pequeno. É claro, os que serviam para execuções nas cidades tinham de ser grandes e espaçosos, pois precisavam acomodar todo um arsenal de instrumentos e máquinas indispensáveis para causar morte e sofrimento de modos variados e inimagináveis. Já no cadafalso de Sturefors, não havia muito engenho – apenas um único poste maciço no meio. Os locais de execução nas cidades também precisavam ser elevados – deviam garantir uma boa visão ao povo que enchia a praça. O cadafalso de Sturefors, por sua vez, era baixinho. Os poucos espectadores podiam observar a execução de cima, do claustro que circundava o pátio.

No claustro, verificou Geralt, havia talvez uma dúzia de espectadores. Chamava atenção um velho de barba branca em roupas elegantes, cercado por homens mais jovens e significativamente mais belos, além de mulheres de beleza deslumbrante. Sem dúvida eram feiticeiros e feiticeiras de Ban Ard, vindos para testemunhar a execução do assassino de seu confrade. Também havia uma velha corcunda usando um vestido preto e um *escoffion* apertado, com pérolas costuradas. Seu rosto estava totalmente coberto por um espesso véu preto. Ela se apoiava no braço de um brutamontes. Geralt já havia visto aquele homem corpulento antes. Não usava mais a brigantina nem o cinto carregado de armas – vestia um traje cinza e simples de serviçal ou mordomo –, mas Geralt o reconheceu mesmo assim. Pelo nariz torto.

No cadafalso, apoiado no poste, o carrasco aguardava com uma máscara de couro.

Holt foi conduzido ao pátio por quatro servos. O velho bruxo andava tranquilamente; também suas feições eram tranquilas. Diante do cadafalso, os servos tentaram segurá-lo pelos braços, mas ele tirou-lhes as mãos de si e entrou sozinho na estrutura. Parou em pé, voltou-se para o claustro e ergueu a cabeça. Parecia que ia dizer algo. E era isso mesmo.

– Lamento – disse Holt em voz alta.

O carrasco, sem dizer palavra, apontou para o assento fixado no poste. Holt sentou-se sem hesitar, estendendo os braços para trás para que fossem amarrados. No pescoço do bruxo, o carrasco fixou um aro de ferro ligado a um parafuso de rosca. Colocou as mãos numa manivela na parte traseira do poste. Ergueu a cabeça e questionou o chefe da guarda com o olhar. Estevan Trillo da Cunha fez um sinal com a mão.

O carrasco girou a manivela. Holt engasgou. A velha com o *escoffion* deu um guincho.

O carrasco girou a manivela outra vez. E mais uma. E era o fim. A velha guinchou novamente. Só então Geralt percebeu que não se tratava de um guincho, mas de uma risada.

•

– Assunto resolvido – disse Estevan Trillo da Cunha, tamborilando com os dedos na ampulheta sobre a mesa. – Fim da peça. Hora de todos os atores saírem de cena. Incluindo você, bruxo. Independentemente do papel que você tenha tido, não vou prendê-lo. Pode deixar Sturefors sem nenhum impedimento. A estrada que passa aqui ao lado segue para o sul, e é nessa direção que você irá, por muito tempo, até o rio Pontar. O mundo é grande, bruxo. Às margens do Pontar fica Redânia. Além do Pontar, Aedirn e Temeria. A oeste, às margens do oceano, Novigrad, Cidaris, Verden, numerosos reinos, incontáveis povoados e um sem-número de regiões pitorescas. Você vai gostar de lá, estou certo disso.

Geralt ficou em silêncio.

– Você vai gostar de lá – repetiu o chefe da guarda. – E, mesmo que não goste, você não voltará aos nossos domínios. Eu gostaria que isso ficasse totalmente claro, sem margem para dúvidas. Não quero vê-lo nunca mais, Geralt. E também nunca mais ouvir falar de você. Me entendeu?

Geralt anuiu com a cabeça.

– Antes de nos despedirmos pela última vez – prosseguiu o chefe da guarda –, há ainda uma última questão...

– Quem era – interrompeu-o Geralt – aquela mulher vestida de preto? Aquela que estava usando véu e que ficou tão alegre com a morte de Holt.

– Não está entre minhas funções compartilhar informações com você – ofendeu-se o chefe da guarda. – Mas que seja. Aquela é a marquesa-viúva Cervia Herrada de Graffiacane. Ela se alegrou com a vingança porque Artamon de Asguth era seu amante. Estiveram juntos por mais de sessenta anos, até a morte do feiticeiro.

– Sério mesmo? Artamon e aquela velha? Quantos anos ela deve ter?

– Oitenta e dois. Você acha estranho que um romance possa durar tanto?

– Acho. Mas não é isso. Aquele cara com o nariz torto, que a estava acompanhando, vestido de serviçal. O senhor, como chefe de segurança, deveria ficar de olho nele, porque foi a ele que o feiticeiro encomendou o assassinato das sacerdotisas do templo de Elsborg. A ele e a uma mulher chamada...

– Meritxell – completou o chefe da guarda. – Eu sei.

– As sacerdotisas ainda estão em risco...

– Já não é assunto seu, bruxo – interrompeu-o rispidamente o chefe da guarda. – Vá embora e nunca mais volte. As questões relacionadas à segurança do reino de Kaedwen já não são de sua alçada. Voltemos, contudo, àquela última questão sobre a qual eu ia falando. Está me ouvindo?

– Com atenção.

– Os feiticeiros de Ban Ard solicitaram o corpo de Holt, a fim de fazer autópsia para suas pesquisas e experiências. Não pude recusar. Mas...

As sobrancelhas de Geralt se ergueram.

– O coche com o corpo de Holt – o chefe da guarda olhou para o teto –, a partir de amanhã, ao amanhecer, estará atrás do portão da prisão aguardando os feiticeiros de Ban Ard. Por um certo tempo, até mesmo por um longo tempo, o coche estará completamente sem guarda. Pode acontecer de alguém se apropriar desse coche – essas coisas acontecem. Tal explicação deverá ser suficiente para os feiticeiros. Ah, precisa ser suficiente.

Sem dizer palavra, Geralt se inclinou.

– Senhor chefe da guarda...

– Pois não.

– Apesar de tudo... tenho a impressão de que o senhor sempre foi mais gentil do que hostil comigo. Acho isso um pouco...

– Estranho? – Estevan Trillo da Cunha sorriu de leve. – Ora, não era minha intenção tocar neste assunto, mas talvez seja até melhor, ao seguir estrada afora, que você entenda quais benefícios traz um favor prestado a alguém. Dizem que o bem praticado sempre volta. A mestra Vrai Natteravn recentemente curou minha filha. E me disse uma ou duas palavrinhas. Adeus, bruxo. Boa sorte na estrada.

CAPÍTULO DÉCIMO OITAVO

Sweet is revenge – especially to women.

Lord Byron, *Don Juan*

O lugar do descanso final de Preston Holt foi a orla da floresta, às margens de um barranco raso, sob um grande e frondoso teixo com o tronco fendido. Não era demasiadamente longe da prisão, em cujo portão, como havia dito o chefe da guarda, um coche com um corpo envolto em linho esperava ao amanhecer. Geralt puxou o coche por várias horas, o máximo que conseguiu antes de perder as forças. Plotka não podia ajudá-lo – sendo uma égua de montaria, não iria aceitar, por nada neste mundo, ser atrelada ao veículo. Então Holt foi enterrado sob o teixo, no primeiro lugar que Geralt considerou apropriado.

Ele não sinalizou a sepultura com nada. Apenas colocou sobre o túmulo algumas pedras.

Ficou sentado perto da sepultura até o poente, refletindo sobre isso e aquilo. Olhou a estrada que sumia entre as árvores.

A estrada que seguia para o sul.

Depois subiu na sela e esporeou Plotka.

Rumou ao norte.

•

Meritxell apertou a cilha, arrumou o xairel de tecido e a posição dos alforjes, deu um tapinha no pescoço do cavalo. Virou-se ao ouvir resmungos.

– O que foi, Beau?

– Puta que pariu – disse entre os dentes Beauregard Frick, entrando no estábulo. – Gosto cada vez menos de servir àquela velha dos infernos. Não bastava ser sovina, tinha que... Caralho, nenhum daqueles porras vai me xingar. Estou ficando de saco cheio.

– Que bom que ainda não encheu totalmente. – Cibor Ponti esfregou o nariz deformado. – Porque, na verdade, a gente não tem saída. A marquesa é quem protege nosso rabo. É ela mandar a gente embora e...

– Num piscar de olhos os caçadores encontram a gente – emendou Meritxell. – Tem recompensa pelas nossas cabeças, você esqueceu?

– Não esqueci. – Beauregard Frick subiu na sela. – É que me dá nos nervos ouvir alguém me xingar de imprestável e ter que baixar a cabeça. Mas vocês estão certos, então chega desta falação. Sabemos o que devemos fazer. Em frente!

– Em frente!

•

Foi por volta do começo de setembro – talvez um pouco antes, talvez um pouco depois – que Geralt chegou às cercanias de Ard Carraigh e pôde olhar a capital a distância, com suas imponentes torres encimadas de cúpulas com pináculos e espirais de cobre reluzente. Deixou Plotka numa colina perto da cidade, não longe de um imenso depósito de lixo, e ficou observando por algum tempo. Não muito. Principalmente por causa das moscas. Mas também porque estava com pressa de seguir para o norte. Tinha até medo de pensar que poderia chegar tarde demais.

Na encruzilhada, tomou a estrada no sentido indicado na placa.

Rumo a Ban Fearg.

•

A estalagem O Lagostim e o Caramujo, em Ban Fearg, como todas as bodegas pertencentes a Ezra Metzgerkop, tinha uma nova placa. Esta, além de ostentar letras douradas no nome, havia sido, em razão da promoção do proprietário, decorada com uma coroa de barão com sete hastes e quatro pérolas em sua orla. A placa era tão imponente que, nos primeiros dias após sua instalação, os moradores de Ban Fearg se juntavam para admirá-la. Justamente por causa disso, o movimento no restaurante cresceu muito. Desde os tempos da instalação da nova placa, era difícil conseguir um lugar na estalagem. O local estava sempre lotado.

Hoje também estava. Por isso mesmo, Lozado Cross, o guarda da bodega, lançou um olhar pouco amistoso aos novos clientes, três pessoas a cavalo, uma mulher e dois homens, sabendo que em breve seria obrigado a dispersá-los. E o trio, logo percebeu o guarda, não pertencia ao grupo daqueles que aceitam facilmente um não. A mulher, sardenta e com uma trança desbotada, tinha olhos verdes malignos. Um dos homens tinha o nariz deformado; o outro, a cabeça raspada rente à pele. Todos três estavam muito bem armados. Lozado Cross sentiu que deveria pedir ajuda aos demais guardas, mas ficou um tanto envergonhado – não era um fracote e, até aquele momento, vinha dando jeito sozinho em várias situações difíceis. Então cruzou os braços e decidiu esperar o correr dos acontecimentos.

E os acontecimentos, como se viu, eram inevitáveis. A mulher sardenta com olhos horrendos, segurando a bainha da espada, avançou o cavalo até o alpendre. Os cascos do animal quase pisaram os degraus. O do nariz quebrado também se aproximou, batendo no para-lama da sela com um porrete ameaçador.

– Meritxell, Cibor, deixem isso para lá – disse, de trás, o homem de cabelo raspado. – Olhem essa placa. Essa coroa e as letras douradas com certeza estão no preço. Deve ser muito caro. Vamos procurar outra estalagem. Sem placa dourada, com comida boa e barata. Vamos em frente!

Lozardo Cross suspirou aliviado.

•

Ao redor da estalagem O Lagostim e o Caramujo, espalhava-se um inebriante aroma de lagostins cozidos.

Por um instante, Geralt teve vontade de entrar, nem que fosse apenas para cumprimentar o *restaurateur*. Contudo, desistiu. Lembrou-se de que, em lugares assim, costumava haver espiões do chefe da guarda. Então achou melhor evitar que Estevan Trillo da Cunha ficasse sabendo de sua escapada para o norte.

Virou o cavalo e partiu.

•

Chegou de madrugada às cercanias de Rocamora. A lua estava cheia. Na propriedade havia fogos acesos, donde vinha um cheiro de fumaça. Geralt não tinha intenção de se aproximar, muito menos de entrar. Permaneceu apenas alguns instantes na colina, olhando. Depois bateu em Plotka com o calcanhar, pondo-a para trotar.

•

Júpiter Mello, o exequente real, lançou um olhar perplexo ao cômodo vazio.

– Não tem ninguém? – perguntou com descrença. – Não veio ninguém?

– Pois é, parece que não. – Yon Bervoets, o estaroste de Ban Fillim, coçou a cabeça. – Parece que ninguém...

– Não entendo – disse o exequente, franzindo o cenho. – Não entendo mesmo. Ainda ontem estavam fazendo fila... E não era de estranhar: a propriedade é lindíssima, a localização é maravilhosa... E hoje é como se a peste tivesse chegado! Ninguém quer fazer uma oferta? Não entendo. Por quê?

– O senhor sabe como é... – O estaroste novamente coçou a cabeça. – O povo se assustou. Foi tomado pelo medo.

– Medo? De quê?

– Estão falando por aí... – gaguejou o estaroste. – Estão falando por aí que a propriedade é amaldiçoada. Rocamora significa "vingança" em élfico. Dizem que o proprietário, aquele bruxo ao qual deram fim em Sturefors, jogou sobre ela um feitiço de vingança.

– Crendice! As pessoas acreditam nisso?

– E como não acreditar? – O estaroste desviou o olhar. – Quando várias pessoas viram...

– Viram o quê?

– Um fantasma.

– O quê?

– Um fantasma apareceu lá de madrugada, na colina ao lado de Rocamora. Muita gente viu. Estava claro, era lua cheia. Com cabelos brancos, montado em um cavalo fantasma... É ele, sem sombra de dúvida. O bruxo de que deram cabo está voltando como fantasma. Para se vingar.

– Crendice de camponeses! – bufou o exequente. – Obscurantismo! Os caipiras imaginaram um fantasma. Broncos de merda! Imbecis do meio do mato.

A bem da verdade, o avô de Júpiter Mello ainda sulcava a terra seca com um arado de madeira e cagava atrás do celeiro, mas o atual exequente real preferia não se lembrar disso.

– E eu? O que vou fazer agora? – Cruzou os braços. – Recebi ordens de leiloar Rocamora em favor do tesouro real... Olá! Quem é o senhor?

– Peço escusas – disse o recém-chegado. – Estou no lugar correto? O leilão da propriedade Rocamora é aqui?

– Aqui – confirmaram, em uníssono, o exequente e o estaroste.

– Interessados não há muitos. – O recém-chegado olhou o salão vazio. – Somente eu. Quer dizer, não vai ficar muito acima do valor inicial, não é verdade?

– Assim o parece – confirmou Júpiter Mello com indiferença. – Portanto, podemos dar início. Qual sua graça? Para que se possa registrar...

– Timur Voronoff.

•

Numa choupana solitária, algo estava acontecendo. Já de longe se ouviam gritos e lamentos de uma mulher e o latido de um cachorro. Geralt chegou mais perto.

Junto ao poço, jazia um cão morto. Outro cachorro corria ao redor dele, ladrando com raiva. Um pouco abaixo, em um banco feito de um só tronco, estava sentado – ou melhor, largado – um homem corpulento com a cabeça envolta em um trapo ensanguentado. Ao lado, uma mulher de avental agitava os braços e choramingava sem pausa. Um rapazola com camisa de linho olhava torto para Geralt. Seu rosto inchado tinha marcas de uma chicotada.

– Feriram meu marido, quase mataram ele! – gritava a mulher. – Não tem punição para esses bandidos! Como a terra ainda dá comida a esses filhos dos demônios?

– O que houve aqui? – perguntou Geralt da sela. – Alguém atacou vocês?

– Atacaram, meu bom senhor, atacaram! Bandidos vindos do inferno, malditos sejam! Uma puta e dois brucutus! A vagabunda era sardenta como um ovo de peru, e um dos covardes tinha o nariz torto. Entraram no nosso terreno como se fosse deles, sem pedir nem perguntar, e começaram a dar de beber para os cavalos. O cachorro latiu para eles. Pegaram o cachorro e mataram ele, cortaram no meio. O menino correu para salvar o cachorro, e desceram o chicote nele. Meu marido foi lá com a lança, queria mandar eles embora, então aquela maldita vagabunda deu uma espadada na cabeça dele... O senhor olhe aqui... Vai viver? Vai morrer? Não sei... É isso, meu senhor, uns bandidos sem coração, sabem que não vão ser punidos... Só um bruxo para lidar... Um bruxo! E estão dizendo que enforcaram um bruxo em Sturefors. É assim, meu senhor? Mandam os bruxos para a cadeia, enforcam eles, e os assassinos andam como querem pelo país e ferem a gente?

O homem ferido gemeu. A mulher começou a se lamentar novamente. Geralt, após refletir por um momento, retirou da caixa um frasco com Oriolídeo e o entregou a ela.

– É para as feridas – explicou. – Apliquem quando forem trocar o curativo. Deve ajudar.

– Que os deuses recompensem vosmecê, meu bom senhor.

•

Depois de um dia de cavalgada veloz, Geralt, ao alcançar o topo de uma colina, viu ao longe aqueles bandidos vindos do inferno, sem coração, para os quais, conforme dissera a moradora da choupana, não havia punição e que a terra alimentava sem nenhum bom motivo. A mulher, com sua trança fulva, montava um cavalo tordilho. Os dois brutamontes, um dos quais – Geralt poderia apostar – tinha o nariz torto e quebrado, usavam brigantinas.

Os três iam para o norte, esporeando sem trégua os cavalos.

Geralt puxou as rédeas de Plotka, sem pressa de descer daquela colina. Preferia que o trio de cavaleiros se afastasse. Não queria que percebessem que os seguia. E não temia perder o rastro deles.

Suspeitava – aliás, tinha certeza – de que sabia aonde iam.

•

Madre Assumpta de Rívia estava ajoelhada diante da estátua de alabastro da deusa Melitele já havia algumas horas. Nem passava pela cabeça das jovens sacerdotisas incomodá-la com o que quer que fosse. Nenneke, Flávia, Ailidh e Zdravka permaneciam em silêncio e serenas nos genuflexórios. Durante as orações, madre Assumpta entrava em transe e, segundo se acreditava, contatava mentalmente a deusa. Se isso era verdade ou não, pouco importava. As sacerdotisas acreditavam piamente – e, para uma fé assim, não há coisas impossíveis.

As velas já se iam apagando nos festões de cera, a aurora já iluminava os vitrais quando madre Assumpta se levantou de suas orações.

– Perigo – disse baixinho às sacerdotisas mais jovens. – Estamos em perigo. Que o portão permaneça fechado, permanentemente fechado, de dia e de noite. E que nenhum estranho possa entrar.

•

Depois do poente, logo antes de escurecer, Geralt avistou a Baba Yaga deslizando pela floresta dentro de um grande pilão de madeira, limpando com uma vassoura os rastros que deixava. O monstro passou perto dele, e por um momento Geralt viu seus grandes dentes arreganhados.

A Baba Yaga seguia em direção ao vilarejo – Geralt já havia ouvido antes, vindo daqueles lados, o latido de cachorros e o tilintar de sinos de pastoreio. Alguém naquele lugar – quase certamente alguma criança – estava em perigo. O vilarejo precisava de proteção.

Mas Geralt seguia apressado rumo ao norte. Continuava com medo só de pensar que poderia chegar tarde demais.

•

Geralt passou pela cidade de Spynham de manhã cedo. Por um instante, observou a esguia torre da prefeitura e os pássaros que voejavam ao redor dela. Depois seguiu seu rumo.

•

Aqueles que ainda acreditavam na deusa Melitele viam nela uma protetora das mulheres, sua fortaleza e esperança – de todas as mulheres, independentemente da idade, da origem e da posição social. E da profissão. Então, nada havia de estranho no fato de que, no Lorelei, famosa casa de entretenimento na cidadezinha de Spynham, fosse guardada uma imagem dela – uma estatueta dourada da deusa em sua forma materna e grávida, com um ventre proeminente. Como a estatueta fora parar naquele lupanar, ninguém lembrava. Mas era protegida e mui raramente saía do lugar onde era guardada. Devia haver um motivo realmente muito sério para isso.

Naquele dia havia.

Pampinea Monteforte acendeu uma vela e a colocou diante da estatueta.

– Ó Deusa – disse baixinho –, concedei que o bruxo Preston Holt encontre, no outro mundo, fartura de tudo aquilo que nesta vida lhe foi pouco ou não teve. Caso tenha pecado, perdoai-o e absolvei-o. Não há quem não tenha cometido pecados neste mundo.

Zoë, Fervida e Hippolyta, garotas do Lorelei, estavam ao lado, com as cabeças baixadas. Zoë aproximou-se subitamente e colocou outra vela diante da deusa.

– Esta... – Ao reparar no olhar inquisitivo de Pampinea, ela pigarreou. – Esta é para aquele outro bruxo... aquele mais novo.

– Acho que ele ainda não morreu – suspirou Pampinea.

– Mas quero ir me adiantando... – sussurrou Zoë.

Todas baixaram a cabeça. A deusa olhou-as com seus olhos dourados.

•

Geralt chegou à encruzilhada antes do anoitecer. Reconheceu-a imediatamente, e nisso o ajudou um corvo. Dessa vez, não um bando todo, mas apenas um. O corvo voava sobre a encruzilhada e crocitava.

Se Geralt fosse mais experiente, se prestasse mais atenção e refletisse mais profundamente, talvez reconhecesse um aviso no crocitar do corvo. "Dê meia-volta", crocitava a ave. "Não vá para o norte, por lá o perigo espreita. Dê meia-volta."

Mas, para Geralt, o crocitar do corvo era apenas um barulho. Geralt não entendeu o aviso contido nele. Esporeou Plotka e seguiu.

Rumo ao norte.

O corvo crocitava.

•

O homem caído à beira da estrada tinha a cabeça despedaçada por um golpe de clava ou de maça, além de um rio de sangue correndo pelos ombros e pelo peito, sinal de um corte de espada.

Geralt se aproximou e examinou a cena de cima da sela.

O morto parecia ser um caçador de peles. Empurrada para fora da estrada e sem o animal de tração, a carroça estava carregada de laços, armadilhas, alçapões e outras parafernálias de seu ofício. Era de estranhar que, na plataforma do veículo, descansassem pacificamente alguns pedaços de pele, e das caras – de castor, raposa e marta. Quem quer que tivesse assassinado o caçador, não o fizera com o intuito de roubá-lo.

Se Geralt usasse mais intensamente sua cabeça, talvez intuísse por que o caçador de peles havia morrido e qual item de seu carregamento interessara aos assassinos. E, se tivesse intuído, evitaria um grande infortúnio.

Mas Geralt não intuiu. Esporeou o cavalo.

Rumo ao norte. Em direção à cidadezinha de Frankthal.

E ao templo da deusa Melitele, em Elsborg.

•

Fora da cidadezinha de Frankthal, no vale de mesmo nome, as faias e os carvalhos já se vestiam parcialmente com as cores outonais, contrastando vividamente com o verde-escuro dos pinheiros e dos abetos. No fundo do vale serpenteava um riacho. Em sua larga curva via-se, circundado por um muro, o complexo de Elsborg, que abrigava o templo da deusa Melitele.

O bosque de bétulas-brancas, distante cerca de uma estaianhe do templo, escondia as ruínas de uma antiga fazenda, uma construçãozinha completamente arruinada de alvenaria e os lúgubres restos de construções de madeira. Foi justamente esse o local escolhido pelos três cavaleiros seguidos por Geralt para fazer uma parada e, como já ia anoitecendo, certamente também para pernoitar.

Geralt parou a uma distância não muito grande, dentro da floresta de bétulas.

Havia chegado a hora da decisão.

•

"Eles estão em três", pensou Geralt, olhando as ruínas, atrás das quais cintilava, trêmula, uma fogueira. "Três, e um deles Artamon chamou de mestre da espada. Será que dou conta?"

Decidiu esperar até o amanhecer. Mesmo que um deles estivesse montando guarda, estaria tomado pelo sono àquela hora. "A surpresa", pensou, "aumentará minhas chances."

Esperou. Muito tempo.

No horizonte, surgiu uma fina faixa de claridade. Um vislumbre da aurora.

Geralt levantou-se e desembainhou a espada.

•

Moveu-se silenciosamente. Apesar disso, os cavalos talvez o tenham percebido, pois um deles relinchou e bateu os cascos. Mas essa foi a única reação.

O brilho fenecente da fogueira iluminava uma brecha do muro, um buraco aberto na parede arruinada. Dirigiu para lá seus passos. Entrou pela brecha, evitando cuidadosamente os tijolos esmigalhados. Deu mais um passo. E esse passo o pôs a perder.

Pisou em metal. As mandíbulas da armadilha se fecharam e cravaram-se em sua panturrilha, os dentes afiados perpassaram as botas. A dor o obrigou a se sentar, largar a espada e pegar com as duas mãos as mandíbulas para abri-las. Não conseguiu: o metal cravado estava preso com muita força, a mola não queria ceder. Naquele mesmo momento, alguém saltou de onde se escondia, agarrou a corrente da armadilha e puxou-a com violência, arrastando Geralt pelo chão. O bruxo pôs os dedos em Sinal, mas alguém chutou com força seu cotovelo, impedindo-o. Dois outros surgiram da escuridão, e sobre Geralt choveram golpes de porrete. Levou vários golpes na cabeça. E nas mãos, que usava para se proteger. Ouviu quando um osso estalou. Recebeu pancadas nos dedos, os quais imediatamente ficaram inertes. A dor lhe escureceu a vista.

Alguém batia nas mandíbulas da armadilha com o porrete, cravando ainda mais profundamente os dentes metálicos na panturrilha, aumentando a dor. Mais um golpe, e os dentes alcançaram os ossos. Geralt, apesar de sua força de vontade, gritou. Outro golpe acertou-lhe a clavícula, outro as costelas, outro novamente as mãos, os dedos fraturados. E a cabeça. E de novo a cabeça, com muita força. Um clarão surgiu em seus olhos, e depois o mundo se desfez num cintilante mosaico.

•

– Já deu – disse Meritxell. – Assim vocês vão matar o cara. Se é que já não mataram. Está respirando pelo menos?

– Está, está – garantiu Cibor Ponti, arrancando o medalhão do pescoço do bruxo. – Está vivo.

– Vai precisar de um pouco de sangue – avaliou Beauregard Frick. – Para passar uma melhor impressão.

– Ferimentos na cabeça sangram muito – afirmou, com cara de entendedor, Ponti.

– Bom saber. – Meritxell ajoelhou-se diante do peito do bruxo e, num golpe largo, cortou-lhe a testa, sob a linha do cabelo. O sangue naturalmente jorrou de súbito e desceu como uma onda, cobrindo o rosto e o pescoço do bruxo. – Assim está bom?

– Ótimo – avaliou Frick. – Vamos lá, joguem o cara na mula. A gente tem que amarrá-lo de um jeito que ele não caia. E vamos para o portão, antes que fique claro.

•

– Vocês não cuidaram, seus inúteis, cof-cof. – A marquesa Cervia Herrada de Graffiacane começou a tossir, bateu com força a bengala no chão e quase caiu. – Vocês permitiram, cof-cof, que meu Artamon morresse. É culpa de vocês, da incompetência e da falta de inteligência de vocês, que do meu Artamon só me restou essa urna...

Meritxell, Cibor Ponti e Beauregard Frick escutaram obedientemente. Nenhum deles levantou a cabeça baixa para, seguindo o olhar da marquesa, lançar os olhos à urna com as cinzas do feiticeiro Artamon de Asguth, a qual estava sobre a lareira. A urna era de maiólica tingida de preto, enfeitada com o brasão do feiticeiro – três pássaros dourados sobre um fundo azul, *d'azur à trois merlettes d'or.*

– Por essa luz que me ilumina – a marquesa arfava e tossia –, eu devia escorraçá-los daqui. Inúteis, deviam ser enxotados... Mas agora vocês têm uma chance de se redimir. De provar seu valor. Escutem minha ordem!

O trio se curvou ainda mais. A marquesa bateu com a bengala no chão.

– A herança de Artamon deve ser vingada – murmurou com sua boca sem dentes. – Esse templo em Elsborg, essas sacerdotisas que se aliaram aos bruxos... Meu Artamon desejava que todas morressem uma morte ruim. E é assim que devem morrer, pelo ferro e pela espada. E aquele bruxo imberbe também, junto com elas. Então escutem minha ordem...

•

– Abram a porta, minhas santas senhoras – gemeu Meritxell, soando veramente trágica. – Trazemos um bruxo ferido, um bruxo jovem, machucado demais! A gente precisa de ajuda!

– Deixem a gente entrar quanto antes! – Beauregard Frick, como se via, também poderia ter feito carreira no teatro. – O bruxo quase nem respira. Se não ajudarem, vai morrer!

Uma pequena janela se abriu no portão. Alguém espiou. Amarrado na mula roubada do caçador de peles, Geralt, juntando todas as suas forças, tentou gritar, mas Cibor Ponti puxou um laço que envolvia o pescoço do bruxo e lhe abafou a voz.

– Abram, minhas boas senhoras – gemia forçadamente Meritxell. – O bruxo está sangrando demais!

A tranca do portão rangeu e estalou. O trinco clangorou. Geralt, quase perdendo a consciência, apalpou com os dedos deslocados o talismã no bolso do cinto, um círculo de metal do tamanho de uma moeda. Com o resto de suas forças, apertou três vezes a protuberância, uma pedra semipreciosa, um heliodoro, também chamado de berilo amarelo.

As dobradiças chiaram, as folhas do portão começaram lentamente a se abrir. Meritxell e Frick levaram as mãos à empunhadura das espadas.

De repente ouviram um zunido alto, como o de um inseto, que logo passou para um estridente crescendo. Diante do portão apareceu um círculo luminoso; dentro dele, uma silhueta indistinta. Um instante depois, emergiu do círculo uma mulher não muito alta, usando roupas masculinas.

Vrai Natteravn de pronto entendeu a situação.

Das mãos erguidas da feiticeira jorrou algo, meio névoa, meio luz, dentro do qual fervilhava um enxame de pequeninas fagulhas, como vaga-lumes. Tão logo Vrai bradou um encantamento, a névoa luminosa envolveu as fuças dos cavalos, depois a cabeça dos cavaleiros.

Os três cavalos empinaram. Dois deles derrubaram os cavaleiros no chão. A mula que carregava Geralt, por sua vez, deu um poderoso coice, golpeando o flanco do cavalo de Beauregard Frick com os dois cascos traseiros. Frick manteve-se na sela, mas se debateu intensamente, tentando com as duas mãos afastar do rosto a névoa e os vaga-lumes, que o atacavam como abelhas enfurecidas. Por fim, cedeu, virou em pânico o cavalo e, aos berros, disparou para a escuridão. Os dois cavalos sem cavaleiros correram atrás dele, relinchando estridentemente. Cibor Ponti e Meritxell, no chão, gritavam de dor e pavor, agitando os braços e afastando de si a neblina de vaga-lumes, que mordiam seus rostos. Por fim, ambos se lançaram em fuga a pé, correndo tão velozmente que por pouco não alcançaram os cavalos que galopavam atrás de Frick.

A não ser pelo coice, a mula que levava Geralt manteve a tranquilidade. Apesar disso, o bruxo pendeu e estava para cair, mas Vrai Natteravn saltou e em boa hora o segurou, chamando por ajuda aos gritos. O portão do templo se abriu e apareceram as sacerdotisas.

Mas isso Geralt já não viu. Havia partido de lá para algum lugar – algum lugar muito distante.

CAPÍTULO DÉCIMO NONO

Há tempo de nascer e tempo de morrer;
Tempo de plantar e tempo de arrancar o que se plantou;
Tempo de matar e tempo de curar [...].

Eclesiastes 3, 2-3

Acordou imóvel na escuridão. Com a garganta seca e inchada.

E acordou com dor. A dor o atravessava como a ponta de uma lança, com espasmos lancinantes, cortantes, espalhando-se da perna para a coluna, a cabeça e os olhos.

Às vezes estava consciente. Às vezes não, mas sonhava estar.

Às vezes lhe parecia ter morrido. Então ressuscitava de repente e pensava que logo morreria. Ou que, se não fosse logo, seria amanhã. Depois a dor voltava e ele desejava que a morte viesse em breve. Que, mesmo que fosse através dela, a dor cessasse. Que já tivesse chegado o amanhã. O amanhã.

E depois chegava o amanhã e começava tudo de novo.

•

Lembrava-se pouco daquela manhã.

Alguém gemia alto, arfando de dor. Demorou um pouco até entender que era ele quem gemia. Ao redor havia movimento, podia sentir. Sombras bruxuleavam em seus olhos, uma luz ondulante tremeluzia. Sentia o cheiro acre das velas e da cera, abafado pelo odor pungente dos remédios e dos elixires. E pelo aroma dos sabonetes perfumados.

Sob as costas, sentia a dureza dolorosa da mesa sobre a qual estava deitado. Depois a dureza desaparecia de repente, e ele afundava, deixando-se levar. Afundava calmamente, pois nesses momentos a dor parava. Por um instante.

Percebia a luz ondulante. E vozes. Vozes indistintas, deformadas pelo eco, reverberavam como que vindas de sob a água – ou de cima, como se ele estivesse submerso.

•

– Saiam todas, está abafado demais aqui. Só fica quem entende de cura!

– Então acho que eu fico.

– Ótimo. Peço às demais senhoras que se retirem. Não há nada para as senhoras aqui.

– Vamos, meninas, vamos rezar.

– Está bem, madre.

•

– Massacraram o rapaz... E foram pessoas, não monstros.

– É, esse jovem bruxo, em vez de lutar contra os monstros, vive se metendo com as pessoas. Uma vez ele bate, na outra batem nele... Mas agora não importa.

– Dê-me as mãos, vamos fazer a desinfecção. O que é isso? Álcool? Derrame um pouco nesse copinho.

– Não tem nenhuma hemorragia...

– Talvez interna, veremos isso depois. Apalpe a cabeça. Você não sente nenhum afundamento? Muita sorte. A cabeça está bastante machucada, mas o crânio parece não estar quebrado. De onde, então, vêm essas convulsões?

– Veja os olhos. As pupilas dilatadas...

– Gelo! Precisamos de gelo, muito gelo... Calma! Não temos tempo. Alcance esse balde para mim. Vou transformar a água em gelo com um feitiço.

•

– Não sinto o pulso! Caramba, não sinto o pulso!

– Ausculte melhor. É um bruxo. Normalmente são vinte batimentos por minuto, entre dez e quinze depois dos elixires.

•

– O corte na testa é profundo, precisa de pontos. Eu faço a limpeza e dou a anestesia, você sutura. Sabe fazer isso?

– Claro que sei.

•

– Vamos ver o braço. A ulna está inteira. O rádio está quebrado, sofreu deslocamento. Vou colocar no lugar. Pode me ajudar? Você faz isso bem. Parece ter prática. Já fez isso antes?

– Já, cara mestra, já fiz. Mais de uma vez.

– Como ele está?

– Desmaiou. De dor.

– Não tive tempo de anestesiar... Mas já está feito. Agora temos que imobilizar o braço. Há talas e bandagens aqui?

– Isto é uma enfermaria. Temos tudo.

•

– Os dedos e as mãos estão muito feridos, inchando a olhos vistos. Mas talvez não estejam quebrados... Os pulsos parecem inteiros... Mas precisamos cuidar disso. Um curativo, por favor.

•

– E a perna? O que causou esse ferimento? É uma mordida?

– Sim, mas uma mordida de ferro. Dentes de ferro, de ambos os lados da panturrilha. Já vi ferimentos assim. É uma armadilha para lobos. A tíbia está intacta.

– Mas a fíbula se quebrou. O inchaço está aumentando rápido...

– A cabeça do osso está esmigalhada. Não sei se vai ser possível evitar uma amputação...

– Nem pense nisso! Use magia. E esse elixir.

– O que é isso?

– Não pergunte, faça.

– Como a senhora sacerdotisa desejar. Agora vou tentar fundir o osso, reconectar os vasos e curar o tecido muscular. Não me interrompa, por favor, preciso me concentrar. É um feitiço difícil...

– Seu nariz está sangrando...
– Limpe, por favor. Preciso ficar com as mãos livres.

•

– Fizemos o que era possível. Agora é com o tempo. Mas estou otimista. É um organismo jovem, e de um bruxo. Estou convencida de que ele vai receber de vocês um cuidado de primeira... Pois nos saímos bem, cara sacerdotisa, nos saímos bem. Por favor, me alcance aquele álcool.

– Eu me chamo Nenneke.

– Prazer. Eu sou Vrai Natteravn. Curandeira.

– Uma curandeira de primeira, eu diria. Uma verdadeira mestra.

– Tive uma auxiliar de primeira. Ficarei aqui alguns dias, caso permitam. Vamos ver o que vai acontecer quando o inchaço ceder.

– Será bem-vinda. Presumo que conheça bem o bruxo.

– Sim, eu já o conhecia. Tenho com ele uma dívida de gratidão, digamos assim. É uma oportunidade de saldá-la. Eu preferia que não fosse assim, mas foi. Temia por isso. Esse bruxo atrai problemas como se fosse um ímã.

– Falou e disse.

– Nenneke?

– Pois não.

– Aquilo que você usou... aquela decocção... Dedaleira, sabugueiro, lírio-do-vale e o que mais? O que era aquilo?

– Um elixir bruxo chamado Gaivota-Negra.

– São vocês que fazem? Aqui no templo?

– Naturalmente. Eu gostei de você, Vrai, ainda mais depois de nossa aventura médica. Mas não vou te dar a receita.

•

Às vezes lhe parecia ter morrido. Mas a dor o trazia de volta à vida.

E depois chegava o amanhã e começava tudo de novo.

CAPÍTULO VIGÉSIMO

[...] Que tem que a campanha
Se perca? Acaso a indômita vontade,
O estudo de vingança, o ódio infindo
E a insubmissa coragem se perderam?
*E que mais será não ser subjugado?**

John Milton, *Paraíso perdido*

Sentia-se um cheiro de neve no ar. O bruxo respirava profundamente, puxando o ar com dificuldade. A impressão que se tinha era de que havia levado uma facada no pulmão.

"Ainda está frio", ele pensou. "É março, a neve está derretendo, mas ainda está frio."

Cobria-se com um manto grosso, de início o único traje masculino de que dispunha o templo. O manto, de origem desconhecida, fora encontrado num canto do porão. Não estava no melhor estado. Parecia que tinha servido como lona de uma carroça de carvão por muitos anos e, por outros tantos, como forro de uma casinha de cachorro. Mas foi possível limpá-lo, servia bem e protegia do frio.

Praticamente nada restara de suas roupas. Quase tudo, incluindo seu belo gibão guarnecido de prata e os canos de couro das botas, foi preciso cortar com tesoura quando, em setembro do ano anterior, ele havia chegado à mesa da enfermaria do templo em condições miseráveis. Demorou um pouco até que as sacerdotisas conseguissem arranjar-lhe roupas e sapatos, fazendo compras na cidadezinha. Algumas se entendiam com as agulhas

* Tradução de Daniel Jonas (Milton, John. *Paraíso perdido*. São Paulo: Editora 34, 2015, p. 41).

e fizeram caber o que não cabia. Tiveram muito tempo para isso. O bruxo só conseguiu se arrastar para fora do leito em meados de dezembro. Depois disso, foram longas semanas de tratamento e reabilitação.

Daquele mês de setembro e das semanas que se seguiram, havia certas coisas das quais preferia não se lembrar. Desejava apagá-las da memória. A dor, a imobilidade humilhante provocada pelas talas, ataduras e curativos, que faziam com que não fosse capaz de realizar sozinho nem mesmo as atividades mais simples... Tinha de ser alimentado com colher e beber por um canudo. E – o que era ainda mais humilhante –, quando ele precisava urinar, Nenneke ou alguma das sacerdotisas lhe segurava o pênis para guiar adequadamente o jato até o gargalo de um frasco de vidro. Não queria se lembrar de despertar com os lábios secos como papelão, a língua como tronco de pinheiro e a saliva como cola de marceneiro endurecida. Não queria se recordar da agonia de ser virado de bruços para ser tratado das escaras.

Mais tarde, saía com frequência do leito, não apenas para os exercícios de reabilitação. Não queria e não conseguia olhar sem nojo para o leito onde passara trinta semanas, as mais miseráveis de sua vida.

A geada derretida pingava dos galhos.

Quando Geralt se aproximou da estrebaria, Plotka, como de costume, o saudou com um sonoro bufo. O bruxo acariciou-lhe o pescoço, no local onde os músculos tremiam sob a pele. Recuperara sua montaria uma semana depois daquele incidente, na vigília do equinócio de outono. Os três bandidos, na verdade, haviam levado a égua junto com os demais pertences de Geralt, mas, depois de uma semana, ela apareceu de repente no portão do templo, sem a sela e os demais apetrechos, apenas com o cabresto arrebentado. O bruxo, então preso ao seu leito doloroso, só soube disso muito tempo depois, quando Plotka já estava na estrebaria e se alimentava da aveia do templo. Qual fora a jornada da égua e por qual milagre ela retornara ao portão, não havia como saber.

A alegria de recuperar Plotka atenuou muito o pesar que Geralt sentia pela perda das espadas e do medalhão, assim como dos equipamentos equestres e dos alforjes, e principalmente dos elixires de bruxo. As sacerdotisas prometeram refazer na oficina do templo todo o conteúdo do estojo de bruxo, até a última gota dos elixires. Lidaram com isso um mês inteiro, mas, garantiram, a empreitada obteve sucesso. Ele não tinha motivos para não acreditar.

•

Geralt caminhava pela alameda, entre as árvores desfolhadas, em direção à saboaria. Algumas noviças estavam junto aos tonéis, trabalhando. Espalhavam-se aromas de camomila, alecrim, lírio-do-vale e de outros tantos ingredientes de sabonete que o bruxo não saberia identificar. Enquanto trabalhavam, as moças riam e tagarelavam. A atmosfera do templo, podia-se ver, era serena. Não sem motivos. A ordem de expulsão imposta ao templo pelas autoridades locais havia sido suspensa por tempo indeterminado. De acordo com a versão oficial, as autoridades levaram em conta o estado de saúde cada vez mais frágil de madre Assumpta de Rívia. De acordo com a não oficial, isso fora efeito da intervenção do marquês da Marca do Norte, transmitida às autoridades locais pela comandante do serviço da guarda da Marca, Elena Fiachra de Mersault. A comandante De Mersault também tinha dispersado da frente do templo os piquetes populares e, segundo diziam, proibido veementemente as autoridades de organizarem outros no futuro. Ela visitou o templo, tomou notícia sobre a convalescença de Geralt, desejou saúde à madre Assumpta e aceitou de bom grado um presente na forma de uma caixinha de sabonetes.

O bruxo ouviu um pigarro atrás de si. Virou-se. A sacerdotisa Nenneke ostentava seu habitual semblante severo, que combinava mais com alguém significativamente mais velho do que ela, com seus incompletos trinta anos. Geralt teve tempo suficiente para se acostumar a isso.

– Frio, não é mesmo?

– Está esquentando.

– Aos poucos. Vamos entrar. Tenho algo a lhe contar.

– Está esquentando devagar – começou, mal tinham entrado. – A neve já se derreteu quase toda. As estradas estão transitáveis. Aproveitei e fui a Spynham. Adivinhe aonde exatamente.

Geralt adivinhou, mas ficou em silêncio.

– A senhora Pampinea Monteforte – continuou a sacerdotisa, permitindo-se um sorrisinho leve – fala muito bem de você. Eu diria até mesmo que o tem em grata memória. O que você fez para merecer essa gratidão, hein? He, he... Geralt, as jovens senhoritas do Lorelei são uma coisa, mas conquistar, hum, a simpatia da chefe, uma pessoa mais experimentada, ora, ora...

Geralt não reagiu, sentindo na pele a provocação e a armadilha. Não acreditou que Nenneke soubesse a verdade. Madame Pampinea havia insistido muito na discrição, arrancando do bruxo a promessa de que não diria nada sobre sua agradável aventura secreta.

Nenneke ainda fez cara de pessoa muito bem-informada, mas discreta, daquelas que sabem, mas não dizem nada. As pálpebras de Geralt nem tremeram.

– Além disso – a sacerdotisa não se dava por vencida –, há a mestra Vrai Natteravn, que veio voando nas asas da magia para socorrê-lo com a maestria médica dela. Presumo que você também lhe tenha feito algum favor. Eis um conselho de graça para o futuro, rapaz. Fique longe das feiticeiras. Quanto mais longe, melhor. Acredite em mim.

Geralt, mais uma vez, nem pestanejou. Nenneke ficou claramente decepcionada.

– Mas vamos voltar a Spynham e à casa de entretenimento Lorelei – prosseguiu. – Não sem motivo visitei o estabelecimento. O lugar é uma fonte riquíssima de informações. Na companhia das damas, os senhores ficam muito faladores. Na alcova, muitos gostam de se gabar de conhecer segredos para destacar sua importância e status. Assim, quando você quer saber sobre o que andam cochichando nos bastidores, corra ao puteiro mais próximo. Quer saber o que descobri lá?

– Quero.

– Eu perguntei, como você certamente deve imaginar, sobre a marquesa Cervia Herrada de Graffiacane, a pessoa, que, de acordo com as suas suspeitas, está por trás do ataque contra você e da investida planejada contra o templo. Teremos que voltar uns sessenta anos no tempo, aos anos finais do reinado do rei Dagread.

A marquesa – que naquela época ainda não era marquesa, mas apenas uma tal senhorita Cervia – envolveu-se com Artamon de Asguth, um poderoso feiticeiro da Academia de Ban Ard. Ela tinha dezessete anos; já ele, ninguém sabe quantos anos tinha. Alguns anos depois, Cervia casou-se com o velho marquês Graffiacane, mas não interrompeu seu caso com Artamon. Depois que o marquês morreu, a marquesa-viúva deu à luz uma criança. Oficialmente, filho póstumo, legítimo herdeiro do marquês e conde de título. Mas todo mundo sabia que era um bastardo gerado por Artamon.

– Um feiticeiro teve um filho?

– Isso não é tão raro quanto se supõe. Mas de fato não é comum. Daí os rumores de que a gravidez da marquesa tinha sido o resultado de experimentos mágicos realizados por Artamon. O jovem conde era a luz dos olhos da marquesa-viúva e o pupilo do feiticeiro. E, como geralmente acontece nesses casos, virou um mimado, um zero à esquerda, que podia fazer o que quisesse, pois sempre passavam pano para ele. E não aprontou pouco. O pilantra gostava de arranjar encrenca, estava sempre se metendo em brigas e confusões. As autoridades faziam vista grossa, ninguém se arriscava a ofender uma marquesa e um feiticeiro poderoso.

– Suponho que isso tenha acabado mal.

– Muito mal. Certa vez, o conde, em companhia de dois de seus comparsas, arrumou uma confusão numa taberna nos arredores de Ard Carraigh. Um dos frequentadores, aparentemente um homem de mais idade, repreendeu os jovens. Eles pareceram ter lhe dado ouvidos e deixaram o lugar. Mas, quando o homem ia saindo, atacaram-no com a intenção de espancá-lo. O sujeito, descobriu-se, era entendido no assunto. Deu uma surra nos três. Os comparsas fugiram segurando seus narizes ensanguentados, mas o conde lançou-se contra o homem com uma faca e o feriu. Somente quando ferido é que o homem mostrou tudo de que era capaz. Desceu o cacete no conde, pisou nele, chutou-o. Foi fatal. Nem médicos nem magia puderam ajudar. O jovem conde morreu sem recobrar a consciência.

– E o homem?

– Todo e qualquer rastro dele desapareceu. Foi procurado por toda parte, pois a marquesa enlouqueceu de raiva e usou sua influência como pôde. A mesma coisa com Artamon. Foi nesse momento que alguém lançou o boato de que o homem era um bruxo. Ninguém sabia se ele era ou não, mas a marquesa e o feiticeiro desencadearam uma caçada. Chegaram a apresentar uma petição ao rei pedindo que todos os bruxos fossem considerados criminosos. O rei – naquela época, quem governava já era Eoin, filho do rei Dagread – recusou, é claro. *Primo*: não existiam provas de que o assassino era realmente um bruxo. *Secundo*: a responsabilização não pode ser coletiva. *Tertio*: os monstros atormentavam as pessoas nos marquesados e elas precisavam dos bruxos. Mas a marquesa e Artamon não desistiram. Seguiram culpando os bruxos pela morte do filhinho e espalhando boatos difamatórios. Alguns anos mais tarde, o feiticeiro escreveu e publicou anonimamente sua obra-prima, *Monstrum, ou descrição dos bruxos*, com os resultados que você conhece. Além do mais, é quase certo que Artamon e a marquesa financiaram o ataque a Kaer Morhen. E armaram o povo. Qualquer um – a sacerdotisa suspirou – pode ver as consequências disso. Preston Holt soube de Artamon, provavelmente por meio de um daqueles outros três que tinha matado antes. Artamon despediu-se da vida, e a marquesa, inconsolável em sua dor, tramou sua vingança. Holt terminou no cadafalso. E também sobraria para você e para nosso templo. A velha foi esperta, não deixou nenhuma prova. O fato de você ter visto um dos capangas na comitiva dela, durante a execução de Holt, não prova nada.

– Para mim é o que basta – disse Geralt entre os dentes.

Nenneke franziu o cenho.

– Não gosto disso que você está falando, rapaz. A vingança é uma alegria para mentes tacanhas e primitivas. Não se esqueça disso.

– É difícil esquecer. Ainda estou com dor em tudo.

– Você está convalescendo. Ainda não se recuperou totalmente. Eu disse que ainda não estava na hora de encerrar o tratamento.

– Já está na hora. Já passou da hora. Vou partir amanhã. Mas antes eu queria... A madre Assumpta ainda está mal?

– Infelizmente, sim. – O rosto de Nenneke, de repente, voltou a ficar severo. – E, infelizmente, não há nem sinal de melhora.

E, infelizmente, com relação às outras questões, nada mudou. A madre Assumpta ainda não quer ver você.

Geralt ficou longamente em silêncio.

– Ainda não disse o porquê? – perguntou enfim.

– Ainda não revelou o motivo. – A sacerdotisa lançou-lhe um olhar penetrante. – Mas, antes de adoecer, quando você ainda estava acamado e quase inconsciente, ela rezou várias vezes, entrando em transe. E, em transe, ela vê várias coisas. O que ela viu, eu não sei nem quero saber. Não quero mesmo. Você, aposto minha cabeça, também não. Vamos nos ater aos fatos. A madre Assumpta não quer ver você. E é isso. Que bastem as palavras que ela me mandou lhe dizer. Poucas palavras, as quais aconselho que você guarde no coração.

– Que palavras são essas?

– Você está numa encruzilhada, Geralt.

"Numa encruzilhada", pensou o bruxo. "Na encruzilhada dos corvos."

– Parto amanhã – ele disse secamente.

– É a sua vontade – ela respondeu também secamente. – Não vou te impedir.

•

Na manhã seguinte, bem cedo, Nenneke acompanhou-o até o portão.

– Eu tenho – ela interrompeu o longo silêncio – um presente para você.

– O que é?

– Uma faixa. Para o cabelo. E para esconder essa cicatriz feia na testa. Essa cicatriz chama atenção, qualquer um vai se lembrar dela. E você, algo me diz, prefere não ser guardado na memória de ninguém. Então use essa faixa.

– Obrigado.

– Talvez eu não devesse perguntar – olhou-o nos olhos –, mas vou perguntar mesmo assim. Aonde os deuses levarão você?

– Primeiro... – Geralt não teve pressa de revelar seu destino. – Primeiro preciso dar uma passada em Belvoir...

– Você está atrasado. – Nenneke, como de costume, adivinhou com precisão. – Timur Voronoff foi embora de Belvoir. Com toda a família. Agora mora na antiga propriedade de Holt. Ele a comprou.

Geralt estranhou, mas, ao mesmo tempo, ficou alegre. Não precisaria fazer o desvio pela Marca Ocidental. Rocamora estava em seu caminho.

– Obrigado por tudo. Agradeça à madre Assumpta e a todas as demais. E se despeça por mim.

– Me permite uma palavra antes de você ir embora?

– É claro. – Ele subiu na sela. – É claro, Nenneke.

– A vingança – ela disse ao abrir o portão – traz alegria apenas para mentes tacanhas e primitivas.

– Eu sei.

– A vingança vai tornar você um fora da lei.

– Eu sei.

– Então vá e...

– E?

– Mate um a um aqueles filhos da puta.

CAPÍTULO VIGÉSIMO PRIMEIRO

Ia o mercador por uma floresta escura e cerrada; por largo tempo vagou e, na escuridão da noite, atolou-se num pântano, sem socorro. Entristecido, começou a se desesperar, quando, de súbito, em forma humana um espírito ruim se lhe apresentou: "Não te entristeças, ó homem!", disse ao mercador. "Tirar-te-ei do lodaçal e à tua casa mostrar-te-ei o caminho, mas com a condição de que aquilo que em casa tens, mas não o sabes, venha a ser posse minha."

Lucjan Siemieński, *Podania i legendy polskie, ruskie i litewskie*
[Narrativas e lendas polonesas, rutenas e lituanas]

No portão de entrada de Rocamora, Geralt foi recebido por um brutamontes que ele já conhecia. O homem, que trajava um gibão feito de pele de coelho e pouco tempo atrás havia sido guarda-portão em Belvoir, ocupou-se do cavalo do bruxo, lançou-lhe os olhos nas costas e ficou claramente surpreso ao não ver empunhaduras de espadas. Entregou as rédeas ao cavalariço, um garoto de uns dez anos.

No pátio, três crianças brincavam ruidosamente, ocupadas em soltar barquinhos de casca de árvore em uma imensa poça que, evidentemente, era resto do derretimento da neve. Um gato rajado as acompanhava. O gato foi o primeiro a ver o bruxo, miou e fugiu. As crianças ergueram a cabeça. A mais nova começou a chorar.

Da porta principal da casa surgiu uma mulher de cabelos claros, chamando alto pelas crianças. Correu até elas, pegou a mais nova pelos braços, deu a mão à do meio, gritou para a mais velha e disparou de volta para a casa, por pouco não caindo ao tropeçar na saia. Ainda gritando, alcançou a porta e fechou-a com força após entrar.

Depois de um tempo, a porta se abriu e Timur Voronoff apareceu. Não trajava seu cafetã com bordados e botõezinhos de latão, mas um colete simples, cinza, de lã.

– Seja bem-vindo, bruxo. É bom vê-lo com saúde.

– Aconteceu alguma coisa? – Geralt apontou, com um movimento da cabeça, a porta. – É por minha causa? Fiz algo errado?

– Não, não foi nada – Voronoff respondeu, torcendo a boca. – Mas a luta contra os preconceitos é difícil... Em especial aqueles já enraizados. Circula por aí uma superstição. Dizem que os bruxos roubam crianças. Ou que aparecem de repente e exigem que lhes entreguem as crianças, pois o pai, descuidado, teria feito uma promessa... Entregar-me-ás o que já tens, mas ainda não o sabes. Uma surpresa, entende? Você conhece essa lenda, não é mesmo?

– Já ouvi falar.

– Também já ouvi falar – bufou o agente. – Você está rindo, mas eu só soube que o mais novo dos meus três filhos estava a caminho quando voltei de uma longa viagem. Foi uma absoluta surpresa. Seria aquilo que eu já tinha, mas não sabia etc. Contudo, não prometi nada a ninguém, a nenhum bruxo. Mas explique isso a uma mulher... Assim, usemos a entrada de serviço para poupar minha esposa de emoções fortes.

Nos tempos de Holt, sempre se via alguém da criadagem nos cômodos. Agora não havia ninguém. E a bagunça era maior do que antes. Geralt sentou-se no banco indicado e Voronoff saiu. Logo voltou com um embrulho comprido debaixo do braço.

– As espadas de Holt – explicou brevemente. – E este é o medalhão dele. Ele queria que tudo fosse entregue em Kaer Morhen.

Geralt abriu o embrulho. Pegou a espada de prata com um belo pomo redondo. Desembainhou a lâmina, que brilhou mesmo na penumbra das dependências da criadagem. Já havia visto aquela espada antes. Conhecia os símbolos rúnicos gravados na lâmina e seu significado.

Dubhenn haern am glândeal,
morc'h am fhean aiesin.
Meu olhar traspassará a escuridão,
meu brilho dissipará a sombra.

O medalhão de Holt mostrava a cabeça de uma serpente com grandes presas venenosas.

– Isto fica com você. – Geralt entregou o medalhão ao agente. – Guarde-o por enquanto. Vou levar as espadas. Preciso delas.

– Holt desejava...

– Eu sei o que desejava. Ouvi de sua própria boca. Vou fazer a vontade dele quando chegar a hora. Holt deixou mais alguma coisa?

– Uma carta. Endereçada a você.

A carta estava selada com um lacre que exibia a mesma cabeça de serpente do medalhão. Geralt guardou o envelope consigo.

Voronoff tossiu, tirou do bolso um lenço e limpou com ele os lábios.

– Chegaram-me notícias do que lhe aconteceu na véspera do equinócio – disse. – E, como você só apareceu aqui depois de seis meses, devo deduzir que as consequências foram graves. A expressão em sua face me diz que eu sei por que precisa das espadas de Holt. Você vai gostar de saber que a marquesa-viúva Graffiacane dispensou do serviço os três indivíduos que lhe são conhecidos – os quais ela protegia em seu *palazzo* –, alegando que o motivo teria sido os atos de banditismo que cometeram, sobre os quais ela, a marquesa, supostamente não sabia. Os dispensados, por sua vez, chamaram a atenção do chefe da guarda Trillo da Cunha e, ao que tudo indica advertidos, fugiram para onde o vento faz a curva sem deixar rastro. Encontrá-los não há de ser fácil, se é que será possível.

– Quem corre por gosto – Geralt torceu a boca – não cansa as pernas.

– Claro. Segundo o ditado popular.

– Chamam a mulher de Meritxell. E os outros dois?

– Cibor Ponti e Beauregard Frick. Ponti é o do nariz quebrado. Frick, você deve saber, ficou conhecido como mestre da espada.

– Mais alguma pista?

– Nutro suspeitas – Voronoff limpou a boca com o lenço – de que eles se separaram. E de que fugiram de Kaedwen. Contudo, hão de procurar uma fonte de renda, certamente cada um por si. Há lugares onde gente como eles busca trabalho. Eu me interessaria por tais lugares. Você dispõe de meios?

– De dinheiro, você quer dizer? Não muito.

– Então lhe darei cinquenta marcos em espécie e outros mil e duzentos em cheques de viagem. É tudo que eu devia a Holt depois de cobrir suas despesas, conforme ele havia solicitado, principalmente o acerto com os antigos funcionários de Rocamora. A propósito, a propriedade não tem mais esse nome. Agora é Valezinho Ensolarado.

– Muito bonito. E, agora que Holt não está mais entre nós, com o que você está trabalhando, se é que posso perguntar?

– Sempre pode perguntar. Tenho lidado com representação comercial. Mas, caso apareça alguém novo lá de Kaer Morhen, estou disposto a me ocupar também do agenciamento de bruxos. Com certeza você está incluído, se assim o quiser.

– No momento não tenho interesse. Adeus, Voronoff. Obrigado por tudo.

•

A carta de Holt foi escrita em papel de alta qualidade, agradável ao toque. A letra era clara, quase como se tivesse sido impressa. Não havia nenhum borrão de tinta.

Geralt,

Se você está lendo esta carta, não estou mais entre os vivos. Assim sendo, preciso assumir minha culpa – ou melhor, culpas. Não consegui fazê-lo olhando em seus olhos. Será mais fácil com ajuda da tinta.

Eu, meu jovem bruxo, havia muito tempo já sabia quem era o autor do Monstrum, *de quem era o brasão com as merletas e quem escreveu a dedicatória no exemplar do mestre-sentinela Margulies, por mim assassinado. Eu sabia que era Artamon de Asguth. E planejava matá-lo. Mas o avanço da doença dificultava – ou até mesmo impossibilitava – a realização da tarefa, então decidi encontrar outro executor.*

Sim, você está adivinhando bem. Nosso encontro em Neuhold não foi por acaso, e não foi sem um objetivo oculto que tirei você daquela enrascada. Não foi sem uma intenção velada que lhe fiz aquela proposta na encruzilhada dos corvos. Não foi sem motivo que ensinei você a matar com as mãos desarmadas. E não por acaso aquele libelo caiu em suas mãos.

Mas, por fim, fui tomado pela dúvida. O problema do ferreiro são a bigorna e o martelo. Punir crimes é problema dos estarostes e dos tribunais. O problema dos bruxos é matar monstros. Na primavera, sejamos francos, eu o expulsei de Rocamora. Lembro-me da expressão em seus olhos. E eu pensava apenas em uma coisa. Que estava salvando você, livrando-o de se tornar um assassino como eu.

Mas não dá para enganar o destino.

Não foi você quem matou o feiticeiro. E não é você quem deve pagar por esse crime.

Lamento.

Adeus,

Preston Holt

Geralt virou a folha. No verso, havia alguns desenhos. Ele examinou-os longamente, de início sem conseguir compreender o que representavam. Enfim entendeu. Traçadas com poucas linhas, viam-se silhuetas de espadachins em poses de fintas e golpes. Reconheceu a silhueta de um espadachim em passo largo, outra na parada *porta di ferro*. As demais exigiam um exame mais atento. Havia chegado a hora.

Esporeou Plotka, indicando-lhe o caminho. Como de costume, a égua obedeceu – bastava uma pressão leve dos joelhos e um toque suave das rédeas no pescoço.

O céu no norte estava escurecendo.

Mas ele ia em direção ao sul.

•

O portão principal de Ard Carraigh estava escancarado, sem ninguém montando guarda. Geralt entrou, abaixando a cabeça sob o rastrilho de ferro.

Vindos da praça, podiam-se ouvir o burburinho e a música, ou melhor, o bater ritmado de um tambor. De um beco saiu, de súbito, um grupo dançando, sorrindo e cantarolando. O último do grupo, um sujeito com chapéu tricórnio de palhaço, afastou-se, encostou-se no muro e começou a urinar.

Geralt esperou até que terminasse.

– O que é que está acontecendo por aí? – perguntou finalmente. – Alguma festa?

– O senhor não sabe? – O sujeito de chapéu deu uns pulinhos, abotoou as calças e virou-se. – Decerto, então, vem de terras muito distantes. De terras estrangeiras.

– Estrangeiras, sim. E distantes.

– Doutro modo não poderia ser. Caso contrário, o senhor saberia que estamos no meio de uma grande festividade, um dia festivo para a capital e, ora, para todo o reino. Celebramos bodas, meu bom senhor, bodas, e não quaisquer bodas! Duas nobres e outrora inimigas casas se reconciliaram, os Vaikinen e os Finnegan! Junosza Redfern, filho do conde Gordon Finnegan, subirá ao altar, ainda hoje, com a formosa donzela Ludmilla, filha de Sirius Vaikinen, o marquês da Marca dos Lagos.

– Que boa notícia!

– Boa-nova! Um dia de grande festa! Toda a capital está celebrando, nobres de todo o reino, danças e folguedos por toda parte, hidromel e cerveja correm pelo rio. O mestre cervejeiro Grohot ordenou que fossem colocados cem tonéis na praça.

– O cervejeiro Grohot...

– Por certo! É bom que saiba, meu bom senhor, que o filho do cervejeiro, o infante Primian, contribuiu muito para a felicidade dos noivos.

– Contribuiu?

– Vivamente! Donde se tornou padrinho dos noivos! Siga conosco até a praça. O senhor mesmo há de ver...

– Vou, logo vou. Mas antes você poderia me dizer, por favor, onde fica...

– Folgo em ajudar! Onde fica o quê?

– O *Palazzo* Graffiacane.

•

A marquesa-viúva Cervia Herrada de Graffiacane dispensou a camareira. Costumava realizar sozinha o restante do ritual de todas as noites.

Acendeu a lamparina de azeite de oliva que ficava num pedestal junto a seu leito. A luz era necessária. Na escuridão de sua alcova, poderia ter dificuldade de encontrar o urinol – e precisaria fazer uso dele ao longo da noite, várias vezes.

Em frente ao espelho, penteou seus poucos fios de cabelo. Tirou da mesa de cabeceira uma pequenina garrafa e tomou um bom gole. Suas lembranças a fizeram sorrir. O líquido esmeraldino que preenchia a garrafinha era um sonífero destilado pelos feiticeiros de Ban Ard a partir de um dos elixires de bruxo obtidos pelos mercenários da marquesa no ano anterior, na vigília do equinócio. O preparado fazia adormecer com grande eficácia, talvez também por causa da rica dose de álcool com que os feiticeiros o fortaleceram.

A marquesa se pôs em seu leito. Só então, o que também fazia parte do ritual, tirou do pescoço a gargantilha de diamantes e a pendurou em um suporte próprio, ao lado de muitos outros colares e pingentes. Entre eles, em um lugar de honra, estava um medalhão com um lobo mostrando suas presas. A marquesa brincou com o medalhão, rindo mais uma vez. Agradava-lhe recordar-se do momento em que lhe fora dado o medalhão, juntamente com a garantia de que o bruxo que outrora o usara havia sido sentenciado à morte.

Adormeceu com um sorriso nos lábios.

Não soube o que a despertou. Talvez um sussurro, talvez uma lufada de ar. Abriu os olhos. E viu junto a seu rosto o medalhão – a cabeça do lobo e suas presas arreganhadas. Viu um punho apertando a corrente.

E olhos com as pupilas dilatadas como as de uma serpente.

Em silêncio, sem se mover, o bruxo a examinava de cima.

A marquesa sentiu umidade e calor debaixo de seu corpo. Notou que havia urinado na cama. Gemeu, apertou as pálpebras e sentiu uma pressão terrível na garganta e no peito.

No momento seguinte, quando abriu os olhos, já não havia nem bruxo nem medalhão.

"Consegui", ela pensou, enquanto lutava com a pressão na garganta. "Não me fez nada, acovardou-se, fugiu. Ainda o pego. Ainda vou fazer com que se arrependa. Ainda estou viva..."

E morreu.

CAPÍTULO VIGÉSIMO SEGUNDO

*Daí se há de observar que os homens devem ou ser mimados ou aniquilados, porque, se é verdade que podem vingar-se das ofensas leves, das grandes não o podem; por isso, a ofensa que se fizer a um homem deverá ser de tal ordem que não se tema a vingança.**

Nicolau Maquiavel, *O príncipe*

Caía uma chuvinha fina, mas persistente e, por isso mesmo, suficiente para transformar as estreitas ruelas do porto fluvial de Piana em um lamaçal pegajoso. Aqui e acolá havia tábuas de madeira colocadas com a intenção de permitir a movimentação pelas vias sem risco de atolamento. Contudo, as tábuas eram poucas, e os pulos que Geralt precisava dar de uma a outra o faziam se recordar de Kaer Morhen e de seus exercícios em vigas.

Depois de uma dúzia de saltos, encontrou, enfim, aquilo que procurava: uma choupana, coberta por um telhado apodrecido e cheio de musgo e com um estábulo adjacente. A porta da choupana era decorada com um grande feixe de palha.

Geralt empurrou a porta, resistente e em péssimo estado, mal encaixada no caixilho. Encheu os pulmões de ar e entrou. Tateou na escuridão e afastou uma esteira, dura de tão suja.

Dentro, à meia-luz projetada por velas e lâmpadas a óleo, alguns homens estavam sentados às mesas. Atrás de um balcão rústico, o estalajadeiro secava uma caneca com seu avental.

Geralt pigarreou e cuspiu no chão. E esperou.

– Nome? – disse com voz rouca, depois de um tempo, o homem mais perto dele, medindo Geralt com um olhar irritado debaixo de grossas sobrancelhas grisalhas.

---

* Tradução de Maria Júlia Goldwasser (Maquiavel, Nicolau. *O príncipe*. Rev. Roberto Leal Ferreira. São Paulo: Martins Fontes, 1996, p. 10).

– Esau Kelly.

– Que seja. A sua vez é depois do Lubodróg, aquele que está sentado ali.

– Certo. – Geralt se sentou a uma mesa de canto. Já conhecia bem o costume.

Os locais de encontro daqueles que procuravam trabalho de guarda-costas costumavam ser botecos e, geralmente, da pior espécie, localizados nos confins das cidades, em lugares despovoados, sujos e perigosos. O sinal que indicava ser aquele o lugar certo era um feixe de palha sobre a porta.

Quem entrava era atingido, como se fosse por um aríete, pelo fedor de cerveja ruim, suor, urina, alho, repolho, meias encardidas, sapatos velhos e sabe-se lá mais o quê. Era preciso suportar o cheiro e entrar seguro de si, evidenciando, assim, também ser do ramo.

Os guarda-costas tinham seus próprios hábitos e costumes, alguns de caráter ritualístico. Ao entrar pela primeira vez no local, era de praxe cuspir ruidosamente no assoalho coberto com serragem – uma manifestação de pertencimento à guilda. Os demais que tentavam entrar eram desencorajados, por vezes de forma bastante incisiva e violenta.

Aquele que demonstrasse conhecimento do costume podia se acomodar. Indicava-se ao recém-chegado quem era o último da fila de contratação e, depois, ele podia fazer o que quisesse. Ou se sentar num canto e não fazer nada. Geralt sempre escolhia a última opção. Dava uma olhada, sentava-se e respeitava as tradições.

Entre os mais estranhos hábitos, estava uma saudação em coro quando alguém espirrava: "Se cague de uma vez!" Quando alguém erguia um brinde ao rei, o costume era levantar e beber. Perguntar a qual rei se brindava era uma grosseria punida sobretudo verbalmente. No caso de se usar a latrina para dar uma regada, era necessário dizer a seguinte fórmula: "Entrega para o corvo!" Urinavam nos sapatos e nas calças de quem não a dizia.

Os confrades se aboletavam na espelunca, bebiam para valer, jogavam papo fora, recordavam antigas vitórias e derrotas, perdas e ganhos, jogavam dados, dormiam apoiados na parede ou com a cabeça sobre a mesa, ou então apenas sentavam imóveis, com os olhos perdidos no vazio.

De tempos em tempos – mais para raramente –, alguém aparecia e anunciava quantas pessoas eram necessárias, para que e por quanto. Os sortudos, a quem cabia a vez, saíam – ou recusavam em favor do próximo, esperando uma oferta mais interessante. Com frequência acontecia de alguém abandonar o local e a fila, entediado ou decidido a buscar a sorte noutra freguesia.

De vez em quando, chegava alguém novo. Geralt não demonstrava, então, nenhum interesse, mas o analisava cuidadosamente.

Os primeiros endereços possíveis em Kaedwen e outras informações úteis, Geralt os conseguira com postilhões conhecidos seus da Marca do Sul. Tinha sido graças a essas informações que encontrara locais regularmente frequentados por quem buscava trabalho de guarda-costas. Já iam os primeiros dias de abril nos arredores do forte e da cidade de Ban Gleann. Não tendo encontrado lá nem em várias outras localidades kaedwenianas o menor sinal de Meritxell, Ponti e Frick, o bruxo cruzou a fronteira pelo rio Pontar e visitou a cidade de Rancourt, já localizada no reino de Aedirn. Rancourt, integrante da rota comercial que ligava Ard Carraigh a Vengerberg, era popular tanto entre os guarda-costas quanto entre os vendedores viajantes que os contratavam. Nas margens da estrada, a cada pouco se viam esqueletos de animais e de pessoas, e isso incentivava os comerciantes a investirem em proteção. Portanto, o movimento em Rancourt era grande, mas, apesar disso, também lá Geralt não encontrou rastro dos procurados. Porém, ó mundo estranho, ali sua vez na fila chegou inesperadamente com uma caravana comercial que viajava a Hagge, a qual fazia parte de outra rota, igualmente importante, que levava para longe, estendendo-se até Gors Velen, no reino de Temeria.

Hagge era um povoado soturno, à sombra de um enorme castelo ainda mais soturno. No castelo, estava estacionado um forte destacamento militar, supostamente pronto para repelir eventuais novas tentativas de anexação do território fronteiriço, levadas a cabo de tempos em tempos pelos marqueses da Marca do Sul kaedweniana. Graças ao destacamento, prosperava no povoado um lupanar, e os desertores não eram raros no boteco ao qual iam aqueles que procuravam emprego como guarda-costas. Entre construções em ruínas, porcos chafurdavam na lama, cabras baliam e patos chapinhavam nas poças.

Lá Geralt também não encontrou nada. E pela primeira vez foi tomado por dúvidas a respeito de sua busca. Era como procurar agulha num palheiro – sem nem saber se era naquele palheiro, naqueles campos, naquela região que ele devia procurar.

Mas não desistiu. Cruzou mais uma fronteira e chegou ao território do reino da Redânia, onde renovou sua busca no povoado de Ponte Branca, um porto na rota fluvial que levava a Novigrad. Em Ponte Branca, o boteco dos guarda-costas estava lotado, mas de repente se esvaziou. A guarda redaniana fez uma batida no local e prendeu mais da metade dos frequentadores, procurados pelos mais variados crimes, a maioria por indenizações não pagas. Para a sorte de Geralt, nem o sobrenome que adotara nem sua descrição física figuravam em nenhuma das listas de procurados e, assim, ele pôde tranquilamente seguir com sua busca.

A próxima parada foram os arrabaldes da pequena aldeia de Travna, também localizada às margens do Pontar. E foi lá que a sorte enfim sorriu para ele – encontrou os primeiros rastros. A informação que obteve, é verdade, era confusa, nebulosa e vaga, mas era uma informação, cuja trilha Geralt seguiu, chegando ao porto de Piana.

Justamente onde se encontrava agora.

As portas tortas rangeram.

– Salve, irmão!

A voz era estranhamente fanha, como se o falante estivesse com o nariz entupido ou quebrado. Geralt se encafuou ainda mais no canto e na escuridão.

– Tem trabalho – anunciou o recém-chegado fanho. – Preciso de dois para uma escolta até Rinde, um quarto de coroa por dia. Interessados?

– Você já foi avisado, Ponti – disse, depois de um tempo, o das sobrancelhas grisalhas –: não seja aquilo que boia na água. E, segundo dizem, você continua sendo um. Já conhecem sua fama. Vá procurar trouxa em outro lugar.

– Quer dizer que não tem nenhum interessado?

– Não com você.

– Ah, se essa é a vontade de todos, se não querem, não precisam. Mas, se quiserem, não vão ter. Vão para a puta que pariu!

– E você vá ver se aquilo que boia já afundou.

As portas rangeram.

Geralt se levantou.

•

Mal entrou no estábulo, começou.

Cibor Ponti devia tê-lo visto no boteco ou, talvez, reconhecera Plotka no estábulo, pois, logo após Geralt entrar, lançou-se sobre ele com um forcado, gritando furiosamente. Geralt inclinou-se sem dificuldade, rindo por dentro. Era um ato de estupidez, ou mesmo de loucura, atacar um bruxo com algo tão pesado e desajeitado quanto um forcado. Ponti, sem perceber isso, pulava, gritava e golpeava. O bruxo se esquivava dos golpes, evitando-os como uma sombra. Enfim se entediou, deu um salto, tirou o forcado das mãos de Ponti e acertou-o diretamente no nariz torto. Ponti urrou, caiu de joelhos e levou as mãos ao rosto. Por entre os dedos, jorrava sangue.

– Onde estão Meritxell e Frick?

Cibor Ponti resmungou algo incompreensível. O golpe com o cabo do forcado, na verdade, consertara-lhe o nariz, endireitando-o. Apesar disso, o jagunço seguia fanho, talvez ainda mais do que antes. Com certeza algumas cartilagens nasais haviam se deslocado.

– Onde estão Meritxell e Frick?

– Vá se foder! Demônio... Aberração...

Geralt arrancou da parede um rolo de corda de cânhamo e enlaçou o pescoço de Ponti por trás. Deu um nó e enfiou na torção da corda um toco de madeira que pegou do chão.

– Onde estão Meritxell e Frick?

– Vá se foder!

Com a mão esquerda, Geralt apertou a corda; com a direita, girou o toco.

– Piedade... – gemeu Ponti. – Não me mate...

– Fala de uma vez.

– Beau... estava escoltando uma comitiva... de um figurão de Oxenfurt... Com certeza está lá... Não sei nada sobre Meritxell... Eu juro...

Geralt girou o toco mais um quarto de volta.

– Foi para o litoral... – arfou Ponti, arranhando e puxando em vão a corda que o sufocava. – Para longe... Não me mate...

Geralt se lembrou de setembro, da vigília do equinócio, do amanhecer. E de Ponti batendo-lhe nas mãos e na cabeça com um porrete.

Girou violentamente o toco, com força, vencendo a resistência. Cibor Ponti já não conseguia respirar, apenas se retesou. Um fedor repentino denunciou que havia soltado o esfíncter.

Geralt girou o toco mais um pouco. Por garantia.

•

A cidade universitária de Oxenfurt era apinhada, barulhenta, abafada e malcheirosa. Geralt sentia que não aguentaria ficar lá por muito tempo – já estava farto de se espremer entre a multidão e de se nausear com o odor. Não conseguiu localizar uma porta com um feixe de palha, o lugar de encontro dos guarda-costas. Talvez tivesse sido bom não ter conseguido. Não tinha ideia de como a irmandade reagiria ao cadáver de Ponti no estábulo. Havia se passado uma semana inteira desde o acontecido.

Fez algumas perguntas – sem sucesso – pelas tabernas e estalagens. Decidiu tomar café da manhã em uma das hospedarias, onde suas perguntas foram respondidas com um dar de ombros. Depois do desjejum, planejou ir para longe de Oxenfurt e recomeçar sua busca por Meritxell e Beauregard Frick.

Mas os acontecimentos tomaram outro rumo.

– Bruxo?

Beauregard Frick havia mudado a aparência. Deixara o cabelo crescer, mas não o aparava, motivo pelo qual sua cabeça ostentava uma auréola desgrenhada de mechas grisalhas.

Sentou-se sem ser convidado, arrumando no cinto a espada que o incomodava. Foi direto ao assunto.

– Você me seguiu até aqui para acertar as contas. Por aquilo em Kaedwen. Não negue.

Geralt não tinha a menor intenção de negar.

– Você é teimoso, não tem jeito – prosseguiu Frick. – Eu não estranho. Teria feito o mesmo no seu lugar. Mas tem um problema.

A lei de Oxenfurt é dura contra brigas, principalmente com o uso de armas, e a cidade tem guarda em tudo que é canto. Se você me atacar em algum local público e eu vier a te matar, vou puxar uma cadeia. Mesmo que eu estivesse apenas me defendendo. Por isso, se você já tiver comido, proponho que a gente vá até um lugar mais reservado, onde a gente possa resolver nossas pendengas sem que os guardas vejam. Pode ser?

– Pode ser. E essa espada é minha.

– Não é. – Frick balançou a cabeça. – É minha. É espólio!

– É roubo.

– Chame como quiser. Terminou?

– Terminei.

– Então vamos, antes que esquente demais. Não gosto de resolver esses assuntos no calor.

Embora fosse bem cedo, a rua principal de Oxenfurt já estava cheia de gente. Todos os comerciantes e vendilhões já tinham aberto suas lojas e barracas. Os botequins e suas frituras já começavam a feder a gordura muitas vezes reutilizada. O burburinho e o alarido só aumentavam. Contudo, Frick conduziu o bruxo por becos silenciosos, nos quais ainda não havia ninguém. Por fim, entrou em uma passagem estreita atrás de um grande celeiro, em direção a um pátio fechado por todos os lados.

Olhou ao redor e sentiu com a ponta de sua bota a dureza do chão.

– Antes da gente começar, tenho uma proposta – disse tranquilamente. – O negócio é que Meritxell, que você também está procurando, não é muito boa com a espada. Não ia ter chance contra você. E eu me importo com ela, nós tivemos um caso. Minha proposta: deixe Meritxell em paz. Jure que ela vai ficar em paz e eu poupo sua vida. Deixo você ir embora.

Geralt ficou em silêncio.

– Você é jovem, tem a vida inteira pela frente. Lá em Piana você estrangulou Cibor, já é o suficiente. Já completou sua vingança. Fechado?

– Não. Sem acordo.

Frick atacou sem aviso, traiçoeiramente. Girou o corpo numa meia-volta, desembainhou rápido a espada e, no movimento inverso, deu um golpe visando à cabeça do bruxo. Geralt se esquivou com tanta sutileza que a lâmina apenas roçou nele. Já estava com a espada na mão e golpeou secamente, mirando a têmpora. Frick aparou, recebendo o golpe em *ricasso*, e recuou.

– Você que pediu – rosnou.

Rodopiou a espada. Fez uma rápida *gran passata* com o pé direito e girou a lâmina num *molinetto*. "É impossível", passou pela cabeça de Geralt, "essa é a finta de Holt. Agora será um *mandritto* na têmpora esquerda e um segundo *molinetto*... Eu aparo..."

Aparou o golpe enquanto pensava.

"Agora será um contratempo de passo largo com a perna esquerda, um *molinetto* e um *tramazzone*. A finta mortífera, contra a qual não existe defesa... Os desenhos de Holt na carta. Aquelas silhuetas rabiscadas... Os desenhos estavam mostrando..."

Frick atacou como um raio. Avançou em passo largo, girou num *molinetto* e entortou o tronco para desferir um *tramazzone* traiçoeiro. Geralt não entrou na dança. Num salto, lançou-se tão próximo de Frick que se chocou com o peito dele. E, sem impulso, cravou-lhe a cruzeta da espada no olho. O globo ocular cedeu com uma resistência gelatinosa, os finos ossos da órbita se esmigalharam, o metal da cruzeta penetrou no cérebro. Profundamente.

Geralt puxou a espada e recuou. Beauregard Frick ficou imóvel por um instante, contorcendo horrendamente o rosto. Depois se inclinou e caiu, de costas, como um tronco de árvore.

Estava morto antes de tocar o chão.

CAPÍTULO VIGÉSIMO TERCEIRO

Smell the sea and feel the sky.
Let your soul and spirit fly [...].

Van Morrison, "Into the Mystic"

Antes de ver, sentiu.

O aroma trazido pelo vento era-lhe completamente estranho. Não se assemelhava a nada que ele já houvesse conhecido, nem se associava a coisa alguma de que se lembrasse. Só depois de um tempo, quando se ergueu nos estribos, caçando o vento e aquele aroma, entendeu que o azul ao longe não era inteiramente o céu, tampouco alguma formação esdrúxula das nuvens. Era o horizonte, algo que até aquele momento ele não havia visto. E que queria muito ver.

O mar.

Seu primeiro impulso foi querer esporear Plotka até que galopasse para chegar o mais rápido possível ao tal do mar, para vê-lo de perto, para sentir melhor seu cheiro, para poder tocá-lo. Saboreá-lo.

Conteve-se.

Havia assuntos a serem resolvidos.

Do alto da colina, a estrada seguia para baixo por um contraforte coberto de grama alta. Contraforte acima, erguia-se uma mata antiga, escura, ameaçadora, com sua vegetação densa e sombria. Abaixo, a estrada desaparecia entre as árvores mais jovens. À beira da estrada, havia uma choupana solitária – um casebre com telhado recém-coberto de telhas de pinheiro, dois galpões, um celeiro, uma cerca ao redor e, atrás, um terreiro com galinhas ciscando a areia. Da chaminé, a fumaça saía em espirais. Em frente à casinha, no amarradouro, estava um cavalo tordilho.

Geralt sabia a quem pertencia.

Também sabia – e esse conhecimento lhe custara dez coroas de ouro com a efígie de um hierarca novigradense – a quem pertencia a choupana. Era ali que morava o chefe dos contrabandistas locais. Qualquer um que desejasse embarcar em um dos veleiros de carga fundeados na enseada devia, antes, visitar o chefe e lhe pagar uma determinada – e nada pequena – quantia em dinheiro. Após o pagamento, podia zarpar para longe. Longe o bastante para apagar todos os rastros e impedir qualquer perseguição.

Geralt esporeou Plotka e desceu pelo contraforte. Ouviu vozes agudas. Enxergou várias crianças brincando na encosta, na areia amarela, à mostra por causa da erosão. As crianças, absortas na brincadeira, não lhe deram atenção.

Quando ele chegou perto da choupana, a porta da frente se abriu.

Era Meritxell.

Ao avistar o bruxo, de imediato ela correu até seu tordilho. Levou as mãos à crina do animal, querendo lançar-se à sela. O tordilho, assustado, disparou, arrastando pela terra Meritxell, que se agarrara aos estribos. Parecia que a mulher não conseguiria evitar ser pisoteada, mas soltou os estribos a tempo e ficou de bruços na areia. O tordilho seguiu pela estrada.

Geralt viu quando Meritxell, em um impulso de raiva, esmurrou o chão. E ouviu seus gritos de raiva e desespero.

Ele não se apressou. Sabia que chegaria a tempo. Que não era possível fugir dele.

Ouviu um crocito.

Na copa de uma árvore alta da mata antiga e escura, um corvo crocitava intensamente.

Dessa vez, Geralt entendeu o aviso.

Viu um movimento na borda do bosque. A grama se agitou, balançando de um jeito estranho. Algo no meio dela brilhou. Alguma coisa rastejava contraforte abaixo.

Entre a grama, havia clareiras com areia e cascalho. Foi o que lhe permitiu ver. O corpo tinha umas duas braças de comprimento, era achatado, avermelhado, segmentado. Cada segmento era dotado de um par de pernas ágeis, curtas, de um amarelo vibrante. A cabeçorra chata, marrom-escura, exibia um par de longas antenas e presas poderosas

O escolopendromorfo deslizava pelo contraforte como uma fita, a cada tempo erguendo a cabeçorra e mexendo as antenas. Ia em direção às crianças que brincavam na areia.

O corvo crocitava.

Meritxell levantou-se e correu até seu cavalo, que havia parado na estrada, a um quarto de estaianhe dali. Com um salto, já estava na sela. Lançou-se em galope, incitando o tordilho com gritos. Logo sumiu atrás da curva da estrada.

Geralt não olhou em sua direção. Subitamente, ela deixara de lhe interessar.

Havia coisas mais importantes. Outra escolha.

Desceu da sela. Com um passo decidido, seguiu na diagonal pelo contraforte, indo ao encontro do monstro para bloquear seu caminho e impedi-lo de chegar às crianças.

Levou a mão sobre o ombro e desembainhou a espada.

Dubhenn haern am glândeal,
morc'h am fhean aiesin.
Meu olhar traspassará a escuridão,
meu brilho dissipará a sombra.

O bruxo caminhava pelo contraforte.

O vento soprava, vindo do mar.

Gafanhotos pulavam, escapando de seus pés.

Este livro foi composto na fonte Joanna MT e impresso
pela gráfica Santa Marta, em papel Lux Cream 60 g/m², para a
Editora WMF Martins Fontes, em agosto de 2025.